馬華文學批評大系：鍾怡雯

Malaysian Chinese Literary Criticism : Choong Yee Voon

鍾怡雯著

by Choong Yee Voon

元智大學中語系  二〇一九年二月

**Department of Chinese Linguistics & Literature,
Yuan Ze University, Taiwan.**

馬華文學批評大系：鍾怡雯

主　　編：鍾怡雯、陳大為

本卷作者：鍾怡雯

編校小組：江劍聰、王碧華、莊國民、劉翌如、謝雯心

出版單位：元智大學中國語文學系

　　　　　桃園市中壢區遠東路 135 號

電　　話：03-4638800 轉 2706, 2707

網　　址：http://yzcl.tw

版　　次：2019 年 02 月初版

訂　　價：新台幣 380 元

Malaysian Chinese Literary Criticism : Choong Yee Voon

Editors : Choong Yee Voon & Chan Tah Wei

Author : Choong Yee Voon

國家圖書館出版品預行編目（CIP）資料

馬華文學批評大系：鍾怡雯 / 鍾怡雯著；
鍾怡雯, 陳大為主編. -- 初版. --
桃園市：元智大學中文系, 2019.02　面；　公分

ISBN 978-986-6594-45-8(平裝)
1.海外華文文學　2.文學評論

850.92　　　　　　　　　　　108001114

總序：**殿 堂**

　　翻開方修（1922-2010）在一九七二年出版的《新馬華文文學大系（1919-1942）‧理論批評》，當可讀到一個「混沌初開」、充滿活力和焦慮、社論味道十足的大評論時代。作為一個國家的馬來亞尚未誕生，在此居住的無國籍華人為了「建設南國的文藝」，為了「南國文藝底方向」，以及「南洋文藝特徵之商榷」，眾多身分不可考的文人在各大報章上抒發高見，雖然多半是「赤道上的吶喊」，但也顯示了「文藝批評在南洋社會的需求」。[1]

　　這些「文學社論」的作者很有意思，他們真的把寫作視為經國之大業、不朽之盛事，披荊斬棘，開天闢地，為南國文藝奮戰。撰

---

[1] 本段括弧內的文字，依序為孫藝文、陳則矯、悠悠、如焚、拓哥、（陳）鍊青的評論文章篇名，發表於一九二五～三〇年間，皆收錄於方修《新馬華文文學大系（1919-1942）‧理論批評》一書。此書所錄最早的一篇有關文學的評論，刊於一九二二年，故其真實的時間跨度為二十一年。

寫文學社論似乎成了文人與文化人的天職。據此看來，在那個相對單純的年代，文學閱讀和評論是崇高的，在有限的報章資訊流量中，文學佔有美好的比例。

年屆五十的方修，按照他對新馬華文文學史的架構，編排了這二十一年的新馬文學評論，總計 1,104 頁，以概念性的通論和議題討論的文學社論為主，透過眾人之筆，清晰的呈現了文藝思潮之興替，也保存了很多珍貴的文獻。方修花了極大的力氣來保存一個自己幾乎徹底錯過的時代[2]，也因此建立了完全屬於他的馬華文學版圖。沒有方修大系，馬華文學批評史恐怕得斷頭。

苗秀（1920-1980）編選的《新馬華文文學大系（1945-1965）‧理論》比方修早一年登場，選文跳過因日軍佔領而空白的兩年（1943-1944），從戰後開始編選，採單元化分輯。很巧合的，跟第一套大系同樣二十一年，單卷，669 頁。兩者最大的差異有二：方修大系面對草創期的新馬文壇氣候未成，幾無大家或大作可評，故多屬綜論與高談；苗秀編大系時，中堅世代漸成氣候，亦有新人崛起，可評析的文集較前期多了些。其次，撰寫評論的作家也增加了，雖說是土法煉鐵，卻交出不少長篇幅的作家或作品專論。作家很快成為一九五〇、六〇年代馬華文學評論的主力，文學社論也逐步轉型為較正式的文學評論。

二〇〇四年，謝川成（1958-）主編的第三套大系《馬華文學大

---

[2]　方修生於廣東潮安縣，一九三八年南來巴生港工作。一九四一年，十九歲的方修進報社擔任見習記者，那是他對文字工作的初體驗。

系‧評論（1965-1996）》（單卷，491 頁）面世，實際收錄二十四年的評論[3]，見證了「作家評論」到「學者論文」的過渡。這段時間還算得上文學評論的高峰期，各世代作家都有撰寫評論的能力，在方法學上略有提升，也出現少數由學者撰寫的學術論文。作家評論跟學者論文彼消此長的趨勢，隱藏其中。此一趨勢反映在比謝氏大系同年登場（略早幾個月出版）的另一部評論選集《馬華文學讀本 II：赤道回聲》（單卷，677 頁），此書由陳大為（1969- ）、鍾怡雯（1969- ）、胡金倫（1971- ）合編，時間跨度十四年（1990-2003），以學術論文為主[4]，正式宣告馬華文學進入學術論述的年代，同時也體現了國外學者的參與。赤道形聲迴盪之處，其實是一座初步成形的馬華文學評論殿堂。

　　一九九〇年代後期是個轉捩點，幾個從事現代文學研究的博士生陸續畢業，以新銳學者身分投入原本乏人問津的馬華文學研究，為初試啼音的幾場超大型馬華文學國際會議添加火力，也讓馬華文學評論得以擺脫大陸學界那種降低門檻的友情評論；其次，大馬本地中文系學生開始關注馬華文學評論，再加上撰寫畢業論文的參考需求，他們希望讀到更為嚴謹的學術論文。這本內容很硬的《赤道回聲》不到兩年便銷售一空。新銳學者和年輕學子這兩股新興力量的注入，對馬華文學研究的「殿堂化」產生推波助瀾的作用。

　　這四部內文合計 2,941 頁的選集，可視為二十世紀馬華文學評論

---

[3] 此書最早收入的一篇刊於一九七三年，完全沒有收入一九六〇年代的評論。

[4] 全書收錄三十六篇論文（其中七篇為國外學者所撰），三篇文學現象概述。

的成果大展，或者成長史。

殿堂化意味著評論界的質變，實乃兩刃之劍。

自二十一世紀以來，撰寫評論的馬華作家不斷減少，最後只剩張光達（1965-）一人獨撐，其實他的評論早已學術化，根本就是一位在野的學者，其論文理當歸屬於學術殿堂。馬華作家在文學評論上的退場，無形中削弱了馬華文壇的活力，那不是《蕉風》等一兩本文學雜誌社可以力挽狂瀾的。最近幾年的馬華文壇風平浪靜，國內外有關馬華文學的學術論文產值穩定攀升，馬華文學研究的小殿堂於焉成形，令人亦喜亦憂。

這套《馬華文學批評大系》是為了紀念馬華文學百年而編，最初完成的預選篇目是沿用《赤道回聲》的架構，分成四大冊。後來發現大部分的論文集中在少數學者身上，馬華文學評論已成為一張殿堂裡的圓桌，或許，「一人獨立成卷」的編選形式，更能突顯殿堂化的趨勢。其次，名之為「文學批評大系」，也在強調它在方法學、理論應用、批評視野上的進階，有別於前三套大系。

這套大系以長篇學術論文為主，短篇評論為輔，從陳鵬翔（1942-）在一九八九年發表的〈寫實兼寫意〉開始選起，迄今三十年。最終編成十一卷，內文總計 2,666 頁，跟前四部選集的總量相去不遠。這次收錄進來的長論主要出自個人論文集、學術期刊、國際會議，短評則選自文學雜誌、副刊、電子媒體。原則上，所有入選的論文皆保留原初刊載的格式，除非作者主動表示要修訂格式，或增訂內容。總計有三分之一的論文經過作者重新增訂，不管之前曾否結集。這套大系收錄之論文，乃最完善的版本。

　　以個人的論文單獨成卷，看起來像叢書，但叢書的內容由作者自定，此大系畢竟是一套實質上的選集，從選人到選文，都努力兼顧到其評論的文類[5]、議題、方向、層面，盡可能涵蓋所有重要的議題和作家，經由主編預選，再跟作者商議後，敲定篇目。從選稿到完成校對，歷時三個月。受限於經費，以及單人成冊的篇幅門檻，遺珠難免。最後，要特別感謝馬來西亞畫家莊嘉強，為這套書設計了十一個充滿大馬風情的封面。

鍾怡雯

2019.01.05

---

[5] 小說和新詩比較可以滿足預期的目標，散文的評論太少，有些出色的評論出自國外學者之手，收不進來，最終編選的結果差強人意。

編輯體例

[1] 時間跨度：從 1989.01.01 到 2018.12.31，共三十年。

[2] 選稿原則：每卷收錄長篇學術論文至少六篇，外加短篇評論（含篇幅較長的序文、導讀），總計不超過十二篇，頁數達預設出版標準。

[3] 作者身分：馬來西亞出生，現為大馬籍，或歸化其他國籍。

[4] 論文排序：長論在前，短評在後。再依發表年分，或作者的構想來編排。

[5] 論文格式：保留原發表格式，不加以統一。

[6] 論文出處：採用簡式年分和完整刊載資訊兩款，或依作者的需求另行處理。

[7] 文字校正：以台灣教育部頒發的正體字為準，但有極少數幾個字用俗體字。地方名稱的中譯，以作者的使用習慣為依據。

目　錄

馬華散文史繪圖

一、本質的問題

　　如果我們試圖為馬華散文寫史，那麼，必須先回答一個非常本質的問題：什麼是散文？如果說不出散文是什麼，如何能夠決定它的起源？不被詩和小說收納的次文類或非詩非小說，散文是不是就該挪出位置容納它們？散文的空間邊界究竟在哪裡？一直以來，我們迴避定義，因為誰都說不清楚它應該是什麼，無論文類表徵或美學特質的描述，基本上都建立在「閱讀的默契」或者「武斷的判斷」上；說不清楚散文是什麼，該包括什麼，我們就很難為散文史建立一個相對完整的發展脈絡。

　　第二，由本質問題延伸出的提問，散文跟時代以及地域的辯證關係。我們必須注意到，散文具有強烈的流動性，它比詩和小說難

以規範，最主要的原因是它的包容性太強，涵蓋的次文類太多，台灣近三十年的散文發展尤其體現了強烈的時代性。從農業時代進入主體價值崩解的全球化時代，三十年來散文的質和量急速上升，這期間衍生／開發出的次文類遠遠超過前六十年的創作總量，同時影響了華人世界的散文創作[1]。散文具有強烈的實用性格，在中國文學史上，它原就是為了彌補詩之不足而誕生。所謂「扣緊時代的脈動」，或者「有所為而為」、「文章合為事而作」等描述，均是評價散文的重要指標，也一直是古典散文的存在意義。它強大且全方位的敘述功能，特別適用於局勢動蕩不安的時代，或者看來平靜，實則波濤暗湧的時局。換而言之，直面現實的能力，一直是散文（亦是馬華散文）的重要特質，馬華散文的發展一直有個明顯的現實主義傳統，文學跟時代和社會的關係非常密切。現實傳統在馬華散文史的發展呈現遞減的狀態，然而，抒情傳統卻未像台灣那樣發展成為一支強大的隊伍，馬華散文史的寫作就必須正視這種在地化、流動的特質，方能掌握它的發展脈絡。

　　第三，馬華散文的起點，也就是它的時間邊界，究竟在哪？這部以「馬華」為名的散文史，究竟要從什麼時候開始寫？歷來對馬華文學史的默契是，跟五四同庚，即一九一九年十月，這是方修定的馬華文學史起點。由於實際的時間早已消失在湮滅的文獻裡，無從辯證，方修的論述便成為馬華文學史的源頭。那麼，我們必須進

---

[1] 台灣的自然寫作、旅行文學、飲食書寫以及地誌書寫等，均引領全球華人的寫作風潮。馬華的散文基本上也深受啟發和影響。

一步追問，方修的散文史，對馬華散文史的具體影響是什麼？它的問題在哪？

第四，為什為我們需要散文史？它有什麼作用？這兩個問題都直指本文的寫作意圖：為馬華散文史繪圖的用意何在？回顧過去為的是檢討現在，鑑往必然要知來。散文，包括任何文類，都不是獨立存在的美學個體，它是歷史情境下的產物，馬華散文史也不例外，因此討論散文及其寫作體制／機制，反省它的困境和危機，或者轉機，都是繪圖要素。

二、馬華散文的前半生：雜文和作文

談馬華文學史，不可迴避的是方修；馬華散文，必然也從方修開始。這樣的敘述邏輯突顯了兩個問題：一是文獻散佚，幸而有方修簡樸的文學史和文學大系留住史料，如此一來，方修文學史（或其文學史想像）乃成為重要依據，馬華散文史才有可能。二則是相關討論的匱乏。方修以降，我們找不到第二種足以服人的散文史詮釋，因而方氏文學史觀乃是馬華文學史的起源。換而言之，我們一開始便以方修所理解的現實主實為馬華文學開了頭。

方修《馬華新文學大系（七）‧散文集‧導言》對馬華散文的出現有以下的敘述：

> 散文是馬華新文學中最早誕生的一種文體。一九一九年十月起，隨著馬華新文學史的發端，它就以戰鬥的姿態出現。其中最活躍的是政論散文和雜感散文⋯⋯而政論散文比起雜

> 感散文來尤顯得更成熟，更豐盛，差不多成了馬華新文學萌
> 芽前期（一九一九～一九二二）的散文寫作以至各種文學創
> 作的主流。[2]

以上這段敘述提供的訊息很簡約，可歸納為兩點：第一，散文是馬華新文學中最早出現的文體；第二，散文最早的形態是雜文，那是散文之母。事實上，馬華文學史的起源一直以來都沿襲這樣的論調：跟中國現代文學史同庚，散文則是最早出的文類。我們考古不出不同證據來反駁這個已成共識的定見，也就沒什麼異議的接受了這段跟中國現代散文發源相似的上古史。

馬華文學史的發端至今雖然不到一百年，考掘工作卻因為結構性的問題而異常困難，沒有史料保存的觀念和機制，若非方修的編選與論述，馬華文學史的源頭將是一片空白。方修先有《馬華新文學大系》的編撰，是為馬華的第一部大系；後來又有《馬華新文學史稿》、《馬華新文學簡史》以及《馬華新文學史稿（修訂本）》問世，則是新文學史的起源[3]。借魯迅評鄭振鐸《中國文學史》的說法，《馬華新文學簡史》的筆法是「文學史資料長編」，非史也，但卻有史識。

---

[2] 方修編：《馬華新文學大系（七）・散文集》（新加坡：星洲世界書局，1972），頁 1。

[3] 方修，一九二二年生，一九三八年來馬，長期在新馬的報社和雜誌社工作，有助於他對文學的觀察和資料蒐集，後又於新加坡大學兼職，《馬華文新文學大系》的編成即在他於新加坡大學任教期間。他在散文卷的序文中說明資料來源除了圖書館之外，靠的多半是私人收藏，非常土法煉鋼。文學史的編撰是大事，必須仰賴龐大的人力物力，以文化事業為前提的運作下方有可能，方修獨力完成的大系，委實不易。

林建國〈方修論〉所言，方修對馬華文學史只作了權宜的處置，因為馬華文學史的複雜遠遠超出方修的能力。方修的時代沒有任何足以支援的理論，那是大環境的問題，不是方修的問題[4]。其實，方修缺乏的不只是理論，尚欠缺人力和財力的挹注。大系得以編成，憑的是過人的毅力，或者對文學的信念，他大概沒料到這套書的影響力和重要性。

當然，方修的文學史或許相當於「資料長編」，然而畢竟做了史識的奠基工作，大系固然有其獨家的觀點，受限於一家的視野，必有其侷限以及遺漏[5]。今天我們談馬華散文史，這是最起碼的認知。編選大系時，方修立足於現實主義式的思考，同時也可能排除了不同流派的作品。早期出版不易，新馬一帶的作家作品尤其缺乏完善保存機制，那個時代的大系，最重要的作用恐怕是留存資料。從另一個角度而言，它亦可視為馬華文學史圖像之體現。在現實主義美學為前提的考量下，我們很難評估究竟淘汰或流失了多少作品，只能根據留下的散文斷定，當時的馬華文壇深受中國文壇影響，從主題、類型、意識型態，乃至批判現實主義式的美學觀，都是中國文壇在海外的支流，特別是魯迅那種直面現實的書寫風格，尤為主流。

---

[4] 林建國：〈方修論〉，收入甄供編：《方修研究論集》（吉隆坡：董教總教育中心，2002），頁490。

[5] 新加坡國立大學中文圖書館已把部份館藏微卷上網，包括十幾種重要的報紙全文，詳新加坡國大「東南亞華人歷史文獻數據化計畫」網站，詳細比對，即可判別方修所編大系的遺漏，但作者來源很難辨識，因為報刊常「撿稿」，也就是撿中國的報紙移作己用。

　　《馬華文新文學大系》的理論批評有兩大卷，以今天的眼光來看，當時對理論和批評的概念可能很模糊，所收錄的不少篇章簡陋粗糙，水準可議。值得注意的是，洋洋灑灑兩大卷的評論資料，散文論述卻掛零，「作品的鑑賞與評論」一輯所錄不像評論，倒是如假包換的雜文。乍看之下，會誤以為是散文卷錯置，這些被視為理論與批評的短篇，跟散文卷的雜文，庶幾類之。顯見方修對散文的觀念要不很模糊，要不就是標準很寬。理論批評跟散文的重疊，這正好突顯了散文的模糊邊界。準此，對馬華散文興起的敘述不免也是表象式的：

> 原因之一是當時中國的辛亥革命已經顯著失敗，南北分裂，軍閥跋扈，列強乘機擴大侵略，國事蜩螗，達於極點，星馬華人普遍地關心政局，傷時憂國，因而政論的閱讀與寫作，乃蔚為一種風氣；作品寫的也多是真情實意，深切動人。[6]

讀過劉大杰《中國文學發達史》的人，應該很熟悉這種粗糙的唯物史觀——外在條件決定論，作品的生滅興亡無關文學史內部複雜的美學轉折，一切都是社會和歷史的因果；不只是馬華，其實直到一九九〇年代中國學界對五四現代散文的論述，都無法脫離這種史觀，以研究散文著稱的中國學者范培松《中國現代散文史》為例，散文的重要條件都必然要歸之於社會的劇烈變革，社會條件孕育了雜感，也即是雜文[7]。

---

[6] 《馬華新文學大系（七）・散文集》，頁 1。

[7] 見范培松：《中國現代散文史》（南京：江蘇教育），頁 39-45。范培松至少注意到散文的內部條件，但最後都歸結到跟時代的精神有關，非常可惜。

他們的散文史有兩個特色，第一，雜文是散文的前身，描述性的文字主要在說明現象，不作散文美學的評價。其次，兩人都深受魯迅的影響，以為現代散文的母體，是雜文；就精神譜系而言，則是來自魯迅那種兼具匕首和投槍的批判性文體。方修主編的《馬華新文學大系·散文卷》收錄一九二〇到一九四二年近兩百篇散文，抒情／敘事散文不超過二十篇。要而言之，雜文是現代散文的基礎。

周作人發表於一九二一年的〈美文〉，是對（純）散文美學的初次思考，標示著散文和雜文的分道揚鑣，中國的現代散文乃因此迅速開展出以周作人為代表的抒情傳統，而馬華散文的雜文主流則持續了近三十餘年之久。方修隻字未提周作人的「美文」概念，或許因為周作人被視為漢奸的尷尬身份，或許周作人跟方修的文學理念相背。語絲派文人是自由主義者，跟魯迅以文學干預現實的意識型態相去甚遠。南來文人亦分為兩派，各有擁護者，從方修選文的觀點來看，他的現實主義色彩頗為濃厚，是魯迅的擁護者。總而言之，馬華散文因此錯失了跟美文的碰撞，失去擦出火花的可能。這一歷史的偶然，或者必然，錯失的卻是半壁江山：意味著抒情傳統的缺席，或者遲到。

抒情（緣情）和載道（言志）兩個傳統並存是中國散文（或文學）的常態，以方修最推崇的魯迅為例，即兼具吶喊和徬徨兩種特質。雜文的批判以及散文的抒情兩者並不扞格，馬華散文的性格則一直強調社會性，講求文學功能和作用。細讀《馬華新文學大系》的散文卷，社會性又建立在道德勸說、諷喻人世的基礎上。馬華散文史「雜文」混「作文」（散文的練習文）的前半生，對文類缺乏反

省，一昧針砭時弊，表達意見（有時夾雜著情緒性字眼），結果造成馬華散文體質的先天孱弱，徒具劍拔弩張的外表，缺少深邃細緻的情感鋪陳；長於吶喊，短於徬徨。吶喊是渲洩，徬徨是内心的轉折，相對的，它需要較長的時間去醖釀，是一種需要「閒」功夫，細緻的慢的藝術，當時的馬華社會環境缺少這樣的條件，遑論反省，馬華散文的草創期因此顯得特別長，變化很慢，約一九六〇年代以後，抒情文和敘事文興起，才取代雜文成為創作的主流。

趙戎編《新馬華文文學大系・散文》（1971），收錄一九四五到一九六五約近兩百篇作品，雜文近四十篇僅佔五分之一，抒情散文成了主流。趙戎在導論中提到，戰後二十年的馬華散文，前十年以雜文和敘述文為大宗，後來的十年則是抒情文的世界。因此方修的序以雜文為論述案例，趙戎的序則多抒情文。

到了第三套碧澄編的《馬華文學大系・散文（1965-1980）》[8]，則更多的朝抒情文傾斜，這套大系的兩卷散文以抒情文為主軸，碧澄並在〈導言〉指出抒情散文是在一九六〇年代初流行起來的，跟趙戎的觀察略有出入，雖然如此，他們不約而同指出：雜文不再是散文的主流寫作類型。到了鍾怡雯、陳大為編《馬華散文史讀本（1957-2007）》，收入三十家散文約兩百三十篇作品，雜文僅得張景雲和麥秀二家。這套選本以史的脈絡編選，以人為本，呈現五十年來馬華散文發展的樣貌，編選理念和規模等同大系。從編者的編選

---

[8] 第三套馬華文學大系共兩冊，第一冊由碧澄主編，二〇〇一年出版；第二冊由陳奇傑（小黑）主編，二〇〇二年出版。

視野可知，雜文已成旁枝，狹義的散文，也就是所謂的純散文成為主流。雖然如此，抒情文和敘事文的增加並不意味著散文貧血的體質轉變，這個散文美學的問題留待第二節再詳論。

三、缺席／遲到的抒情傳統

本文第一節指出，馬華散文史的時間和空間的邊界都是曖昧的，溯源和尋找疆界的努力看來似乎徒勞，散文在台灣的難以定義，是因為它太駁雜，包容性太廣，在馬華卻是因為它極為單調，至少在馬華散文史的前半生，它竟然可以等同於雜文，作為批判現實的匕首和投槍，缺少抒情傳統的潤澤和平衡。或許我們應該進一步提問，失衡的原因何在？抒情傳統的缺乏，具體的影響在哪裡？它可不可能像現代主義一樣被移植？

《馬華新文學大系（七）・散文集・導言》在論及馬華散文文體全面成熟期有以下一段話：

> 馬華新文學繁盛期（一九三七～四二）是馬華散文全面成熟的時期，記事、抒情、說理……各種體裁都在這時候充份的發展。此外還有一些新的文體如報告文學、文藝通訊等的興起，加以作者陣容鼎盛，各展所長，因而呈現了百花爭妍，多姿多采的壯觀。當然，基本主體還是抗戰救亡，以及戰時人民生活面貌的描寫。[9]

---

[9] 《馬華新文學大系（七）・散文集》，頁1。

如果這段文字的敘述是客觀的，抒情和記事都曾經有過蓬勃發展的狀況，那麼，大系應該呈現跟這段文字相符的成果，散文史的風格應該更多面，事實卻是，大系所收入的散文「基本主體還是抗戰救亡，以及戰時人民生活面貌的描寫」，受限於方修的個人選文標準，大系的散文風貌高度集中，百分之九十以上的散文是雜文；其次，方修注意到已有報告文學興起，然而大系未見收入，顯然他對散文的品味聚焦在雜文上。固然每一位編者均受限於時代因素和個人偏見，各自有其美學考量，然而《馬華文新文學大系》選文高度集中，是最大的缺失。

作為第一套大系，它的示範作用是不言而喻的，無論散文史或散文寫作，它是典律生成的重要源頭。然而，這個典律顯然只是暫時的，入選的雜文裡，我們找不到傳世的作者和篇章，那麼，散文史就必須評估或者解釋這個現象，或者難題。方修後來在《馬華文學作品選・散文（戰後）》收入的選文，仍然不離他的雜文標準，跟趙戎的《新馬華文文學大系・散文》強調抒情文，兩相對比，有頗大出入。

趙戎編的《新馬華文文學大系・散文》，基本上仍以「政治正確」為考量，倒是抒情文已成潮流：

> 馬華文藝意識則更為蓬勃，這是馬華文藝發展史上一個大轉捩點……但文藝到底是社會的產物，所以出現了後繼者，使文壇生色不少。而這些後繼者大多是土生土長，或從小就來這裡生活的，他們的生活思想與感情，已馬來亞化了的。在散文界上，出現了無數新人，他們以熱愛土地底熱情，抒發

　　對山河風物的愛戀。所以後期我們有了很多優秀的抒情作

　　品。這樣說來，戰後二十年來馬華散文界是循著一條正確的

　　軌道發展的。[10]

要而言之，趙戎的散文美學是以能愛國、表現本土特色為原則。馬華土本意識的提倡並無不妥，問題出在這個標準成為單一原則，作為論斷作品「優秀」與否的考量；其次，所謂的抒情之作，也仍有商榷的空間。換而言之，作為大系的選文，無論方修的雜文或趙戎的抒情文，這些文類都具有展示和示範的作用，當它們跟其他不同國家或地區，跟同一時代相同類型的華文散文比較的時候，它們的位置在哪裡？沒有這樣的認知和直面的態度，對自身的評價或許都是「我們有了很多優秀的抒情作品」。

　　或許我們的問題出在眼界和視野，以及胸襟。就台灣而論，一九四〇到一九六〇年代，余光中寫出了《左手的繆思》（1963）、《望鄉的牧神》（1968）、《逍遙遊》（1969），仍是葉珊的楊牧於一九六〇年正在寫作他的《葉珊散文集》（1966）[11]，若要說「優秀的抒情作品」，《葉珊散文集》可謂當之無愧。這樣的類比目的不在讓馬華散文現拙，而是要追問，造成缺乏的關鍵在哪裡？或許再引一段趙戎在第二冊大系的序言：

　　由於我們的散文家都是土生土長的一群，他們誕生在這熱帶

　　的土地上，在這裡養育長大，自然而然地對當地的一山一水，

---

[10] 趙戎編：《新馬華文學大系·散文（1）》（新加坡：教育，1971），頁1。
[11] 葉珊時期的散文完成於一九六一到一九六五年，約在十九到二十四歲之間，十分早慧。

一草一木和各民族的生活風俗習慣，有了深刻的關係和不可磨滅的感情。他們熱愛這裡的一切，所以在字裡行間流露出真誠的無限的激情。在這裡我選了三十多位散文家的作品，結為一集，他們對土地對人民的愛都是共通的，他們的理想與願望，大抵也是相同的。而且，沒有那種灰色的絕望的頹廢的傷感主義底悲鳴，即使有，也只作為一種襯托底描寫罷了。[12]

這段散文美學重複前一段引文的觀點，也就是：選文的首要條件是散文的主題和內容，「寫什麼」比「怎麼寫」重要；其次，所選的作者計有三十餘家八十多篇作品，俱表達了對家國的愛與理想。大系不是主題選，也不是愛國文選，要呈現的是異質而非同質，多元而非單元；假設作者或選文同質性高，依此反推，必然是作者或編者其中一方出了問題。否則，那就是一個缺乏創造力的時代，才會「對土地對人民的愛都是共通的，他們的理想與願望，大抵也是相同的」，這種一以概之的描述令人不解，思考邏輯也十分弔詭。

　　方修《馬華新文學大系‧散文集》選文年限是一九二〇到一九四二，趙戎《馬華文學大系‧散文卷（一）》年限則是一九四五到一九六五，兩部年限相近的大系所收作者，作者竟然無一重疊，除了兩人的散文美學完全相背之外，比較合理的解釋是，在馬華散文史的前半期，寫作者的創作生命十分短促，作家缺乏延續性，換而言之，早在風格的轉折之前，就夭折了。以楊牧為例，從葉珊的《年

---

[12] 趙戎編：《新馬華文文學大系‧散文（2）》（新加坡：教育，1971），頁2。

輪》到楊牧《奇萊前書》、《柏克萊精神》等等歷經多次風格蛻變，一個最重要的原因是，持續的探索不間斷的寫作。這樣的成果包括以下的條件：至少五到十年，擁有良好的生產機制，發表管道、出版事業和市場反應等條件配合，加上個人的才氣和視野，毅力和努力等等諸多因緣聚合。

　　楊牧多次論及周作人散文風格，引為圭臬，最足以代表五四抒情傳統的傳承；此外，他最推崇歐洲幾位浪漫主義詩人，自許為「右野外的浪漫主義者」，得其「山海浪跡上下求索的抒情精神」[13]。高友工認為抒情傳統得以成形，最主要的關鍵是：「美感經驗需要的是一個內化過程，要達到的是一個內省的境界」[14]。所謂內省的境界看像哲學議題，實則放諸散文創作，即是楊牧所謂的「上下求索的抒情精神」，魯迅的「徬徨」，是一種需要時間慢慢反芻的閒功夫，出發點是創作者的內心和靈魂；是一種具體情境的心境，那是客觀事物在創作者所引起的回響。這回響的豐富與否，則牽涉到更複雜的積累——創作者的學養和才氣，視野和生命經歷。最後，則是技術——創作者的表達能力，是否足以成功傳達這種心境。

---

[13]　楊牧：〈右野外的浪漫主義者〉，《葉珊散文集》（台北：洪範，1977），頁7。此書原於一九六六年，由文星出版。

[14]　高友工論及抒情傳統的重要文論，出自高友工：《中國美典與文學研究論集》（台北：台灣大學，2004），要而言之，他以為抒情傳統是中國自有史以來以抒情詩所形成的一個傳統，其建立與發展的解釋是基於一套基層的美典的成長，這套美典因為與抒情傳統息息相關，可名之為抒情美典。但也可以根據它的目的是表現內心而稱為表現（或表意）美典，詳見該書頁104-107。

這些複雜的條件都要有一個最基本的條件：時間。然而，早期馬華作家寫作不易，先有生存之道，才有餘裕舞文弄墨。最後，文學多半成了青春的紀念品。趙戎在大系導論裡指出好些作家在報紙副刊和雜誌發表寫過一些散文，沒出書，後來就不再寫了。早期的文學大環境如此，馬華文學史的前期出現巨大斷層也就不足為奇。

果然如此，則抒情傳統如何可能？從兩部大系觀察到的情況是，馬華散文的處境在艱難的環境下只能求生存，在方修重雜文，趙戎重本土特色的選文標準之下，兩部大系跟抒情傳統成為平行線，大系最大的意義變成是史料保存。依據趙戎的觀點，抒情文跟雜文和敘事文原可鼎足而立，惜乎他沒有進一步發展抒情的概念。反省文學史，是以重寫文學史為出發點。反省歷史的意義在於藉歷史經驗檢視現在，現今馬華的生產機制，比起方修和趙戎的時代似乎好多了，然而，我們的創作成果呢？

四、內省的境界

本文藉馬華最早的兩部散文大系，討論馬華散文的邊界和美學建構，發現其美學構成欠缺抒情傳統，並論述這個現象的人為因素，以及時代的緣由。這樣的立論基礎建立在「一個相對完整而有活力的文學，必然是不同美學觀點實踐的成果」的假設上，試圖朝向一個抒情傳統的建構。

馬華文學的生產機制雖然比不上台港大陸，或者隸屬國家文學的馬來文壇資源豐富，然而絕對比方修或趙戎的時代來得完善，至

少有出版和市場機制為寫作人撐腰，各種文學獎的鼓勵和宗親會的出版獎助，甚至可以跨國出版[15]。最重要的是，在網路時代，發表完全不成問題，副刊登與不登，差別只在稿費有無，網路的點閱率說不定比副刊還高，而且散播得更遠。問題也在這裡。抒情傳統最根本的條件，卻是一個內省的境界。它需要的是緩慢的內化過程，我們遭遇的恰恰是講求極速的網路時代，高度交流，來不及沉澱，抒情傳統連積累的機會都沒有，就被捲入速度的浪潮裡。魯迅的朝花夕拾，周作人苦雨齋喝苦茶聽苦雨品味的苦味人生；沈從文凝望他消失的邊城，被美學化的精神故鄉；或者楊牧觀察年輪的閒情，陷入思考的專注……。這一切，在網路時代都逐漸化為上古史。

馬華散文在次文類的建構上，無論是自然寫作、飲食文學或者地誌書寫都十分努力。然而我們缺乏內省的散文，那是一種境界和修練，或許可稱之為情感的深度，是散文的基礎。所有的散文寫作，都建立在這層修養上。以此回應第二節的提問，抒情傳統絕對不可能移植，那是內在功夫，個人的修行。

我們還有機會，或者有氣魄彌補這塊缺口嗎？

[2011]

---

[15] 旅台一脈，以及少數在馬的創作者均在台灣和中國出版作品，畢竟那是華文世界的擂台，能見度高，相對競爭也高。

遊歷南洋：

馬華散文史的起點

一、文學史與缺席的南遊文人

　　馬華文學的誕生，是因為中國南來文人，這幾乎已成文學史事實與定論[1]。南來文人的定義，前人已有定論，這裡不再贅述　，事實上，除了南來文人，另有一群中國「南遊」作家在那一段草創的文學史時空，完成了他們的南洋（或馬來）記遊之作品，這裡暫且稱為他們為「南遊文人」，他們於一九二〇、三〇年代完成了一批遊記和風土誌，記錄風土民情和奇風異俗，以及地理知識，兼有史料

---

[1]　編第一套馬華文學大系的方修和第二套馬華文學大系的趙戎都持類似觀點。見方修：〈中國文學對馬華文學的影響〉，《馬華文學史論集》（新加坡：新加坡文學書屋，1986），頁 38-40；趙戎：《論馬華作家與作品》（新加坡：青年書局，1967），頁 82。

的價值。撇開古典漢詩和散文不談，這些南遊文人在遊歷南洋期間寫下的現代散文，很偶然的掀開了馬華現代文學史的序幕。這些散文既是中國現代文學的一部分，也是馬華現代文學的一部分，而且是具有創始性意義的部分。中國南來文人的馬來亞寫作，讓他們具有貨真價實的馬華作家身分，雙重的文學國籍，陳鍊青（1907-1943）即是一例。在那個流動的年代，土生土長的馬華作家最終也可能進入中國文學史，九葉派詩人杜運燮，即是最著名的一例。根據郭惠芬的統計，從一九一九到一九四九年之間的南來文人，可確認身分的，計有一五九人[2]。

　南遊文人的遊記有以下三個特點：把南洋視為整體，並未把馬來亞看成「國家」，這樣的觀點自有其時代意義，第二節將詳論。其次，他們的身分不是作家，南遊的目的不在文學，而在教育、募款等，記遊乃是副產品[3]。第三，這批作品在方修的《新馬華文新文學六十年》（2006）（此書匯合《馬華新文學簡史》和《戰後馬華文學史初稿》兩書，並補充淪陷期及一九六〇、七〇年代的文學而成）並

---

[2] 郭惠芬：《中國南來作者與新馬華文文學》（廈門：廈門大學，1999），頁12。郭的統計有誤，杜運燮出身於馬來亞霹靂州實兆遠（Setiawan），並非南來文人。馬華作家進入中國文學史的比例極少，杜運燮是其中之一。

[3] 一九二〇年代，適逢現代教育體系在中國成立，除了新興教育體制的成立，也大力推動女學。一九二〇到一九三〇年間，則是大力推動平民教育與鄉村教育。可是，各縣的教育經費優先考慮小學基礎教育，中學以上的教育經費往往不足，再加上民初政局多變，於是轉往海外向華僑募款。詳見王艷芝：〈淺析民初教育經費的來源〉，《黑龍江史誌》第274期（2012/09），頁45-47。

無著墨，亦不見於方修所編《馬華新文學大系・散文卷》。

《馬華新文學大系・散文卷》選文來源多取自《南風》、《星光》、《野馬》、《混沌》、《綠漪》等報紙副刊，幾乎都是未結集的單篇作品。這個現象可以作兩種解釋：一是方修沒見到這批資料，二是不符選文標準。第二種情況比較複雜，牽涉到意識型態和美學標準。方修對散文的文體概念接近雜文，《馬華新文學簡史》最弱的一環是散文，篇幅最少，他對散文的關切十分有限。最大問題是，方修把散文等同於雜文，狹化了散文，因而忽略了許多應該納入討論的、比收入大系的散文更具文學史意義的「廣義的散文」。這種散文觀對中國文學史或許影響不大，對馬華文學史則影響甚鉅。方修在《馬華新文學大系（七）・散文集・導言》裡說：「散文是馬華新文學中最早誕生的一種文體。一九一九年十月起，隨著馬華新文學史的發端，它就以戰鬥的姿態出現。其中最活躍的是政論散文和雜感散文……而政論散文比起雜感散文來尤顯得更成熟，更豐盛，差不多成了馬華新文學萌芽前期（1919-1922）的散文寫作以至各種文學創作的主流」[4]。這段敘述可歸納為兩點：（一）散文是馬華新文學中最早出現的文體；（二）散文最早的形態是雜文，那是散文之母。

散文等同於雜文的文學觀點，形成方修在選文上的偏差。其次，方修所秉持的散文觀點，以及現實主實的信仰為馬華文學開了頭，也形成馬華散文研究最根本的問題。特別是戰前馬華散文史，根本

---

[4] 方修編：《馬華新文學大系（七）・散文集》（新加坡：星洲世界書局，1972），頁1。

就是一部馬華文學現實主義文學史，排除了其他的可能，包括浪漫或抒情傳統。

　　方修為《馬華新文學大系‧散文卷》挑選了近兩百篇散文，跨越一九二〇到一九四二年，可是抒情散文和敘事散文總計不超過二十篇，從當時出版的散文集來看，這是一個嚴重失衡的比例，它突顯了方修散文觀點的偏頗。方修在序文中提及的選文過程暴露了很重要的訊息，他說：「在戰前，九十巴仙以上的作品都是由報章副刊來容納。原因是當時各華文報都有重視副刊，發展副刊的風氣，而當地的印刷條件，出版條例等等，也不利於專書和雜誌的出版業的發展，這就使得報章副刊成為了戰前文壇的砥柱，絕大部份的新文學作品都散落在各報的副刊上面。近年來雖然有人多方搜羅輯佚，編出了些專書或選集，但質上量上都還非常不夠。因而，目前要來研究馬華新文學史，尤其是戰前的一段，就不能避重就輕，以現有的書籍作為對象，而是要由閱讀舊報章上的原始資料著手，到舊紙堆裡去從事耐心探掘的工作。少數的專書和選集，只能盡其補充輔助的工作」[5]。從中可歸納出兩點：（一）方修選文以報紙副刊上的單篇為主，專書只作為補充；（二）資料蒐集範圍限新馬地區。第一點悖於常理，令人難解，排除選集尚可理解，專書不能作為大系的參考，就無從解釋了。至於地區性限制，足以解釋何以這批南遊文人未收入大系的原因。這些書籍均在中國或香港出版，方修既以發表於新馬地區報紙的單篇作品為主，理所當然的忽略了這些可以豐

---

[5]　方修：《新馬文學史論集》（新加坡：新加坡文學書屋，1986），頁18。

富馬華文學史的作品。即便方修讀到這批資料，也未必符合他的單篇和現實主義的選文標準。基於這樣的文學史反思，我們有必要重新再檢視這批作品。

　　既然大系所收的作家大多是名不見經傳的文人，更多的是只有散篇而未能成書的作者，那麼，在一個出版書籍不易的年代，這批業已成書的散文，更具備納入文學史討論的資格。文學史是建立在文類之上的思考，它是一個晚出的學科，新舊資料的變化直接影響它的詮釋和視野，同時，也會因詮釋者的時代思潮和文學立場而產生變化。沒有「自然生成」的文學史，它必然是「發現」與「發明」的，同時也是「詮釋」的。馬華百年散文史的前半期，尤其無法使用「經典」和「作家」概念去處理。那麼，南遊文人所書寫的戰前馬來亞散文「專書」，尤其顯得重要。

　　其次，南遊文人在新馬逗留短則三個月，長者達近兩年之久，並非蜻蜓點水式的「到此一遊」，筆下風物可視為地誌書寫的雛形。這批由外來者或南遊者的遊記所提供的南洋視野，為我們提供另一種不同於南洋作家的時代記錄。散文的非虛構文類特質，同時肩顧了「文學」和「史」的任務。這些遊記的藝術性參差不齊，大體而言位於「散文創作」和「文字紀錄」之間，兼具社會學和歷史人類學的史料意義，他們對馬來亞風土民情的描繪，有助於我們進一步把握或建構那個大移民時代的政經民生與族群社會，而且不失文采，它們應該納入馬華文學史的論述範疇。

二、遊記與南洋視野的成形

　　馬華文學史的初期，早在一九二〇年代即有侯鴻鑒以近白話的文言完成的《南洋旅行記》（1920），以及梁紹文《南洋旅行漫記》（1924）、招觀海《天南游記》（1933）、鄭健盧《南洋三月記》（1933）、劉仁航《南洋遊記》（1935）等[6]。在時間順序上，除了《南洋旅行記》和《南洋旅行漫記》，其他作品出版時，已經進入一九三〇年代。所謂的南洋，包含馬來亞半島、婆羅洲、印尼、泰國、緬甸，以及菲律賓等，最遠到印度和斯里蘭卡，南到澳洲、紐西蘭以及太平洋諸島[7]。集體南遊的時代風潮一直持續到抗戰，南遊的目的多半志在募款興學，遊記只是南遊的副產品，這是值得注意的文學史現象。

　　侯鴻鑒南來的目的既非避難逃亡如吳天，亦非尋求生計如艾蕪，或者尋找寫作材料如老舍，更不是為了發展海外文藝這等崇高的理由，如郁達夫或胡愈之等[8]。除了「考察一切，記載互異，見聞所在」，

---

[6] 諸書均出自《東南亞華人歷史文化數據庫》＜http://www.lib.nus.edu.sg/chz/SEA Chinese/zynr.html＞，以下引用時不再重複出處。其中《南洋旅行漫記》原是一九二四年由上海中華出局出版，數據庫使用的是一九三三年版本。

[7] 許雲樵《南洋史》對南洋的解釋如下：「南洋者，中國南方之海洋也，在地理學上，本為一曖昧名詞，範圍無嚴格之規定，現以華僑集中之東南亞各地為南洋。昔日本以受委任統治之渺小群島（Micronesia）為內南洋（或裡南洋），而以東南亞各地以及澳洲，甚至包括印度，為外南洋（或表南洋），或總稱南方。」見許雲樵：《南洋史》（新加坡：星洲世界書局，1961），頁3。

[8] 詳見林萬菁：《中國作家在新加坡及其影響（1927-1948）》（新加坡：萬里，1978），頁9-16。

尚有「氣候物產實業歷史地理之調查，以供國人之參考」，其中最重要的，是為經營女學，募集基金而來。這也是南來作家和南遊文人最不同的地方。

侯鴻鑒南來的目的雖在募款，他對早期華人移民社會的教育、政治、語言和民間信仰多所著墨，尤其對檳榔嶼的華人竟能維持有清一代的風俗甚感詫異。他認為南洋華人保存中國傳統文化固是美德，無法吸收新文明則是固步自封。侯鴻鑒在檳城居留了一個多月，文章裡記述了檳城的山林、廟宇、建築、物種以及地理風俗，並深為檳城的整潔所吸引，興起他日舉家遷徙檳島的心願。後來在馬六甲，他認識了馬華公會的創辦人陳禎祿，應邀進餐，寫下第一次乳睹「手抓飯」的場景。無論是馬來亞的社會結構、中下階層的苦力、僑教和英殖民地的問題，他都有獨到的觀察。當然其中不免露出知識份子的優越感，把馬來人視為「最懶惰的民族」，以香蕉葉盛飯，以手代筷子，吃完不必洗碗。食和住都頗有原始人的特質。每日工作所得必用罄，工作之餘便是閒聊和睡，諷之為「簡直沒有文化可言」。

《南洋旅行記》固然充滿知識份子的優越感，以及中國中心的偏見，然而所記頗有時代的意義和代表性，它體現另一種「馬華文藝的獨特性」──只不過，由中國作家所寫。由於「國籍」不正確，也不可能獲得「正確」的文學史位置。

梁紹文《南洋旅行漫記》（1924）考察南洋的教育與實業，以及社會現狀。他於一九二〇年坐船南下，登陸新加坡並住了一個月。除了記述海上華洋雜處的情況，跟英國人印度人同船的生活，也讓

他經歷了不同的文化衝擊。以今日的旅行文學來檢視,《南洋旅行漫記》文字流暢,充滿細節和生活感,實是一本精彩的行旅紀要。

梁紹文同時也注意到南洋華人的複雜社會情況,既有土生華僑(當時稱為哇哇仔),不識中國語,甚至連方言都不懂。另有一脈則戮力保有中華文化,出力出錢辦華教,甚至被英政府驅逐出境。一九二〇年代新加坡的華教開始興盛,張弼士在南洋辦學,可推為華僑教育第一人,也由於華文學校的創立,讓當地華人除了方言之外,學會了普通話,因而各方言幫派械鬥的情況得以改善,也漸漸凝聚愛(中)國的向心力,熱心於「對祖國典章文物的研究」。〈紀英人摧殘教育始末〉裡寫道:「華僑自從辦了學校後,很像旭日初升一樣,將從前的暮氣逐漸消除,一種振奮刷新的氣象,蓬蓬勃勃,甚是可喜」[9]。梁紹文對南洋華人的社會和歷史特別感興趣,特別是華人對英殖民地政府統治的抵抗,多所著墨。

這樣的觀察確實具有史料意義。一九一六年,畢業於北京高等女子師範學院的余佩皋,到新加坡創辦南洋女子師範學校(今南洋女子中學前身)。一九二〇、一九三〇年代華教蓬勃發展,也因此導致英校學生下降,引來英人的關注,深恐華人勢力滋長難於管理統治。華校的大規模成立跟五四文化運動有關,教學媒介由文言改成白話,加強英語教育,同時,華教也直接促成華人對中國的向心力,令英人心生警惕。

華校的成立,其實跟中國近代政治有著非常密切的關係。百日

---

[9] 梁紹文:《南洋旅行漫記》(上海:中華書局,1933〔1924〕),頁 35。

維新失敗後，康有為流亡海外，便力勸華人辦校，孫中山也在新馬
各地興學，兩者都推動了華文教育的發展。英人頒佈「一九二〇年
學校註冊法令」，乃馬來亞半島第一次出現了控制華校動向的法令，
表面上是管制華校，實則監控華校[10]。「一九二〇年的春天，海峽殖
民政府忽然以迅雷不及掩耳的手段，指揮御用的議政局，宣布一種
取締教育條例。這種條例的目的，完全為取締華僑教育而設」[11]。
梁紹文南行時剛好是一九二〇年的春天，見證了法令頒佈之後的華
教。這豈不是符合方修馬華文學「揭示當地的現實本質」的條件？
《南洋旅行漫記》之兼有文學與史料的意義，乃得益於「漫記」的
體裁，一種散彈式的蔓雜寫法，無所不包，卻兼有百科全書面面供
到的特質，前面提過，「文學」不是這些遊記的目的，侯鴻鑒所謂「考
察一切，記載互異，見聞所在」，「氣候物產實業歷史地理之調查，
以供國人之參考」，這些剳記，卻意外為馬華文學留下時代的印記。

　　現實的南洋和想像的南洋之差異令這些中國中心的知識份子大
開眼界，譬如起程前，梁紹文總以為華僑文化薄弱，沒想到南洋有

---

[10] 此時成立的學校包括華僑中學（1919）、鍾靈中學（1923）、尊孔中學（1924）、
坤成女中（1925）、中化中學（1924）、培風中學（1925）。這時馬來亞華人受到
中國時局的影響，曾進行反日示威，也對英政府表達不滿，可參考林水檺：〈獨
立前華文教育〉，收入林水檺、何啟良、何國忠、賴觀福合編：《馬來西亞華人
史新編（第二冊）》（吉隆坡：中華大會堂，1998），頁222-225。「1920年學校註
冊法令」一事可參考鄭良樹：《馬來西亞華文教育發展史（第二冊）》（吉隆坡：
馬來西亞華校教師總會，1998），第五及第六章。
[11] 《南洋旅行漫記》，頁31-40。

大文豪邱菽園，有錢有才，在康有為南遊時給予金援和庇護，文才且深為梁啟超推崇。以文獻和文學的比例而言，《南洋旅行記》顯然文獻的比重大，至於《南洋旅行漫記》則兼而有之。

梁紹文既有大歷史的視野，同時也關注小細節。他寫下當時馬來亞幾個城市的過客觀察，例如吉隆坡、怡保、芙蓉、馬六甲，包含開埠功臣，重要人物與地貌，以及當地人的風俗習慣。僑民有「風是鬼，水是神仙」的生活智慧，指他們「怕風很厲害，愛水很迫切」，南洋多熱病，而水能治百病，惟水寒，當地僑民一日沖涼數次，以水為藥。華民裡貧富懸殊，有大商賈，更多的是苦力、礦工、膠工、拉車的扛重的。資方為了防止苦力存錢另起爐灶，在礦場旁設鴉片館或妓院，誘使工人千金散盡。他以頗大的篇幅（頁 102-110）書寫華人南來賣豬仔，這個具有歷史價值的題材，應該在馬華散文史留下記錄。

《南洋旅行漫記》對平民百姓的生活觀察敏銳細緻，無論是馬來化的中國人，或者馬來人的生活狀況，以及華人南渡之後的信仰保存之全，以及華僑的風俗幾百年來之不易，就文學性而論，比收入《馬華新文學大系‧散文卷》的同時期散文來得更強，也更「散文」。即便方修認為副刊的單篇再重要，斷無忽略這類專書的理由。就方修對馬華文學「取材於新馬的現實社會」、「服務於當地的各民族勞苦大眾」[12]的理解，無論《南洋旅行漫記》或招觀海《天南游記》均十分符合。

---

[12] 《新馬文學史論集》，頁 19-20。

　　招觀海南遊的目的雖然志不在教育，卻參觀了近三十間華校，寫下了華教當時面臨的情況，包括教材從中國來，不甚符合南洋民情；缺乏辦學經驗，學校的董事會和教職員難以協調，每間學校各有辦事方法，缺乏統一程序等。招觀海也記錄了南洋華人在地化的風俗，譬如大伯公是當地最有勢力的民間信仰，見於任何有華人縱跡之處，對生活起著指引和保庇的作用，是華人的精神依靠，甚至能出處方治病，譬如「芥菜蕃薯湯」專治新客熱病。

　　羅靖南的《長夏的南洋》（1934）一書，寫於一九二九到一九三〇年的巴達維亞（今印尼首都雅加達）。本來他蒐集了不少珍貴的照片打算放在書內，可惜因故被印尼政府監禁了七個月，接著驅逐出境，照片散失。《長夏的南洋》有三分之二的篇幅在寫印尼，三分之一談馬來亞。羅靖南筆下的印尼在跟馬來半島的風土庶幾近之，故他頗能融入馬來亞的生活，他稱馬來人最會享樂的民族，頗有欣羨之意。然而他序文明敘「我是一個對文藝沒有研究的人，不知道什麼是文藝作品」，撰稿目的，在於向中國讀者介紹南洋風光[13]。這是個典型案例，這批遊記的作者大都不是作家，也沒有料到他們無心插柳的「記遊」之作，在很多年後會進入馬華文學史。

　　同樣的情形可以套用在鄭健廬《南洋三月記》和劉仁航《南洋遊記》。兩人的目的都跟教育有關，兩書都以近白話的文言寫成，對華僑學校的招生和教學狀況多所記錄。就文字的藝術而言，或許這兩本均在白話散文的邊緣，文獻的社會學作用大於文學。《南洋遊記》

---

[13] 羅靖南：《長夏的南洋》（上海：中華書局，1934），頁 1。

發表於一九三〇年的上海《申報》，對馬華文學而言，他的身分不只是外來者、南來者，他的觀點也是外來的，對「吉能人」、「吉審人」（即吉寧人，當地華人對印度人的歧視稱呼）的描寫，仍然是禮儀之邦的中原中心姿態。他認為印度人膚色之黑，乃是浴海水而黑，印度人如出現在中國境內，夜晚與之相遇，必疑以為鬼[14]。毫不掩飾的種族歧視如今必遭撻伐，然而出現在一九三〇年的上海，面對中國讀者，則體現了那個時代中國文人的南洋「視野」。

要而言之，這些遊記有以下特質：

（一）航行路線相近，均在新加坡登陸。由於南洋涵蓋印度，因此旅行路線有遠至印度者。

（二）寫作體例近似，細節如對氣候、物種、礦產、風俗、人物和見聞均有十分詳細的記述，大的如政治、經濟、教育和交通體系均有著墨。

（三）無論南遊文人的目的為何，他們留下了南洋的教育資料和觀察。他們的行蹤往往被英政府監視。

（四）馬來亞屬於南洋，華人視為華僑，是流散在外的中國人，極為在意華僑愛（中）國與否，或者是否通曉中文。

本文如此不厭其煩引述這批遊記，主要目的在說明這些「外來者」的散文所呈現的「南洋」圖象，有助於我們更完整的把握及還原時代的氛圍，更符合「馬華文藝的獨特性」。第一節提到，散文的敘事體及非虛構特質兼有史料和文獻的作用，遊記的紀實本質，尤

---

[14] 劉仁航：《南洋遊記》（上海：南洋編譯社，1935），頁42。

具還原時代氛圍的作用。就散文的書寫技藝而論，它們或許是沒有被「經營」過，不盡然符合「現代散文」的規範之作，卻是馬華文學史的草創期成品，這些被排除的資料就「散文」而論，無論視野層面或技術層次，都不比收入大系的「散文」（其實以雜文為主）遜色。它們是散文的前身，亦可稱之為散文的史前史。散文史前史的發明與發現，則有助於馬華文學史的奠基工作。

　　我們要解決的另一個問題是，為何在寫作方法上，它們如此「一致」？

　　從創作的角度來看，南遊文人的目的不在散文，對散文沒有具體概念，「寫什麼」遠比「怎麼寫」來得更迫切。他們的目的只是單純的「書寫」，強烈的說明和介紹性，「記錄」的意圖非常明顯。這種敘述客觀世界，關注外部現實的寫作方式，讓遊記看起來「外貌近似」。其次，從時代背景來看，二十世紀初，「地理學」的學科觀念在中國興起，由世界地理引入的西學知識改變了讀書人的知識體系，清廷官員或讀書人出遊國外均有文字記行，因此留下數量可觀的遊記、隨筆和見聞錄[15]。這批遊記的目的固然是「記遊」，然而，他們

---

[15] 詳見劉青峰、金觀濤：〈觀念轉變與中國現代人文學科的建立〉，《二十一世紀雙月刊》總第 127 期（2011/10），頁 78-79。這篇論文指出，地理學和語言學的人文學科在中國建立，標誌著中國進入世界的體系。雖然早在明末，利馬竇已引進《萬國坤輿圖》，在中國並未引起關注。直到二次鴉片戰爭之後，在一系列邊疆危機之後，地理知識成為官員不可或缺的知識，也因為眼界的拓寬而開始有地理學的概念和詞彙。最早的地理學教科書則是一九〇一年編成。十九世紀末，中國的現代地理學基本已確立。

的「南遊」其實是「居留」，三個月到一年半載的南洋經驗，足以讓他們寫下深度的風土觀察。因此，這些遊記具有跟時代以及地域的辯證關係，刻劃出立體的地方感，以及在地的風俗民情，可納入地誌書寫譜系，為馬華文學史提供線索，縱向觀察文人如何從南遊而僑居，到落地生根的多元面向。比起詩和小說，散文具有強烈的流動性，它難以規範，最主要的原因是包容性太強，涵蓋的次文類太多，從敘述文到散文的距離太大，充滿可辨證和爭議的空間。把這批「書寫」成品納入散文，以散文的「最大值」去處理它，這加法式的文學史處理方式適用於小國文學如馬華文學史，也是本文對方修處理馬華文學史，或散文史的回應與修正。

三、許傑：被排除的南洋視野

誠如第二節所論，南遊文人所形成的南洋視野應納入馬華文學史的論述，成為地誌書寫的譜系源頭，那麼，另一位中國南來作家或南來文人許傑（1901-1993），則形成另一種與他們相呼應的「馬華文藝的獨特性」。南遊文人如果不見容於方修的文學史視野，我們尚可理解，然則許傑之被忽略，不論有意或無心，方修的文學史視野委實應該重新被檢視，他所編選的大系，應該重編。

許傑是五四時期的小說家，曾加入文學研究會，文學觀受魯迅和郁達夫等人的影響頗深。一九二八年他到吉隆坡編《益群日報》副刊〈枯島〉，大力宣傳革命文學理論，並且鼓勵了一群年輕的創作者。他在馬來亞僅一年多，因為寫了大量批判殖民主義的文字，被

華民政務司傳訊，終於在一九二九年返回中國。他把馬來亞經驗寫成散文《南洋漫記：椰子與榴槤》（1937）[16]、短篇小說《錫礦場》（1929），以及論評《新興文藝短論》（1929）。

　　許傑具有強烈的革命文學情懷與階級意識，他的文學觀深受魯迅影響，甚為符合方修的現實主義文學標準，然而，這麼一位在意識型態跟方修相近的作者，卻不見於大系的小說、散文和文學理論卷。其次，南遊文人或許身分不是作家，寫作偶一為之，屬隨興之作，許傑在中國卻不是泛泛之輩，他的小說以農村題材見長，在來馬之前，小說即已收入《中国新文學大系‧小說卷》。

　　乍看書名，《南洋漫記》很容易被歸入南遊文人之作。許傑在《南洋漫記‧序》說明寫作初衷時，確實也跟南遊文人羅列資料的想法一樣：

> 我開始的心思，很想寫一本《南洋概觀》之類的書。用統計的，比較的，分析的方法，來對南洋的整個社會，如政治，經濟，人口，教育，宗教，以及勞動，婦女等等，作一次具體的診斷，而指示他的（南洋）唯一的出路。[17]

以上引文可以解釋第二節南遊文人何以「寫作體例近似」，資料呈現和見聞相雜的寫作方式，顯見他們的預設讀者，是「國內」的中國讀者，寫作目的乃在介紹南洋的情況。於是才有了本文第二節所歸納的第三個特質：對氣候、物種、礦產、風俗、人物和見聞均有十分

---

[16] 此書原來一九三〇年由上海書店出版，這裡引用的是一九三七年的晨鐘版本。
[17] 許傑：《南洋漫記：椰子與榴槤》（上海：晨鐘，1937），頁2。

詳細的記述，大的如政治、經濟、教育和交通體系的著墨。其次，這些遊記，無一例外均以「南洋」為書名，「南洋」、「漫記」與「遊記」三種即可組合成這批作品，雖然每一本遊記其實加入了大量的個人觀察和遭遇，都有短期居留的經驗，不是現代遊客式的走馬看花，書名的設計卻透露出這些遊記必然只能採取點狀寫法，是筆記或見聞錄，所以是旅遊劄記／雜記。

　　雖然如此，許傑的新聞人和作家身分，讓他的視野更敏銳更深入民間，他的散文擅長以小見大，比南遊文人更具批判性。《南洋漫記》副標是「椰子與榴槤」，已經點名這本書不會是蜻蜓點水的資料式報導。此書收錄散文十篇，乃是抒情和敘事文的混合體，每篇均以獨一事件為切入角度，個人介入的情況較深，更重要的是，他的主觀見解把這本《南洋漫記》推離雜文，或者報導式文字，而擺向散文（也就是今天的純散文或狹義的散文）：

> 在我的作品中，我的主觀的色彩，永沒有如在這一本漫記中這麼鮮明過。老實說，我是想試著用新的眼光，去衡量一切的。[18]

作者的「主觀」判斷正是構成這本《南洋漫記》的特色——他的散文因為主觀性而產生聚焦點，態度或許過於激烈，措辭直接，銳利的見解卻充滿批判性，很有魯迅直面現實的風格。譬如，「榴槤，是整個南洋社會的象徵」[19]，「資本家的銅臭，帝國主義的羊腥臭，洋

---

[18] 《南洋漫記：椰子與榴槤》，頁1。

[19] 《南洋漫記：椰子與榴槤》，頁54。

奴走狗們的馬屁臭，以及那些目不識丁，卻到處自充名士的馬屙屁臭」[20]，許傑以榴槤譬喻充滿帝國主義和資本主義氣息的南洋，集諸臭之大，而至臭如此新客竟可聞久習焉而成正常，乃至上癮，繼之樂不思蜀。椰子則是南洋的另一特產，椰林是妝點資本家別墅的植物，他在〈椰林中的別墅〉火力全開抨擊資本主義，認為南洋業已露出資本社會的敗象。要而言之，雖然許傑偶爾也能欣賞南國之美，大體上，卻是「不能過得很慣」，「我雖然在那裡生活，但我時常用我的僅有的社會學的智識，去估量他們。我覺得，殖民地的普羅列打利亞革命，也是一件迫不及待的事」[21]。他的散文題材關注的層面頗廣，從異族通婚、學潮、反帝國主義鬥士，土生華僑乃至華巫雜處的情況；編〈枯島〉副刊期間到處演講，鼓勵當地寫作風氣，同時寫了不少論述，完成《新興文藝理論》一書，所論不離寫實主義與普羅文學，可見他深受中國當時興起的革命文學之影響。

　　不論南遊文人或許傑，均未提及峇峇或娘惹，顯見他們對土生華人（peranakan）甚為陌生。對於非我族類語多譏諷，例如許傑把印度人大寶森節遊行名為〈吉齡鬼出遊〉，「在整個的行列中，自然是到處充滿著宗教神的威嚴的；但是，這裡卻有一件滑稽的事，即是那為神拉車的，滿身飾了紋彩的『神牛』，卻仍舊在一步一蹺的大便，或搖搖擺擺的小便」[22]，同時也在行文中連帶貶抑「馬來人沒有什

---

[20]　《南洋漫記：椰子與榴槤》，頁 55。

[21]　《南洋漫記：椰子與榴槤》，頁 2。

[22]　《南洋漫記：椰子與榴槤》，頁 69。

麼文化」,「我們華僑們,大概是用一個鬼字稱謂其他人種的,譬如紅毛鬼,東洋鬼,馬來鬼,吉齡鬼之類都是。」[23]撇開種族歧視不談,〈吉齡鬼出遊〉的描寫細膩生動,充滿南洋風情,完全符合方修「取材於新馬社會現實」的馬華文學標準。

陳鍊青跟許傑一樣身兼作家與編輯,十三歲(1920)南來,他在一九二八年進入新加坡《叻報》主編〈椰林〉副刊,直到一九三一年離職,隔年返回汕頭。一九二八到一九二九年,許傑則主編〈枯島〉。第一節提過,陳鍊青入列方修馬華文學史名單之列,不論在散文或文藝評論,都是重要文人,也是南洋文藝的旗手:

> 如其謂南洋的景物太粗俗與太不藝術,所以夠不上我們的作家賞鑒的話,就我們的眼光看起來卻未必。這裡的土地風光,倒也不見得這樣的難堪。你看,蒼翠的椰林,濃密的樹膠,茂盛的芭蕉,聳立的老樹,實在覺得可愛;兼之那富於雨量的氣候,「一雨便成秋」的熱帶的生活,似乎不無一點詩意;即如落日餘暉,我們在海邊眺望,大自然的莊麗奇偉,似不能說比中國的不好看些。然而我們的作家,卻熟視無睹,專去摹倣——不,應該說冥想,而偏描寫些中國國內的景物,這頗使我費解了。……中國國內的景物是不同於南洋的,作家們多從中國來,在這裡創作,最低限度也要激起一點靈感來抒出一兩篇具有地方色彩的作品,那才不致於變成超人,

---

[23] 《南洋漫記:椰子與榴槤》,頁 63-64。

　　　　弄至寫些不受制於時間空間的文藝來。[24]

以上引文可見陳鍊青對馬來亞的感情，他把南洋跟中國拿來相比，不是要比出中國的優與南洋的劣，而是見出兩者的差異性。他同時也提醒南來文人，應該正視現實，寫出具有南洋色彩的作品。陳鍊青固然是南來文人，並且最後也跟許傑一樣回到中國，他的觀點顯然跟許傑充滿批判性的南洋視野，完全相反。在〈南洋的文藝批評〉一文，陳鍊青也建議以南洋為中心寫文藝批評，並且表示南洋是他的第二故鄉，顯見兩人立場與意識型態迥然相異。透過他們，我們還原當時文人不同的精神狀態以及立場，不論是許傑的批判性立場，或者陳鍊青的歌頌角度，都具有時代意義[25]。文學史應該納入不同的視野和觀點，既然馬華文學的開始是外來者的文學史，小國的文學史，那麼，我們應該採用加法，而非減法，接納不同的聲音和立場，不論南遊文人或許傑，都應該進入馬華文學的範疇。

四、南洋研究的時代風潮

　　前面三節論述在方修的馬華文學史視野下缺席的遊記與散文，並指出南洋遊記的強烈說明性格。從文學史的角度來看，這一類的寫作方式可以納入地誌書寫的雛形；從南洋研究的歷史來看，它則

---

[24] 陳鍊青：〈文藝與地方色彩〉，《陳鍊青文集》（香港：南洋文藝，1962），頁35-36。

[25] 郭惠芬把許傑歸入南來編者，並以為他擅長的文類是論文，忽略了他的作家身分，見《中國南來作者與新馬華文文學》，頁67。

具有一九四〇年「中國南洋學會」的縮影，南來學者和文人如郁達夫、許雲樵、姚楠等在一九四〇年便已成立「中國南洋學會」，是最早研究東南亞華人和南洋課題的團體[26]。中國南洋學會對新馬華人史採取全方位的研究，包括史地、人種、語言、教育、經濟文化等等，是當時的新興學科。許雲樵在〈五十年來的南洋研究〉指出，十九世紀以前，西方的南洋研究是漢學家的副產品，中國學者對南洋的著述，完全不成體系，興之所至隨意錄幾筆。十九世紀以後較成體系的著作分成三類：地誌、紀行與叢鈔。這些純屬資料蒐集之作，並非研究。正式做研究工作的，是沈曾植與陳士芑。其中陳士芑《海國輿地釋名》（1902），已經失傳，真正南洋研究的出現，已經到了二十世紀初。二十世紀初正是地理學在中國確立的時間，許雲樵的論點與劉青峰、金觀濤等學者的觀點相符[27]。

　　許雲樵把中國學者的中國研究分成四個時期（一）何海鳴時代；（二）劉士木時代；（三）尚志學會時代，以及（四）南洋學會時代。何海鳴在一九二一年於北京創辦《僑務旬刊》，是中國學者的正式南洋研究。到了南洋學會成立，已經一九四〇年，由許雲樵、張禮千和姚楠等人組成，意味著南洋研究從中國轉移到南洋，接著許雲樵主編《南洋學報》，那是南洋研究的第一本專門期刊[28]。從時間點來

---

[26] 「中國南洋學會」於一九五八年更名為「南洋學會」（South Seas Society），由知名學者王賡武擔任《南洋學報》主編，南洋學會成為南洋問題研究中心。

[27] 詳見劉青峰、金觀濤：〈觀念轉變與中國現代人文學科的建立〉，《二十一世紀雙月刊》總第 127 期（2011/10），頁 75-89。

[28] 許雲樵：〈五十年來的南洋研究〉＜http://www1.sarawak.com.my/org/hornbill/

看，何海鳴創辦《僑務旬刊》（1921）[29]，與侯鴻鑒《南洋旅行記》
（1920）、梁紹文《南洋旅行漫記》（1924）南遊時間接近，時代背景
正是邁向現代化轉型期的近代中國。現代教育的興起與地理學的確
立，不論是為了興學募捐，或者出於地理學的知識訓練，都讓中國
文人航向南洋。在馬華文學史缺席的南遊文人，以及者被忽略的南
來文人許傑，可置入南洋研究的歷史脈絡，也是地誌書寫的先驅。
這些遊記與散文在文獻和文學之間，時而擺向史料，時而擺向散文，
是馬華散文草創時期的作品，也是散文史的史前史。南來文人與南
遊作家，兩者同時為馬華文學史拉開了序幕。

[2014，2018/12]

---

my/smsia/018.htm＞。另外，亦可參考許甦否：《南洋學會與南洋研究》（新加坡：
南洋，1977），頁 1-4。

[29] 何海鳴（1884-1944）是「鴛鴦蝴蝶派」小說家，曾追隨孫中山的革命大業，
他辦刊物自然跟「華僑為革命之母」的宗旨有關。

跨越國境：
文學史版圖上的杜運燮和吳進

一、中國詩人杜運燮，馬華作家吳進

　　在中國新詩史佔有一席之地的九葉派詩人杜運燮（1918-2003），出生於馬來亞北部霹靂州一個叫實兆遠（Setiawan）的小鎮，唸完初中後，就到中國福州讀高中。一九三八年先考上廈大生物系，隔年轉到聯大外文系讀大二。杜運燮到了聯大才開始寫詩，跟穆旦和鄭敏被譽為「聯大三星」。杜運燮跟穆旦、辛笛、鄭敏、袁可嘉、陳敬容、杭約特、唐祈和唐湜等詩人並稱「九葉詩派」是〈九葉集〉（1981）出版後的事。

　　近年來的論述，多半把九詩派詩人評價為深受西方現代主義影響的一代，杜運燮也承認受到奧登（Wystan Hugh Auden, 1907-1973）

的影響[1]，「他（奧登）初期的詩寫於大學校園。他的政治思想被認為是左的。反對法西斯（去過西班牙，到過中國抗戰前線並寫過關於抗戰的組詩），當然，艾略特和奧登的現代派表現手法我都特別感興趣，認真琢磨和借鑑，也就是如何加以中國化」[2]，比他大十一年的奧登詩風明朗、機智，兼有朝氣和銳氣，頗合他的脾性。杜運燮在一九四二年擔任中國遠征軍的翻譯，參加英軍在印度和緬甸的戰爭之前，師法奧登的技巧寫了兩首反戰的詩〈滇緬公路〉（1942）和〈馬來亞〉（1942）。

---

[1]　相關研究可參見同為九葉派詩人袁可嘉所寫的〈西方現代派與九葉詩人〉一文，見袁可嘉：《半個世紀的腳印》（北京：人民文學，1994）。藍棣之曾編選《九葉派詩選》（北京：人民文學，1992），其長篇序言對九葉派的背景，包括形成與發展的過程，風格及流變均有非常詳盡的敘述；此外，還有游友基：《九葉詩派研究》（福州：福建教育，1997）和馬永波：《九葉詩派與西方現代主義》（上海：東方，2010）等相關論著。杜運燮受奧登詩風影響的說法，最直接的證據，則參見王偉明：〈載盡人間許不平——與杜運燮對談〉，《詩雙月刊》第 39 期（1998/04），頁 8。該文同時收入《杜運燮六十年詩選》（北京，人民文學，2000）。綜合藍棣之和游友基的研究，九葉詩派是一九四〇年代形成的詩歌流派，其實人數頗多，所謂九葉以九位詩人為代表的說法，乃是在一九八一年，江蘇人民出版社把杜運燮、穆旦、辛笛、鄭敏、袁可嘉、陳敬容、杭約特、唐祈和唐湜九人的部份詩作編為《九葉集》出版，因此被學術界追認為九葉詩派。九葉的「九」實應理解為「多」，這個詩派除了西南聯大詩人群之外，尚包含《詩創造》和《中國新詩》詩刊部份詩人，以及《創造詩叢》和《森林詩叢》的部份詩人。此外，一九四〇年代表近現代主義詩風的詩人，均可包含在內。

[2]　王偉明：〈載盡人間許不平——與杜運燮對談〉，《詩雙月刊》第 39 期（1998/04），頁 8。

　　戰爭結束後，杜運燮先後在新加坡的南洋女中和華僑中學任教了四年（1947-1950），一九五一年北上香港，經西南聯大的老師沈從文推介，去編輯《大公報》。翌年重返中國，歷經文革下放，後到山西師範學院教書，一九七九年重回北京，二〇〇二年去世。回歸祖國，亦客死異鄉。當然，所謂「異鄉」者，完全是一個以出生於馬來亞的華人，輾轉流徙，最終逝世於非出生地的說法。對於杜運燮那一輩華人而言，或許中國跟馬來亞一樣，都是故鄉。

　　在現代文學的論述上，杜運燮遠比吳進有地位。

　　吳進著有一本散文集《熱帶風光》（1951）[3]，杜運燮則有四本詩集，一本散文[4]；隨著近幾年對「九葉派」的研究，杜運燮逐漸為人所重視；相反的，在馬華文學史上，吳進只出現過在趙戎編的《新馬華文文學大系‧散文卷》（1971）、馬崙《新馬華文作者風采》（2007），以及鍾怡雯和陳大為主編的《馬華散文史讀本 1957-2007》（2007）[5]。主編大系的趙戎顯然對吳進所知不多，並未提及他的詩人身分杜運燮，甚至把他當成南來文人。吳進自己表示，「那裡（新

---

[3] 吳進：《熱帶風光》（香港：學文書店，1951）。

[4] 杜運燮另有兩本詩自選集《杜運燮詩精選 100 首》（自費出版，1995）和《杜運燮 60 年詩選》（2000），以及一本詩文集《海城路上的求索》（1998），另有與詩友合輯《九葉集》（1981）、《八葉集》（1984）。

[5] 杜運燮在《海城路上的求索‧自序》裡表示，《熱帶風光》一書有三稿散文收入馬來西亞、新加坡和《新馬華文文學大系》，〈熱帶三友〉收入馬來西亞華文課本的時間最長，見杜運燮：《海城路上的求索》（北京：中國文學，1998），頁6。趙戎《新馬華文文學大系》視吳進為南來文人，見趙戎編：《新馬華文文學大系‧散文（1）》（新加坡：教育出版社，1971），頁8。餘則待查。

馬）的讀者相當長一段時間更熟悉吳進的散文，而不知杜運燮也寫詩」[6]，以吳進為筆名寫的《熱帶風光》是在香港編《大公報》期間出版的。他跟馬來西亞最後的關係，大概是回到霹靂州出版詩集《你是我愛的第一個》（1993）。

　　一九四七到一九五○年，吳進在新加坡的南洋女中和華僑中學任教期間，寫下著名的散文集《熱帶風光》。吳進對馬來亞的情感和了解，遠比南來作家更為深厚，這系列散文書寫自身的生活經驗，另一方面學習馬來文，作了許多具有學術價值的民俗文化考據工作。馬來歷史典故、在地文化資料，以及自身經驗的多重鑄合，一九四○年代完成的散文遂有一九九○年代「文化散文」的規格[7]。吳進之所以跟馬華文學史發生關係，最主要是因為《熱帶風光》。

　　本來吳進要寫的，是「一部反映華僑拓荒歷史的長篇小說」，《熱帶風光》原是小說的前置作業，以讀書札記性質寫成的副產品[8]。最後小說沒寫成，卻成了「在地文化的田野記錄」。他以人類學的角度，

---

[6] 杜運燮：《海城路上的求索・自序》，頁 2。

[7] 文化散文興起於一九九○年代的台灣，跟余秋雨出版的第一本散文《文化苦旅》（1992）有密切關係。這本標榜「大」散文的文化散文，以軟筆寫冷硬的大歷史，抒發人文關懷，余氏以後數本散文皆以這種風格取向，在台灣掀起余秋雨旋風，台灣媒體甚至稱之為「余秋雨現象」。余氏散文同時在華人讀者群取得熱烈迴響，並循張愛玲模式從海外（台灣、香港及東南亞等）紅回中國。不同於「海外」的高度評價，他在中國成為爭議性人物。余氏採取了非常有效的書寫策略，大歷史的題材在他筆下感性兼具知識性（這也是最危險的，一旦史料錯誤，負面影響深遠，惜此乃余氏「風格」之一）。

[8] 杜運燮：《海城路上的求索・自序》，頁 2。

一種百科全書式的寫作方式，對馬來亞盡可能進行全方位的導讀與分析，成了地誌書寫的最好範本之一。寫作此書時，吳進利用教書餘暇，到博物館、圖書館去蒐集資料[9]，以一種學術研究的方式寫下這本多長篇鉅製，架構完備的散文。

　　以今天更細緻的文類觀點來看，他的散文其實更接近知識性散文，抒情少，敘事多，兼有雜文的議論性，把馬來亞的種族、語言、社會、文化以及歷史，以散文的方式做了獨特的處理。《熱帶風光》是「在地文化」書寫的重要起點。他的人文地理學視野，遠遠超越了一九五〇年代，以及當代的馬華文學。鍾怡雯曾在〈從理論到實踐——論馬華文學的地誌書寫〉一文指出，吳進筆下的馬來半島，其實是「鄉愁」的替代品，此書最動人之處應該是裡頭蘊藏著的時間之眼。他壓抑著情緒，以知性之筆，寫下可能回不去的馬來半島。

　　這樣的推論在王偉明〈載盡人間許不平——與杜運燮對談〉一文裡，獲得進一步的印證，「我在新加坡先後在南洋女中和華僑中學任教，均因支持學生的愛（中）國活動而被英殖民政府強迫解聘。一九五〇年第二次被解聘失業時，新中國已成立，我也嚮往參加建設新生的祖國」[10]，由此推測，寫作《熱帶風光》時，吳進已有去國離家的打算——不被出生之地馬來亞（出生之地已是英殖民地）接納，那麼就「回」到「祖國」中國，「這是因為多年來華僑多半生活在外國殖民或種族主義統治下，過著寄人籬下『海外孤兒』被欺

---

[9]　柳舜：〈我的老師杜運燮〉，《詩雙月刊》第 39 期（1998/04），頁 41。

[10]　〈載盡人間許不平——與杜運燮對談〉，頁 5-6。

壓的艱辛生活」[11]。兩段引文值得注意的是「祖國」和「華僑」的使用，確實頗類具有僑民意識的南來文人，這分明跟《熱帶風光》熟稔馬來風土，能翻譯「班頓」（pantun，馬來詩歌）的吳進很難湊在一起，也跟《熱帶風光》深具「馬華文藝獨特性」的風格扞格，同時也讓《熱帶風光》具有可辯證的想像空間。

實際上，《熱帶風光》自身便擁有馬來亞與中國的雙重視野，他的敘述視角有時是華僑，有時是馬來亞華人，甚至兩者並存。他有時稱華人為華僑，中國則是祖國。《熱帶風光》兼有「吳進」跟「杜運燮」兩者的疊影，前者是馬華作家，後者則是遠比吳進有名的九葉派詩人。

本文擬從《熱帶風光》的「雙重視野」出發，討論吳進在馬華文學史的意義，散文家吳進和詩人杜運燮在馬華文學史的錯過和缺席，並論述杜運燮（吳進）的「雙重（故鄉／國籍）文學身分」個案，突顯出馬華文學的複雜而多樣，以及馬華文學的研究問題。在全球化之前，馬華作家的（被迫）流動和遷徙，跟當代作家自由／自主的移動並不相同，杜運燮的個案，絕非現有的文學理論或學術用語可以處置。我們要「敘述」杜運燮和他那輩的華人，特別是當我們把杜運燮放入文學史裡去思考的時候，必須還原那個時代的氛圍，使用更準確而細緻的思考和用詞，才能給予恰如其分的評價。

---

[11] 〈載盡人間許不平──與杜運燮對談〉，頁5。

二、熱帶風光：雙重視野之下的地誌書寫

　　《熱帶風光》出現在一九五〇年代，無論就文學史的發展，或者地誌書寫的角度去審視，都是異數。上一節論及，吳進的人文地理學視野，遠遠超越了一九五〇年代，以及當代的馬華文學。魯白野的《馬來散記》（1953）和《獅城散記》（1954）完成於一九五〇年代，兩書雖是主題書寫，大部分文章卻質木無文，偏向史料式的地理學觀察報告，跟建構地方意義的地誌書寫相去甚遠，頗類早期的《馬來鴻雪錄》（1930）、《馬來半島商埠考》（1928）、《英屬馬來亞概覽》（1935）等，以歷史考據勝出的雜記。因此，我們應該把《熱帶風光》放在戰後馬來亞的歷史框架裡，從時代背景去還原當時的時代氛圍，或許可以看出一些端倪。

　　一九四七年的馬來亞文壇，興起「馬華文藝的獨特性」與「僑民文藝」的論爭。加入論爭的作家除了馬來亞出生的華人作家之外，尚包括南來文人胡愈之和遠在香港的郭沫若。這場論戰打得轟轟烈烈，乃是本土意識和中國意識第一次短兵相接。表面上看來，這是一場文藝論爭。根據謝詩堅的研究，論爭的背後，實有共產黨和國民黨的政治力介入，這場論戰從一開始的文藝之爭，變成國共兩股政治勢力的角力[12]，因此，「馬華文藝的獨特性」與「僑民文藝」的

---

[12] 論爭當事人之一的苗秀為《新馬華文文學大系·理論卷》所寫的導論，對馬華文藝的獨特性論爭始末有詳盡的敘述。見苗秀編：《新馬華文文學大系·理論卷第一集》（新加坡：教育出版社，1971），頁 13-20；又見謝詩堅：《中國革命文學影響下的馬華左翼文學（1926-1976）》（檳城：韓江學院，2009），頁 126-

論爭，或許可以解讀為不同政治立場的華人，以文藝為戰場的意識型態論爭，體現了那套毛澤東文藝跟政治不可切割的理論。值得注意的是，論戰時間是從一九四七年底十一月開始，到一九四八年四月結束，英殖民政府緊接著在同年六月頒布緊急法令，試圖削弱漸成氣候的共產黨。緊急法令對華人最大的影響是，住在偏遠地區的居民被送入新村集中管理，更多被懷疑援共的華人被遣送回中國，馬華公會的創辦人陳修信甚至把這個措施視為「排華政策」[13]。此外，英政府想從教育下手，徹底剷除共產黨的勢力，對中國有感情的華校是英政府的第一目標，一九五〇年更試圖關閉華僑中學和南僑女中。

　　陳述這段歷史背景的用意，是為了說明任教於華僑中學教書的吳進，必然深刻感受到文藝和時代的強烈震盪。曾在中國讀書，又隨中國軍遠征軍參戰的經歷，大概頗有「效忠祖（中）國」的嫌疑，身分也頗類南來文人。我們可以推測，寫作具有馬來亞地域色彩的《熱帶風光》，是對「馬華文藝的獨特性」的具體回應，同時也是身分的表白。書寫本土，在那個時代氛圍底下，等同於「愛國」。雖然如此，現實並不容許他留下，他被迫離開華僑中學，無以為生，當然只能遠走他鄉。或者，更正確的說法，返回另一個祖國。吳進的例子並非個案，從一九四八到一九五三年，被遣返中國的華人計有

144。

[13] 何國忠：《馬來西亞華人：身分認同、文化與族群政治》（吉隆坡：華社研究中心，2002），頁38-40。

兩萬餘人[14]。

其次,新加坡當時是政治文化中心,南來文人如郁達夫、許雲樵、姚楠等人在一九四〇年成立最早研究東南亞華人和南洋課題的團體「中國南洋學會」[15],從史地、人種、語言、教育、經濟,到文化,對新馬華人史展開全方位的研究。這種研究方式,在《熱帶風光》那裡,則是體現為百科全書式的地誌書寫。這本雜糅了雜文和散文的「小說副產品」,應該深受「南洋研究」的風潮所影響,《熱帶風光》可說具體而微的體現了一個時代的氛圍。

當然,作為一部超越時代視野的散文,《熱帶風光》的意義絕不止於此,我們應該把《熱帶風光》放入馬華文學史,給予它一個合理的位置。

跟吳進同時代的散文家蕭村(1930-)出生於馬來亞,寫過《山芭散記》(1952),同樣書寫赤道風光,最後跟吳進一樣,也回到中國定居。不過,《山芭散記》的敘事基調較抒情,偏向馬來亞的生活細節和記事,並不像《熱帶風光》一樣具有強烈的說明性,以及知識性格;其次,從《山芭散記》單純記事的敘事方式看來,蕭村的預設讀者,應是馬來亞讀者。《熱帶風光》則很明顯的預設了第二類對馬來亞不瞭解的讀者,包括中國或馬來亞的華人,因此寫作方式抒情之外,最重要的是加入考證和說明,具有很強烈的、引領讀者去認

[14] 何國忠:《馬來西亞華人:身分認同、文化與族群政治》,頁 40。原資料見 Victor Purcell, *Malaya: Communist or Free?* (Stanford, Calif.: Stanford UP, 1954), p.146.
[15] 中國南洋學會於一九五八年更名為南洋學會(South Seas Society),由知名學者王賡武擔任《南洋學報》的主編,南洋學會成為南洋問題研究中心。

識馬來亞的意味。或者我們也可以說，為了寫作《熱帶風光》，吳進也「重新」認識他成長的地方。

或許我們應該先回到杜運燮身上。

如前文所述，早在《熱帶風光》之前，杜運燮寫過一首九十六行的長詩〈馬來亞〉（1942），一節六行，總共十六節。此詩寫於昆明，從詩的內容推測，應是日軍入侵馬來亞之後所作。前面八十四行是對馬來亞的禮讚，歌頌馬來亞的豐饒和美好。最後兩節均以「今天在屠殺」起頭，批判日軍的屠殺。「不理會外國紳士的諾言和法治／『保護』是欺騙，一切要靠自己」[16]則諷刺英殖民政府的無能和懦弱，具有強烈的反戰和反殖民意識，兼反襯出前面十四節禮讚的正當性。這首詩大體而言是敘事詩，如果隱去最後兩節直接而強烈的批判語言，說它是抒情詩版的《熱帶風光》亦不為過。其次，我們可以把這首詩視為《熱帶風光》的「初稿」，書寫《熱帶風光》的遠因之一。

到新加坡教書時，吳進年屆三十，已經到過印度和緬甸，兩次重返中國，離鄉（馬來亞）、以及異地異鄉的經驗，或許也促使他重新省思、認識馬來亞。從創作者的角度來看，空間和時間拉開的距離夠長，足以讓他擁有第三者的視角／視野，思考馬來亞對他的意義。這種觀看馬來亞的方式，便是《熱帶風光》的兩地視野，譬如〈「醍醐灌頂」般的「沖涼」〉：

初由熱帶到中國，常把「洗澡」講成「沖涼」，為朋友們所譏

---

[16] 杜運燮：《杜運燮60年詩選》（北京：人民文學，2000），頁11。

笑；回到熱帶後，也總未能立即習慣說「沖涼」以代「洗澡」。
每次提到洗澡，都不免要多費一番口舌：「當我洗完澡──
沖過涼以後……」正如這裡的許多「僑生」講話時，喜歡夾
些英文，卻又似乎生怕別人未讀過英文而立刻加以翻譯：「我
的 Father──我的父親現在……」[17]

吳進藉由不同辭彙的使用，書寫兩地的「中國經驗」和「馬來亞經
驗」的差異，此文主要還是寫馬來亞華人「沖涼」的經驗和歷史。然
而這篇散文的誕生，卻是發現「洗澡」（中國）而起。「沖涼」和「洗
澡」代表了熱帶和溫帶兩種生活方式，引文是一段兩地經驗的對比，
我們可以讀出一個創作者的敏銳觀察。吳進更進一步譬喻，洗澡是
輕聲說話式的「絮語」，沖涼是「鐃鈸的巨響」：

（洗澡）只是如海邊無風無浪時的所謂『絮語』，給你的感覺
是想得遠。沖涼時則完全不一樣了，一桶一桶水沖下來，就
如一下下鐃鈸的巨響，聽到那種聲音，你不禁也會有痛快的
感覺，給你的是力的感覺。[18]

以上引文是吳進文字的特質，他的散文充滿詩的質地，時而帶點幽
默和調侃，跟他喜歡機智明朗的奧登有關，也跟杜運燮輕靈的詩風
近似。引文比較兩種洗澡方式，呈現的是兩地視野。散文從沖涼方
式，沖涼房的建築式樣，到沖涼的樂趣和痛快感，男人和女人沖涼
的差別，均作了詳細而幽默的敘述。中國女人到馬來亞後，沒有沖

---

[17] 《熱帶風光》，頁 32。
[18] 《熱帶風光》，頁 36。

涼房時，便學馬來女人以紗籠圍在胸部，用洋鐵吊桶打井水沖，再以乾紗籠蓋在外面，在公眾前就把濕的脫去。沖涼是華人移民「水是藥」的生活智慧，先民用來對治濕熱黏膩天氣的良方。散文最後以「沉浸在音樂裡的感覺」[19]的山芭沖涼記憶作結。感性經驗再加上清朝謝清高的《海錄注》考證的沖涼掌故，要而言之，這篇散文除了是個人在馬來亞的生活記憶，同時也描繪出早期馬來亞社會的面向。

《熱帶風光》除了體現一個時代的大歷史氛圍之外，也建構了充滿細節的華人移民史。

以新人文地理學的觀點來看，吳進筆下的馬來亞充滿「地方感」（sense of place）。人文主義地理學者艾蘭・普蘭特（Alan Pred）在〈結構歷程和地方：地方感和感覺結構的形成過程〉論地方感時指出，新人文主義地學者提出「地方」不只是客體，而是主體的客體。段義夫（Tuan Yi-fu）等學者更進一步延伸這個觀點，使之更周延，「地方」因此是經由記憶積累；經由真實的動人的經驗，以及認同感；經由意象、觀念和符號等形塑而成。[20]

艾蘭・普蘭強調地方是主體的客體，而非兩種對立且截然二分的關係，並不難理解。這個見解的關鍵，乃是「情感」。經由情感的投射，地方因此變成一個承載著個人的記憶和經驗的焦點，因此而

---

[19] 《熱帶風光》，頁 38。

[20] 艾蘭・普蘭特：〈結構歷程和地方：地方感和感覺結構的形成過程〉，收入夏鑄九、王志弘編譯：《空間的文化形式與社會理論讀本》（台北：明文，1994），頁 86-92。

產生「認同」[21]。段義夫的說法進一步把艾蘭・普蘭的觀點跟「認同」產生聯結。〈「醍醐灌頂」般的「沖涼」〉頗具代表性，乃是因為它是《熱帶風光》的基調。然而《熱帶風光》的馬來亞「認同」，其實是複雜的。吳進生於馬來亞北部，北馬南馬都生活過，他對馬來亞當然有感情，可是這樣的感情卻是經由「他地／他鄉」的「他者」眼光，多次折射之後產生的。

我們可以再舉〈涼爽的亞答厝〉為例。這篇散文採取的仍然是多次折射之後的視角，跟〈「醍醐灌頂」般的「沖涼」〉一樣，中國經驗仍然是參照系，他以參差對比的筆法，把亞答（atap）屋跟中國的茅屋並舉，這種書寫角度，同時利於馬來亞和中國讀者瞭解兩種不同的建築材質：

> 從遠看，中國的茅屋的屋頂部份與亞答屋十分相似，但茅草給人以飽滿溫暖的感覺，而亞答給人的則是消靜涼爽的感覺。亞答屋叢聚在一起的村落，似要比茅屋更好看些，因為新舊亞答的顏色頗有差別；新換的亞答多是帶點綠色，看來又脆又大硬，較有生氣，彷彿是剛燙好的衣服；換了較久的就漸漸變成枯黃，深櫬，而最後變成爛葉色，大風一刮，便一片片隨著飛掉了。此外，茅草當然對於聲音是不大有反應的。說到聲音，前面只提到雨聲，其實，在山芭裡住亞答屋還可以聽到許多許多愉快的聲音，使在那裡度過兒童時代的

---

[21] 這裡作者的認同乃暫用，必須上下引號，詳見本文第三節。

人們永遠不能忘記。[22]

這段文字從感覺、顏色和聲音等不同層次來寫亞答屋，同時也寫茅屋，兩種角度都處理得恰到好處，然而他的重點仍然是亞答。相較之下，他似乎也對亞答屋比較有感情，原因很簡單，那是因為時間——他的童年時光就在亞答屋裡度過。即便茅屋比較迷人，童年記憶，懷舊之情仍然會為亞答屋鍍上美好的光影和景深。因此，我們可以藉由這樣的實例來修正 J. Hillis Miller 的觀點。

J. Hillis Miller 在《地誌學》（Topographies, 1983）指出，「地景並非先驗性的存在之物（pre-existing thing），它是一個透過在地的生活，被人為地創造出來的富有意義的空間」[23]，這樣的觀點因此有商榷的餘地，在地人既有「洞見」，常常也可能有「不見」，熟悉感可能遮蔽了我們的感覺，以《熱帶風光》而言，它超越時代的視野，應該來自多次「離鄉」的「異域」經歷。異域者，包括中國、印度和緬甸等，乃是以馬來亞為出發點的權宜說法。經由中國詩人杜運燮和馬華作家吳進的雙重視野，《熱帶風光》詮釋了一個豐富且多層次的馬來亞。同時，也經由他者的眼光，看到馬來亞跟中國的差異，以及自己的匱乏。換而言之，寫作是重新認識自己故鄉的方式。

如果沒有異地經歷，吳進不會意識到自己的侷限，進而回頭重新認識馬來亞。那麼，杜運燮在文學史的位置，僅僅就只是中國九

---

[22] 《熱帶風光》，頁 28。

[23] J. Hillis. Miller, *Topographies*. California: Stanford U.P. (1995), p.21；同樣的討論也可以用在格爾茲（Clifford Greertz）的「地方性知識」（local knowledge）。

葉派詩人，他不會以「吳進」之名進入馬華文學史，而成為跨國文學史的案例。必須強調的是，《熱帶風光》的寫作雖然使用了學術研究的方式，它完成的卻非史料式的地理學報告，或者歷史考據，而是加入「想像的技術」，以散文的形式，自身的生活體驗，充滿感情的筆調，建構了有別於魯白野的《馬來散記》或《獅城散記》雜記／雜文的書寫方式。地方感是地誌書寫的重要元素，吳進當時並沒有地誌書寫的概念，卻完成了相當成熟的地誌書寫，因此在地生活之外，地誌書寫的第二個條件是，書寫者同時要兼有他者敏銳的眼光和視野（J. Hillis Miller 這段話，宜有如此但書）。

　　作為書寫馬來亞的地誌書寫，《熱帶風光》並不止於華人生活經驗的挖掘，同時對馬來文化和文學亦多所著墨。從班頓、馬來語的構成、馬來語和中文之間相互的滲透和影響，都有獨到的見解，並不止於描寫生活經驗。從吳進能翻譯班頓和英文作品[24]判斷，他至少可以掌握，甚至精通三種語言。〈峇峇〉、〈娘惹〉、〈頭家〉、〈浪吟舞〉、〈馬來人的詩歌〉、〈阿魔克〉、〈紗籠．木屐〉等散文，對整個馬來文化有非常深入的敘述和瞭解，同時也兼顧印度文化，書寫馬來亞文化的雜糅（hybridity），不同人種和語種的交匯，兼多變化的地方特質。《熱帶風光》書寫了吳進那世代華人的「感覺結構」（structure of feeling）。

　　雷蒙・威廉斯（Raymond Williams）的「感覺結構」，指的是在特

---

[24] 吳進在〈馬來人的詩歌〉一文，附錄了他翻譯的二十首班頓。〈峇峇〉則附錄他翻譯《海峽時報》（*New Straits Times*）〈峇峇缺乏主動性〉一文。

殊地點和時間之中，一種生活特質的感覺；一種特殊活動的感覺方
法，結合成為「思考和生活的方式」，是一種幾乎不必特別去表現的
特殊社群經驗，它是一種深刻而廣泛的情感。感覺結構把社會和歷
史脈絡納入，討論它對個人經驗的衝擊。因此感覺結構是民族、地
方文化形成過程中不可少的思考。[25]雷蒙‧威廉斯的觀點兼顧社會
和歷史脈絡，較「地方感」更具人文視野。吳進利用馬來亞的先天
資源，在一九五〇年代便發展出相對成熟的地誌書寫，為我們寫下
那輩華人「思考和生活的方式」，他們觀看世界的方法，建構了多元
文化與多語的馬來亞社會經驗。這樣的視野背後，杜運燮的中國經
驗功不可沒。我們因此可以說，沒有杜運燮，也就沒有吳進。

三、從南洋到長城：家國與國家的意義

　　按照以上的論述，《熱帶風光》作為雙重視野下完成的馬華地誌
書寫，殆無疑問。然而，我們還要進一步提問，杜運燮和吳進之間，
究竟是怎麼一回事？為什麼杜運燮要以吳進的筆名寫《熱帶風光》？
根據他在華僑中學的學生回憶，當時學生都知道「杜老師是有名的
詩人」[26]，那麼，吳進的意義在哪？筆名是另一種身分的象徵，寫
詩的杜運燮為什麼捨杜運燮之名寫散文？

　　返馬之前，杜運燮出版了第一本詩集《詩四十首》，常被討論的

---

[25] 《空間的文化形式與社會理論讀本》，頁 92-96。

[26] 〈我的老師杜運燮〉，頁 39-42。

〈滇緬公路〉（1942）[27]，跟〈馬來亞〉兩首長詩均收入這本詩集，同樣寫於昆明，兩首詩都反日本侵略，寫作手法類似，禮讚的敘事方式也相同。這兩詩並舉，可以看出當時的杜運燮對中國和馬來亞的感情。回到《熱帶風光》，也許可以看出一些端倪。

吳進在《熱帶風光》常以華人跟華僑，中國與祖國兩組辭彙交互使用。我們要解決的問題是，一直到晚年受訪，吳進仍然稱馬來亞華人為華僑，稱呼中國為祖國，為什麼？

從《熱帶風光》的上下文來判斷，兩組辭彙並沒有涉及今日我們常用的認同概念（the concept of identity），換而言之，他稱自己是華僑或中國為祖國，其實反映了當時一般華人的認知，或者，這是那個時代的華人慣用語彙，並不等同於「中國認同」：一個意識型態鮮明強烈，具有排他意義，以中國這個政治實體為依歸的現代辭彙。我使用「情感」代替「認同」，理由有二：首先，以吳進的例子而言，《熱帶風光》已經足夠說明他的立場。沒有馬來亞經驗，他根本無法呈現馬來亞的時代氛圍，也不會有如此強烈的地方感和感覺結構。《詩四十首》裡，甚至沒有為中國而寫的詩歌，與其說〈滇緬公路〉具有中國情感，毋寧說這是杜運燮詩風慣有的反戰和反殖民意識，而且那是抗戰時期，創作受到大環境的影響是很正常的。

其次，王賡武對認同的研究指出，一九五〇年前的華人並未有

---

[27] 〈滇緬公路〉寫被稱為血線的滇緬鐵路。這是一條抗日戰爭時的要道，滇緬公路建於一九三八年，是中國抗日戰爭時，西南後方的國際通道，始於昆明，終於緬甸臘戍。二十萬的勞工多半是老弱婦孺，由於缺乏機械，多以手工鋤頭作業，築路工的死亡人數不確定。

認同的概念，而「只有華人屬性的概念，即身為華人和變得不似華人」[28]，這種相對單純的認知，並不能由此引伸為認同。他認為，對新興國家的成立，東南亞華人最大的改變是「換上一個新的合法身分，至多也不過再進而表明政治上的效忠」[29]，也仍然談不上認同。王賡武顯然對「認同」這個辭彙的使用非常謹慎。以「認同」來描述吳進跟中國和馬來亞這兩國之間的關係，遠沒有「感情」或者「歸屬感」來得貼切，而且符合那個時代的意義。感情不難理解，至於歸屬感，借英國學者湯林森（John Tomlinson）的說法，乃是植根於氏族、宗教與傳統等等結構，為的是在這些形而上的價值裡找到安身立命位的位置，換而言之，即是一種存在感[30]。對杜運燮而言，馬來亞和中國均可以是他的情感歸屬之處。

在那個文藝論爭的年代，我們或許可以進一步印證王賡武的說法，並找到杜運燮化身為吳進的蛛絲馬跡。「馬華文藝的獨特性」與「僑民文藝」的論爭最後，焦點並不在文藝上，而是跟「愛國」扯上關係。換而言之，支持馬華文藝的獨特性，就是熱愛馬來亞，反之則非。作為本土派的苗秀觀點最具代表性，「如果作家是熱愛馬來亞的，效忠本土的，以馬來亞為唯一的家鄉的，那麼他創作出來的作品，縱然所寫題材並非『此時此地』，也是馬華文藝，富有馬華文藝的獨特性，反過來說，如果作家是暫時僑居馬來亞，以僑民身分從

---

[28]　王賡武：《中國與海外華人》（台北：商務，1994），頁 234。

[29]　《中國與海外華人》，頁 239。

[30]　湯林森（John Tomlinson）著，馮建三譯：《文化帝國主義》（上海：上海人民，1999），頁 163。

事寫作，那麼即使所寫的是馬來亞題材，所反映的是馬華社會現實，這作品就一般文學觀點而言，也許很有價值，但決不是馬華文藝的作品」[31]，這段引文是《新馬華文文文學大系・理論卷》（1971）的導論，等於是離文藝論戰二十三年之後的論定，可以更清楚的看到當時論戰的核心。當時苗秀寫了一篇〈論「僑民文藝」與「馬華文藝獨特性」〉（1948），特別強調馬華文藝的獨特性，乃是「應該是以馬華大眾語為作品的語言」[32]。

當時杜運燮的身分幾乎等同於南來文人，理應感受到時代尖銳的對峙。基於對中國與馬來亞的雙鄉情感，於是使用筆名吳進，等同於以全新的身分出現在馬華文壇[33]。吳進最後定居中國，《熱帶風光》亦甚為符合苗秀「很有價值，但不是馬華文藝作品」的標準。然而，他確實以《熱帶風光》具體回應了苗秀的「馬華大眾語」以及「馬華文藝的獨特性」。苗秀把文學和愛國劃上等號的觀點只會窄化馬華文學[34]，這裡我想把愛國者的「國」錯讀為「家國」，翻轉「國家」的意義，如此，讓吳進也變成愛「國」的作家，成為馬華文學的

---

[31] 苗秀編：《新馬華文文文學大系・理論卷第一集》（新加坡：教育，1971），頁 19。

[32] 苗秀：〈論「僑民文藝」與「馬華文藝獨特性」〉，收入《新馬華文文文學大系・理論卷第一集》，頁 259。

[33] 吳進另有筆名吳達翰，見馬崙：《新馬華文作者風采》（新山：彩虹，2000），頁 63。

[34] 按照苗秀的觀點，馬華文學史可以等同於「馬華『愛國作家』文學史」。馬華文學史大概也沒什麼好寫了。

「合法」作家。

　　對吳進這一輩的馬來西亞人而言，「家國」的意義遠大於「國家」的意義，原生情感（primordial sentiments）和公民情感（civil sentiments）並無衝突[35]，而且常常是兩者混為一體。吳進對中國既有原生情感（祖國者，祖先之國，文化的根源），也有公民情感。對馬來亞也一樣，公民情感和原生情感兩者常是混淆的——當晚年的杜運燮對兒子杜海東自稱為「海外歸來的炎黃子孫」、「從海外歸來的華僑」[36]，則原生情感和公民情感之間的界限變模糊了，當年自稱華僑的吳進，跟此時自稱華僑的杜運燮，有了溝通的可能——他們擁有同樣的身分，華僑可以是馬來亞人吳進，華僑也是中國詩人杜運燮——換而言之，不論在馬來亞或中國，吳進或杜運燮，都兼具華僑身分，那是因為，他有兩個家園。既有兩個家園，則隨時都可以是局外人，也是局內人。他對這兩地同樣有歸屬感。如此，我們才能合理看待杜運燮在歷經文革下放之後所寫的詩，〈為長城唱支歌〉（1994）、〈再登慕田峪長城〉（1995）、〈戀龍情結〉（1995）、〈香港回歸頌〉（1997）等，充份顯示出原生和公民情感的混合，頌讚長城或龍這兩個十分中國的符號，往往是對中國有感情的海外華（詩）人所為，這類中

---

[35] 這裡挪用人類文化學者格爾茲（Clifford Geertz）在《文化的闡釋》（*The Interpretation of Culture*）所提出的原生性認同和公民性認同觀點。公民情感認乃本人杜撰，靈感衍生自公民性認同。「情感」比「認同」更能貼切而准確的敘述杜運燮。

[36] 杜海東：〈熱帶三友・不是序〉，收入杜運燮：《熱帶三友・朦朧詩》（北京：北京作家，1984），引文分別見頁5、頁7。

國符號最常為溫瑞安所用，往往也暴露了說話者不在中心的位置，可見杜運燮的馬來亞身分從未撤離。至於〈香港回歸頌〉則是站在中國的位置發聲，充滿殖民地回歸祖國的歡愉。這首詩的大中國意識當然有商榷的餘地，然而如果我們熟悉杜運燮的詩風，則這首詩實為他一貫的反殖民風格。其次，作為「炎黃子孫」，理當希望中國一統，四海歸心。

　　杜運燮在後期的詩裡一再宣稱自己是「炎黃子孫」。為什麼他會反覆強調自己的「正字標記」？那是因為中國詩人杜運燮從來沒有忘記他的馬來亞身分，惟有意識到自己不是（炎黃子孫），才要不斷提醒自己，杜運燮其實從未離開過馬華作家吳進。事實上，杜運燮寫得比較有感情的詩，往往也跟馬來亞有關，儘管他宣稱馬來亞是第二故鄉。〈你是我愛的第一個〉（1992）是杜運燮離開「馬來亞」四十年後，第一次返實兆遠所寫。他稱這已經獨立，且已經是「馬來西亞」的故鄉為「第二故鄉」，此詩以抒情筆調白描實兆遠的山海，以及熱帶風情：

> 灼熱的泥土
> 灼熱的下午
> 漁船緩緩航過
> 藍海灣、白沙灘、高椰樹
> 背景的空氣也撒滿灼熱
> 連白日夢的邊緣也灼熱……[37]

---

[37] 杜運燮：《海城路上的求索》（北京：中國文學，1998），頁133。

這首詩的情感和用詞都充滿赤道的火熱，已經七十四歲的詩人顯然情感起伏，他在這首詩裡表示馬來亞是生命初始之地，也是他「惟一」熱愛的「第一個」，雖然他自始至終認定馬來西亞是第二故鄉。既是最愛，那麼，為何是第二，而不是第一？我們不必強做解人，重點在於他寫馬來亞跟寫中國，投入的情感完全不同。這「初戀的鍾情／綠色的鄉愁」即便是第二，也仍然是創作最重要的底氣，情感的皈依。從杜運燮身上，我們看到「雙鄉」的可能，也看到所謂原生情感和公民情感的非相對性。他的創作生命在西南聯大讀書時開始。從沈從文、朱自清、卞之琳等名家那裡習得寫作技藝；跟穆旦等文友的交往，都影響了他的創作。從文學史的後見之明來看，這些養份同時也為貧瘠的馬華文學史加值。杜運燮既是中國詩人，也是馬華作家，終其一生，中國詩人杜運燮都離不開寫《熱帶風光》的吳進。馬華文學史應有他的一席之地[38]。

　　《熱帶風光》的書寫背後，牽動的是一九四〇、五〇年代那一輩華人的家國經驗，他們跟馬來亞和中國的情感糾葛。其次，《熱帶風光》的誕生，跟當時的文學論爭有密切的關係。本文認為它體現了一個時代的氛圍，理由在此。《熱帶風光》以散文回應時代，也讓

---

[38]　這也是馬華文學史的問題，它牽涉到太多流動和遷徙，流動就產生出版地以及國籍如何界定的問題，此外，意識形態以及邊界，都考驗論述者的視野和胸襟。其次，因為新的資料出土或出現，馬華文學的起源必須不斷更改，邊界也必須不斷修訂。如果連郁達夫都能收入馬華文學大系，那麼，想像一部相對完整而周全的文學史，實在是困難重重。當然，文學史寫作又是另一個更複雜的問題，這裡暫略。

它在文學史上，為馬華地誌書寫立下標竿。至於杜運燮跟吳進，則顯示雙重文學身分的可能，杜運燮是跨國文學史最好的個案，或許也可有助於讓我們思索旅台文學，包括已經入籍台灣的李永平、張貴興和黃錦樹。

　　被迫離開新加坡後，基本上，杜運燮進入中國現代文學史，至於吳進，則留給了馬華文學史。中國文學史忽略了他寫馬來亞的詩，這對作品豐富的中國文學史或無損，然而忽略了杜運燮為數頗豐的寫馬來亞的詩歌，則是馬華文學史的損失。在馬華文學史上，杜運燮從未以馬華詩人的身分出現過，儘管他早在一九四二年，就寫過深具「馬華文藝獨特性」，對馬來亞充滿感情的長詩〈馬來亞〉。

[2012, 2018/12]

斑駁的時代光影

——論蕭遙天與馬華文學史

一、南來文人蕭遙天

　　馬華文學跟中國文學的關係千絲萬縷，一九二〇年代中國南來文人在馬來亞旅遊或居留期間所寫的現代散文，開創了馬華現代文學史的初章，馬—中兩國的文學關係是流動的，南來文人可能成為馬華作家（如陳鍊青 1907-1943），某些土生土長的馬華作家最終也可能進入中國文學史（如杜運燮 1918-2003）。從一九一九到一九四九年間的南來作者，可確認身分的有一百五十九人[1]；到了一九五〇

---

[1]　詳見郭惠芬：《中國南來作者與新馬華文文學》（廈門：廈門大學，1999 年），頁 12。郭的統計有誤，杜運燮出身於馬來亞霹靂州實兆遠（Setiawan），並非南來文人。馬華作家進入中國文學史的作家，除了杜運燮，還有出生於新加坡蔡厝港的蕭村（1930- ）。

年代，另有一批從香港南來的作家群，他們在中國出生，在香港開始寫作，南來馬來亞時，也把香港經驗一併帶入馬華文學，蕭遙天（1913-1990）即是一例。蕭遙天，原名蕭建忠[2]，在一九四九年中華人民共和國成立時，他離開故鄉潮陽的妻小獨自到了香港，在這裡很快的有了情感的皈依，育有一子。三年之後南下，於一九五三年到檳城，並任教於鍾靈中學，並且再次結婚生子，成為落地生根的南來文人。他在馬來（西）亞居住四十七年，一九九○年逝世，埋骨於檳城，一個「長年如夏，氣候單調，生育多且情慾放縱，因熱而人民大多懶惰的南方溽熱之地」[3]。

　　蕭遙天的潮陽籍同鄉好友鐵抗（本名鄭卓群，1914-1942）南來的年代，馬華文壇是南來文人的天下。蕭遙天抵馬時，馬來亞文壇已經歷「馬華文藝的獨特性」與「僑民文藝」的論爭洗禮。一九四八年四月論爭結束後，英殖民政府在同年六月頒佈緊急法令，試圖削弱漸成氣候的馬來亞共產黨。緊急法令之後，新村成立，華人被送

---

[2] 蕭遙天是最常用的筆名，也最具代表性，其他偶然使用的筆名難考，他主編《教與學》月刊時用了不少筆名寫稿，然而無法獲得證實，只能存疑。跟他一起編《教與學》月刊的麥秀曾提到：「蕭遙天原名蕭建忠，又名永儀，字公畏，以筆名行，很多以為他叫公畏。」（見麥秀：〈蕭遙天的趣事〉，《馬華作家》第11期（2000/06），頁2。）蕭遙天的學生方美富在最新的論述中指出「遙天」也是他的「字」，其弟建孝的字叫「雲天」。見方美富：〈「我的藝友與文友」：蕭遙天與台港友朋交遊考〉，收入張曉威、張錦忠編：《華語語系與南洋書寫：台灣與星馬華文文學及文化論集》（台北：漢學研究中心，2018），頁180。
[3] 蕭遙天：〈馬來亞的天氣〉，《食風樓隨筆》（吉隆坡：蕉風，1957），頁5-13。

入新村集中管理，被懷疑援共的華人則被英殖民政府遣送回中國[4]。緊急法令對新馬文壇的另一重要影響是禁止輸入中國出版品，於是中國文學對新馬的入口貿易轉而由台港文學取代[5]。香港不止是那時代文人的中途站，或南（東南亞）來，或北（中國）往，同時也是華人世界重要的出版中心和文化中心。對於曾在香港短期居留，又於此取道南下的蕭遙天而言，把香港經驗帶入馬華文學，是特別值得關注的現象。

蕭遙天抵達馬來亞兩年後，《蕉風》（1955）創刊，他在這本南來文人辦的雜誌寫稿，結集成《食風樓隨筆》（1957/04）[6]。出版後四

---

[4]　相關研究見何國忠：《馬來西亞華人：身分認同、文化與族群政治》（吉隆坡：華社研究中心，2002 年），頁 38-40。這一波的遣返名單亦包括杜運燮（吳進），《熱帶風光》（1951）即在香港出版。

[5]　方修把中國文學對馬華文學的影響分成三期，第三期即是在新中國成立之後，影響力大為減低，詳見方修：〈中國文學對馬華文學的影響〉，《新馬文學史論集》（香港：三聯書店香港分店新加坡書屋，1970），頁 38-43。趙戎也指出，中國大陸政權易手之後，書籍被禁止入口，馬華文藝的本土性意識轉強。見趙戎編：《新馬華文文學大系・散文卷導論》（新加坡：教育出版社，1971），頁 1。方修指出現象，卻沒有進一步解釋原因為何；趙戎則沒有說明中國出版品被禁之後，馬華文學是否有不同的文學場域進駐。潘碧華〈取經的故事〉一文指出，中國文學的影響力變弱之後，台港文學進場，對新馬文學產生具體的影響。該文收入潘碧華：《馬華文學的時代記憶》（吉隆坡：馬大中文系出版社，2009），頁 135-147；後出的論文可參考蘇燕婷：〈1950 年代香港南來作家構築的文學面貌〉，收入伍燕翎主編：《西方圖像：馬來（西）亞英殖民地時期文史論述》（吉隆坡：新紀元學院，2011），頁 61-81。

[6]　在《食風樓隨筆》之前，他曾在香港出版《夜鶯曲》（1953）、《玩刀子的女人》

個月,馬來亞獨立。雖然如此,他的作品並沒有收入趙戎所主編的《新馬華文文學大系》(1971)。蕭遙天的個案讓我們看到同為英殖民地的香港跟馬來亞之間的文學因緣,有助於我們重新思考「南來文人」一詞的多元意涵,南來文人身分如何跟馬來亞(文學史)產生對話與頡頏。本論文將從香港南來文人的角度切入,論述蕭遙天散文的三鄉視野及其散文特色。

二、香港南來作家與馬華文學

馬華文學史的開頭是南來文人,討論馬華文學史的寫作,必然觸及馬華文學與中國文學剪不斷理還亂的糾葛和角力。方修對這段歷史的描述如下:

> 中國作者的南來,有好幾個年份是特別大批的。第一批是在一九二七年北伐失敗,寧漢分裂,國民黨在中國各地進行「清黨」、妄殺無辜的時候。當時很多知識份子紛紛從廈門、汕頭、海南島各地南來,形成一陣移民的大浪潮。第二批是在一九三七年中國抗戰爆發到一九四二年新馬淪陷的時候。多數是從華中、華南各淪陷區避難而來的。第三批是在日本投降後以至中國發生內戰的時候。當時有的是由印度、緬甸、安南、暹羅各戰區復員來馬,有的是因內戰關係亡命海外,

---

(1953)、《東西談》(1954)等三書,後來又在檳城鍾靈中學出版《語文小論》(1955)。

　　　　原因比較複雜一點。但大部分在本地居留下來之後，也都為
　　　　本文藝界所吸收，為馬華文學事業服務。[7]

南來文人跟馬來亞的對話與交流形成馬華文學史前半期的風景，方
修這段概略性文字沒有說明的是，其實這三批南來的文人其中有一
個群體是從香港南來的作家群和文化人，他們在馬來亞的報館工作，
辦雜誌和報紙、編華文教科書，如方修所言「為馬華文學事業服務」，
是馬華文學史不可缺席的重要作家。這群南來文人離開中國多半是
政治因素，有的固然如方修所言是因為內亂謀生不易，有的則是不
認同共產黨或國民黨政權，於是從內地到了香港，又從香港到了新
馬一帶。這群文人包括終老於馬來西亞的姚拓（1922-2009），力匡
（1927-1991）則居住在新加坡直到逝世；有的短暫逗留之後重返香
港，包括《蕉風》編輯群的方天（張海威，1927?-1983?）[8]、黃思騁
（1919-1984），黃崖（1932-1992）一九五〇年南來後，到一九八六年
離馬赴美。至於楊際光（1925-2001）和白垚（1934-2015）則分別在
一九七四和一九八一年離馬定居美國到過世。此外，小說家劉以鬯
（1918-2018）也在馬來亞住了五年（1952-1957），而後定居香港，成
為香港作家。埋骨於馬來西亞的蕭遙天，正屬於這個時期從香港南
來的文人之一，《蕉風》創刊時，邀他寫稿的人正是創刊人余德寬（筆
名申青，詳見第二節）。

---

[7]　方修：〈中國文學對馬華文學的影響〉，《新馬文學史論集》，頁 43。

[8]　根據馬侖所著《新馬華文作家群像》的資料，方天生卒年是 1919-1983。然而
張錦忠有專文指出其生卒年其實難以確認，詳見張錦忠：〈文學史料之窘境——
以方天為例〉《南洋商報・商餘》，2015/09/28。

　　張錦忠〈繼續離散，還是流動：跨國、跨語與馬華（華馬）文學〉認為馬華文學研究側重的往往是中國的南來文人，而忽略了南來並非終點，而是中途。在獨立前，其實南來文人在新馬一帶的流動現象，不論南來北返，或者南來再移居他國，形成跨國的文學現象，值得注意的是，他提到的以下觀點：「過去書寫文學史的人，基於文學意識型態或政治立場不同，往往刻意模糊或略而不提這些（被視為右派的）南來文人」[9]。這群從香港南來的作家群和文化人，正是張文所說的、被現實主義文學視野下刻意模糊或略而不提的右派文人，馬華文學研究最終離不開政治：左派或右派，那才是文學史寫作的根本，誠如黃錦樹〈土與牆：論馬華文學本土論的限度〉所言，馬華文學負載了巨大的民族歷史的包袱，馬華文學的學科研究幾乎可以正名為「文學—政治學」，必須離開文學本身而去關照「馬華文學生產的總體」，所有馬華文學都是「政治—文學」，華人的華文的「文學—政治」，也即是「歷史—文化—社會—政治」的情境[10]。或者在他更早以方北方為個案論述現實主義困境時所言，「馬華現實主本質上是二十世紀亞洲左翼運動在馬來亞華人知識圈中的反應，有它不可諱言的政治背景」、「文學對於那些知識分子而言不過是政治的場域之一，是意識型態的宣傳工具。因而他們預設了現實主義

---

[9]　張錦忠：〈繼續離散，還是流動：跨國、跨語與馬華（華馬）文學〉，收入馬來亞亞留台校友會聯合總會主編：《馬華文學與現代性》（台北：秀威，2012），頁 142。

[10]　黃錦樹：〈土與牆：論馬華文學本土論的限度〉，《華文小文學的馬來西亞個案》（台北：麥田，2015），頁 240-241。

必須、必然對於政治、社會有著巨大的實踐的企圖心，而把文學運動視為社會運動之一環」[11]。方修是最好的個案。他從社會主義式思想建構起來的現實主義，其實取代了他左傾的政治理想，謝詩堅認為他的文學史研究其實是替換，以文學取代政治，免除被解返中國的命運，避開像林清祥那樣，成為政治的犧牲品[12]。

　　本文上溯方修，為的是說明馬華文學的起源是南來文人，馬華文學史的奠基論述者，也是南來文人；不僅如此，身為南來文人的方修，對同時代的南來文人也有不少散論和「描述」，後出的研究少有略過方修的觀點者。然而，南來文人的意涵並非一成不變，一九四八年的馬華文藝獨特性的論爭是對本土性的明確呼喚；接著是關鍵的一九四九年之後，南來文人再難以在馬來亞和中國之間自由來去，因而有以下兩種情況產生：一是南來文人群，然而他們的視野已經跟論爭前的南來文人群頗有差異。另有一個群體，姑且稱之為「北返」或「北歸文人」，有的原是南來文人，有的則在馬來亞出生，一九四九年之後迄馬來亞獨立的近十年間，選擇離開或者被迫離馬。文人的遷移和往返開展了中國和南洋的文化辨證，也開啟了國與家的複雜對話。當然，所謂的文化辨證並非對等關係，更多的是中國文化對南洋的輸出與散播；至於家與國的拉扯，則是後設的觀點。早期的文人對國家與家國之間的分際沒有那麼清楚，國家與家鄉往

---

[11]　黃錦樹：〈馬華現實主義的實踐困境——從方北方的文論及馬來亞三部曲論馬華文學的獨特性境〉，《馬華文學與中國性》（台北：麥田，2012），頁112。

[12]　謝詩堅：《中國革命文學影響下的馬華左翼文學》（檳城：韓江學院，2009），頁221-225。

往對等，因而有離「鄉」背井的形象化表述，鄉者，故鄉之謂，乃是情感所繫之地。至於抽象的國家概念，以馬來亞的情況而論，則是南來文人態度的轉捩點——馬來亞獨立，「南洋」的概念逐漸由「馬來亞」所取代，一個新興的國家成立，僑民與國民的身分差異，遂使僑民意識產生轉化或轉變，而非突如其來的裂變。從僑民意到馬來亞意識之間的過渡，是馬華文學史不能忽略的議題。如果在南洋短期居留的郁達夫、胡愈之，去國文人杜運燮、蕭村等能入馬華文學大系之列，那麼，最後老死於檳城的蕭遙天，沒有缺席的理由。

　　方修所處的時代語境決定了他的文學視野，而他是馬來亞文壇的重要文史家，他的左翼文學史觀引領時代風潮，排除或刻意忽略了這群香港南來的右派文人。《蕉風》的創辦人申青來馬前在香港編反共刊物《中國學生周報》（1952/07），他先在新加坡創辦《蕉風》（1955/11），後來又把《中國學生周報》的星馬版南移新加坡出版，去掉「中國」兩個字，是為《學生周報》（1956）[13]。《中國學生周報》由亞洲基金會資助的「友聯出版社」（1951/04）出版，當年的創社宗旨即為「反共」。友聯出版社隸屬香港美新處，在香港共有四份刊物，以《中國學生周報》的銷路最好，設定的閱讀對象從台港到東南亞，乃至印度和美國等十餘國的華僑[14]。《學生周報》和《蕉風》的非左

---

[13] 見姚拓〈馬來西亞變成了我的故鄉〉一文，他述及《中國學生周報》幾位香港出生的編輯不願到星馬工作，遂促成了姚拓南來的因緣。此文收入姚拓：《雪泥鴻爪》（吉隆坡：紅蜻蜓，2005），頁562-563。

[14] 參見陳建忠：〈美新處（USIS）與台灣文學史重寫——以美援文藝體制下的台港雜誌出版為考察中心〉，《國文學報》第52期（2012/12），頁217-242，亦可

派背景，自然不見容於以方修為首的左派，「這兩本姐妹刊物都是由友聯出版社的集團負責出版，被左派統戰認為有台灣，有美國支持的反共背景。其所刊用的內容一般避開現實政治。初時雖不正式標榜反共，但字裡行間全然與當時的大眾化文學走相反的道路，也與澎湃的左翼文學運動產生矛盾和衝突」[15]。這群從香港南來的文人中，姚拓在中國曾經當過國民黨軍人[16]，方天（張海威）的父親張國燾更是被視為叛徒的前中共領導人[17]，他們的背景是這樣的「政治不正確」。馬華文壇在一九四八年方歷經馬華文藝獨特性論爭洗禮，這些影響了《蕉風》的編輯風格，因此創刊號的「馬來亞化」呼籲，表面看起來跟左派的觀點並無二致，其實另有蹊徑，蕭遙天《食風樓隨筆》的馬來亞化取材，亦有其時代意義（見第三節）。

　　以上所述，主要說明馬華文學的「結構性」問題（黃錦樹用語），文學總是受到政治立場和意識型態等非文學條件的干擾和影響，即便是表面看起來要跟中國意識脫離關係的馬華文藝獨特性論爭，骨

參考吳兆剛：《五十年代《中國學生周報》文藝版研究》（香港：嶺南大學哲學所碩士論文，2007）。

[15] 《中國革命文學影響下的馬華左翼文學》，頁 194。

[16] 姚拓當兵的經過，以及跟共軍作戰被俘的事件，參《雪泥鴻爪》第二輯「少年時光」和第三輯「十年槍林彈雨中」。

[17] 相關資料見姚拓：〈馬華文學上的長青樹——《蕉風》〉，《雪泥鴻爪》，頁 570；張錦忠：〈文學史料之窘境——以方天為例〉，《南洋商報・商餘》（2015/09/28）；謝詩堅對《蕉風》如何在馬來亞文壇受到左翼的批判有詳細的論述，詳見《中國革命文學影響下的馬華左翼文學》，頁 194-200。

子裡仍然跟中國「左翼革命文學理論」脫離不了關係[18]。然而,即便是被現實主義篩選過的史料,早期的馬華文學的史料保存卻又有賴於方修或「方修們」,被現實主義剪輯過以致失真的文學版圖,不論是第一套或第二套大系,都必須經過後來的研究者多角度的調整與還原。重寫文學史,不論是史料的再蒐集或者論述的重建,都是馬華文學研究的迫切工程,發現蕭遙天的意義在這裡。

趙戎編的《新馬華文文學大系》收錄一九四五到一九六五年的新馬文學,蕭遙天沒有入列[19]。本來各家編選選集取捨標準各異,

---

[18] 黃錦樹認為馬華文壇的現實主義基本上是複製了中國化的馬克思主義,以民族形式和大眾化去架構地域色彩,文學其實是置於政治底下去運作,乃是政治對文學的非自然干擾。相關問題討論見〈馬華現實主義的實踐困境——從方北方的文論及馬來亞三部曲論馬華文學的獨特性〉,頁106-109。

[19] 蕭遙天也未收入鍾怡雯、陳大為編:《馬華散文史讀本(1957-2007)》(台北:萬卷樓,2007年)。這三冊散文選的選文時間從1957年8月31日馬來亞聯合邦獨立建國開始編起(到此選集2007年9月出版為止,正好滿五十年),蕭遙天唯一的散文集《食風樓隨筆》在1957年4月出版,恰好不在入選時間之內,《熱帶散墨》(1979)是舊作重編,不能採計。這是選集在時間跨度上的選擇,並不意味著獨立前的作品都不算馬華文學,更多的考量是獨立前的作品相當零散,不易全面掌握。在即將出版的陳大為、鍾怡雯編《華文文學百年選‧馬華卷》(台北:九歌,2019)就收入蕭遙天的散文。對馬華文學而言,國家的概念顯然是個「問題」,無法全處理馬華文學的流動,包括:南來北返,或者出生於馬來亞而後北返中國(香港);又或者南來之後定居他鄉的文人;星馬分家之後,定居新加坡的作家;在台入籍台灣的馬華作家。黃錦樹的理想是馬華文學的「文學」應超越「馬華」、國家、國民、民族國家論述、國族寓言,而有無國籍華文文學的觀點(見〈馬華文學的國籍——論馬華文學與(國家)民族主義〉),收

收不收入，旁人無從置喙。可是如果沒有明確的編選標準和體例，同時有令人意外的遺珠，便有商榷的空間。尤其一九七○年代以前，新馬文壇的文學選集所扮演的角色非常重要。趙戎在散文卷〈導論〉有以下的觀點：「在這個集子裡選錄了三十多位散文家的八十多篇作品。其中很多沒有出過單本行的，由於時間相隔得太久，他們的作品已不容易看到，若不再搜錄起來，恐怕會被湮沒了」[20]。由此可見，早期的馬華文學資料多有散佚，因此，保存史料、為沒有出過個集的作者留下痕跡，是選文的考量之一。但是，這不應該是大系的優先原則。大系具有「歷史」的功能，亦有「定論」的作用，是評價作家和作品的重要指標。

　　蕭遙天南來之後受邀為《蕉風》寫稿，集結成書時適逢馬來亞獨立，那些書寫熱帶題材的系列散文，應該非常符合當時的政治氛圍和時代氣息。被趙戎誤判為「戰後南來」、「住了一個時期又離開」的吳進，在八十多篇散文中也佔了七篇之多，比例偏高，可見「身分」不是問題。從趙戎的導論來判斷，他並不排斥「僑民意識」，亦頗能接受寫實傳統之外的抒情散文。所以，蕭遙天的例外個案，顯

入《華文小文學的馬來西亞個案》，頁 231），陳義甚美，但是文學無國界恐是理想，國家和民族國家的論述一直是馬華文學的困境。

[20]　《新馬華文文學大系・散文卷導論》，頁 2。另外，馬華作家韓萌（1922-2007）編《南洋散文集・前言》表示，一九二八年馬華文壇出現第一個文藝副刊，歷經二十幾年間只有十部左右印成個集，日本侵馬期間不少書刊付之一炬，資料散失的情況非常嚴重，乃興起編輯這本選集的念頭，參見韓萌編，《南洋散文集・前言》（香港：求實出版社，1952），頁 2。

然無關個人「美學」評價。其次，導論言及一九五七年的《蕉風》辦徵文活動，依此推論，趙戎不太可能忽略了固定給《蕉風》供稿，散文也在蕉風出版社印行的蕭遙天。第三，趙戎並不像理論卷的主編苗秀那樣立場強烈鮮明，不只公然撻伐現代派，要求「馬華文藝的獨特性」、「愛國主義」，以及效忠馬來亞等等這些極端「本土」的文學立場[21]。本文完全沒有咎責於趙戎的意思，一如方修，他們受限於時代，有自身的文學信念，雖然那文學信念造成了馬華文學的「實踐困境」。蕭遙天在當時相對重要的選集缺席，正好回應了文學和政治的密切關係。

三、「三鄉」對照記：時代之「風」與隱匿的祖國

《食風樓隨筆》原是蕭遙天在《蕉風》寫的專欄結集，書名非常「本土」、非常馬來亞，一個讓新馬讀者會心的熱帶書名[22]。食風一詞出自馬來語（makan angin），新馬華人按照馬來語的字面意義，直接譯成中文和方言，稱之為「吃風」，意指出遊玩樂，可進一步引申為「有錢有閒」：有錢又有閒的富裕之輩，方有出遊玩樂的餘裕。蕭遙天在馬來亞習得這個本土的新詞彙，以之為書名，頗值得玩味。他在序文有以下描述：

---

[21] 苗秀編：《新馬華文文學大系·理論卷·導論》（新加坡：教育出版社，1971），頁 1-24。

[22] 《食風樓隨筆》全書作品皆收入《熱帶散墨》（1979）。

這幾天，接到余德寬兄為《蕉風》創刊號徵稿的信，並囑我
源源多寫些馬來亞氣息的囈語，竟觸動雅興，我又想從筆尖
建築一座馬來亞氣息最濃厚的樓閣來。按這裡的「頭家」們
在郊外幽勝處建築的園墅，大家都叫「食風樓」，這回我也來
一座「食風樓」罷……遠方讀者，幸勿望文生義，相詫不久
以前蜷伏「閣樓」上的傢伙，跑到南洋，淘得金塊，轉眼便
是「食風樓」的「頭家」了。[23]

余德寬筆名申青，跟蕭遙天一樣，是南來文人。一九四九年離開中
國到香港，一九五二年香港《中國學生周報》創刊時任社長，一九
五四年南來創辦新馬地區的《中國學生周報》，隔年，又再創辦《蕉
風》[24]，蕭遙天則是一九五三年到香港，由此推論，余德寬與蕭遙
天應是香港時期的舊識，蕭遙天曾在散文〈十日遊程〉（1957）記述
兩人和文友的交遊。引文提及邀稿的標準是「馬來亞氣息」，因此這
系列散文可供我們檢視文學與時代風潮的關係。此其一。其次，蕭
遙天的兩本小說《夜鶯曲》和《玩刀子的女人》均以香港為背景，
《食風樓隨筆》雖以馬來亞為主軸，仍有〈香港消夏錄〉，以及把香
港經驗嵌入新馬風情的散文，例如〈熱帶女兒〉。引文所謂「閣樓」，
指的是在香港時期暫居朋友居處的閣仔賣文為生，稱之為閣樓，苦
中作樂也。第三，《食風樓隨筆·敘》刊於創刊號（1955/11），〈馬來
亞的天氣〉（1955/12）刊於第二期，內容非常符合邀稿人的要求，這

---

[23] 《食風樓隨筆》，頁3。

[24] 《雪泥鴻爪》，頁570。

時，蕭氏不過南來兩年有餘，竟然很快就捕捉到這「視風如食般重要」的熱帶氣候神髓[25]。

　　這裡必須對《蕉風》的創刊宗旨略作說明。根據申青多年後的回憶，《蕉風》原名本叫「墾拓」：「《蕉風》在籌備時，本擬名『拓墾』，後經編委們多次反覆斟酌，咸認為這份刊物應強調熱帶地方性的風格，最後定名為《蕉風》」[26]，顯見這份具有熱帶風光的刊物，一開始便以「馬來亞化」為風格，相較於寫實又能代表底層民眾的「拓墾」，「蕉風」的熱帶形象顯得更有在地色彩些。由於《蕉風》提出「馬來亞化」，左翼乃提出「愛國主義文學」口號，方修認為這比「馬華文藝的獨特性」更馬來亞化，也明確標示馬來亞即將建國的事實[27]。蕭遙天回應申青的熱帶地方性風格之作，乃是「食風樓」，用他的話說，乃是「從筆尖建築一座馬來亞氣息最濃厚的樓閣來」。

　　蕭氏的生命基調乃是中國傳統文人，與蕭氏相熟的文人易君左（1899-1972）稱之為「南天一枝筆」[28]。擅舊體詩、繪畫、書法之

---

[25]　〈食風與沖涼〉，《食風樓隨筆》，頁 16。

[26]　申青：〈憶本刊首屆編委〉，《蕉風》第 483 期（1998/04），頁 85。

[27]　林春美：〈非左翼的本邦──《蕉风》及其「馬來亞化」主張〉，《世界華文文學論壇》總 94 期（2016/03），頁 75。此文乃是根據〈獨立前的《蕉風》與馬來亞國族想像〉（2011）修改而成，主要是回應謝詩堅對《蕉風》的右派觀點。相關討論亦可參考賀淑芳：〈《蕉風》的本土認同與家園想像初探（1955-1959）〉，《中山人文學報》35 期（2013/07），頁 101-125。

[28]　當時香港形同文人的集散地，蕭遙天在香港時期結交了不少文人學者。易君左、饒宗頤均在一九四九年後離開中國，姚拓也在一九五〇年離開家鄉河北到了香港。易君左稱蕭氏「南天一枝筆」普遍為人引用，稱號出處見翠園：〈遙天

外，尚研究姓氏、戲劇、潮州話，修辭學、文字學和訓詁學皆有研究和專著。他主編《教與學》（1961-1972）文藝月刊，培養了不少文壇新筆。除此之外，尚有現代散文（雜文）、小說和新詩近十種[29]。蕭氏古典底子深厚，寫作的靈感來源有時奠基於傳統底子，《食風樓隨筆‧敘》對「風」有此一解：「此中秘訣，便是聞風耳食，舉凡古今中外，遠戚近鄰，如有嘉言讜言，盡收筆底，風是文章的餵料，不食無以壯大」[30]，文白相融，雅潔明快，不論古典或白話在他筆下均獲得很好的發揮，亦可從行文之節奏想見其人之颯爽性格。其次，從引文可見其日常生活和學識是寫作的泉源，蕭氏自認是浪漫派，不時褒貶人物時事。此外，在散文中嵌入自製的舊體詩，或引古詩詞名句，甚至文言白話參半，在蕭氏同輩的馬華（本土）作家以及南來文人之中，可謂風格獨具。蕭遙天有舊體詩集《食風樓詩存》，與文友之間亦常以舊體詩酬唱往來，甚至還批評朋友的詩作[31]。

一瓣馨香在〉，《馬華作家》第 11 期，頁 8。

[29] 蕭遙天著作書目可參考〈蕭遙天全集書目〉，《馬華作家》第 11 期（2000/06），頁 9。歸入專門研究（戲劇、姓氏、語言文字、民間文化等）者十種，小說五種，散文雜感四種，新詩一種，舊體詩一種。這份名單待查證，其中小說與散文有誤植與闕漏，與本人所蒐集的實體書在書名上頗有出入。馬漢〈蕭遙天與《教與學》〉則有雜文回憶這本歷時十二年的月刊，該文收入馬漢：《笑彈人間——馬漢雜文選集》（台北：釀出版社，2012），頁 264-265。

[30] 《食風樓隨筆》，頁 3。

[31] 一九六〇年代，梁園（1939-1973）曾在《光華日報》發表改革舊體詩的文章，引起筆戰。梁園是《教與學》的撰稿人之一，蕭遙天與之熟識，卻冷眼旁觀，不加入筆戰。蕭氏私下對麥秀說，梁園舊詩寫不好，寫此文無說服力（見麥秀：

　　蕭氏日常交遊的文人學者，除了馬華作家之外，尚有畫家張大千，南來文人徐訏（1908-1980）、新加坡南洋大學講學的潘重規（1907-2003）教授，以及潮州同鄉學者饒宗頤（1917-）等皆與之熟稔。[32]〈檳城山水人物〉記述往來文人雅士，自陳「文化界人士過檳，多有酬酢，港台畫家紛紛來此展覽，不可勝紀，多囑為文評介……星大、南大、馬大的發展，受聘名教授講學之暇，亦相率來此渡假」[33]，並提到招待錢穆伉儷，錢穆且讚美檳城的風土人情，尤愛升旗山，後來蕭遙天在升旗山辦檳光學院，乃是受錢穆啟示。證諸他的散文，跟他往來的多為非左翼的文人學者，再加上他固定給《蕉風》供稿，即便沒有鮮明強烈的政治立場，很容易被歸入右派而沒有入選大系。

　　蕭氏訐直而言，批判時代和風氣，例如「天下滔滔，很多人像牆頭草，隨時而靡，對風氣一味順應；區區竊不敢苟同」[34]；或借朋友之言直指「星馬文人皆品在二等以下，不敢為真理而仗義執言，或望政府顏色；或望惡勢力扮演的群眾顏色，皆無獨立人格」[35]。這些逆耳之言究竟實指為何，二品文人或惡勢力何指，是否跟彼時

〈蕭遙天的趣事〉，頁4）。

[32]　徐訏於一九五〇年到香港，一九六〇年到南洋大學教書，六年後再北回。蕭氏在〈馬來亞的天氣〉一文稱他徐訏兄，應是舊識。潘重規教授於一九五七年從國立台灣師範學院（今國立台灣師範大學）到南洋大學；至於潮州同鄉饒宗頤，則於一九六八年至一九七三年間任教於新加坡國大，兩人在中國即已相識，並於一九四九年先後抵達香港。

[33]　《熱帶散墨》，頁77。

[34]　《食風樓隨筆》，頁3。

[35]　〈十日遊程〉，《熱帶散墨》，頁99-100。

的馬華文壇風氣有關已難以查證，惟可資我們推測其行事為人。

蕭遙天多次在散文中表示自己賣文為生、鬻字療飢，從不諱言缺錢，可謂快人快語[36]。或許這是他的散文時有倉促而就的痕跡，〈十日遊程〉（1957）自認為塞責之作，「內容絕少異地風光的描寫，僅友朋酬酢的記敘，破爛流水帳已耳。厚顏刊出，目的在以稿費為旅費的挹注，而賣文至出版日記，亦見才窮也」[37]。雖然如此，蕭遙天的散文在一九五〇年代的馬華文壇，仍是奇葩。即便匆匆而就，或者如他自陳乃是記流手帳，仍然不失水準和趣味，「他寫起文章十分投入，可以把一切俗務都拋開，關起門來，埋頭寫作，天塌下來都不理，而且文思敏捷，倚馬萬言」[38]，這跟他的浪漫派個性有關，想做什麼就做什麼，想怎麼寫就怎麼寫，滔滔而就，不隨波逐流，卻也往往跟時代之流不符。

其次，文化中國是蕭氏的精神泉源，根之所繫。對於一個以中文書寫，且植根於古典中國教養的文人，無論如何，他的寫作都無法逃離或迴避文化中國的濡沫。即使他盡可能呼應時代之風書寫馬

---

[36] 跟蕭遙天亦師亦友的翠園指出，蕭遙天教學、印書、編雜誌，除了教書之外，餘皆賠本。後來他在檳城升旗山辦了學院（從蕭氏散文判斷，應是檳光學院無疑），招收泰國華人學生和華族子弟，惜地理位置不佳，辦了兩年而停止。蕭氏在中國有八個兒女需接濟，賣文之餘也賣畫，在新馬等地辦過不少畫展（畫展之事蕭氏錄於散文），他甚至也幫自己在上海美專讀書的老師輩畫家劉海粟賣畫，參見翠園：〈遙天一瓣馨香在〉，頁 6-7。

[37] 〈十日遊程〉，《熱帶散墨》，頁 103。

[38] 〈蕭遙天的趣事〉，頁 3。

來亞，呈現的往往是外來者和本土的角力。因此，他的散文便擺盪在北國與赤道，在文化中國與「感官南國」之間，中間則是他情之所鍾的香港。〈馬來亞的天氣〉有以下的敘述：

> 我們不僅是一枚寒帶種子，而且是一株上有枝柯，下有根荄的經霜老木，飽歷寒暑，有豐富的時序變換經驗。現在移植於馬來原野，看高椰低蕉，搖擺舒卷，風態自然，我們也要學它的風態自然，尤要習慣此地的土壤氣候才能夠把根荄深種與枝柯橫披。不過，這棵老樹的意識便不會像高椰低蕉那麼簡單了。它有北國的舊憶和南國的新感，它的經驗，耐慣冰雪的冷酷，卻耐不慣人情的冷酷；喜愛人情的熱烈，又頗畏懼赤日炎炎的熱烈。然而它總得像向日葵般很勇敢地去面對那赤炎炎的現實，心裡是既矛盾也醒定的。[39]

引文自陳是來自寒帶的老木，歷經風霜，而終於植根於熱帶，必須努力適應此地的風土氣候。除此之外，尚有人情冷暖必須勇於面對。如此坦率的獨白，道盡南來文人的心理曲折和矛盾，既想融入本土，又無法擺脫舊經驗的禁錮。〈馬來亞的天氣〉刊登在第一期《蕉風》，題目乍看確實很馬來亞，實則非常不本土。一個土生土長的馬來亞人，不需要也不會特別關注已經日常化的天氣，惟有外來者，帶著他者的眼光和雙鄉的視野，才能從平常處看出異常。正如引文所言，他認為自己同時有「北國的舊憶和南國的新感」，這篇近五千字的散文除了題目符合邀稿標準之外，其實是不折不扣的「兩地書」：從外

---

[39] 〈馬來亞的天氣〉，《食風樓隨筆》，頁6。

來者的眼光看馬來亞，從而對比出中國與馬來亞的差異，蕭氏在其散文中更喜歡以香港與馬來亞對比，以北方的香港取代中國。因此，更準確的說法，這是「三鄉」：中國、馬來亞、香港的對照記。

　　蕭氏甚少提及在祖國的過去，寥寥幾筆帶過，例如〈寂寞的海〉（1953）：「本來我在層岩疊嶂的深山裡是擁有八個孩子的父親，為了掙脫山的禁錮，尋求海的自由，我忍心把他們丟下了」[40]。這段引文幾乎是蕭氏散文中最私人的交待了。中國的家人和鄉土記憶跟他的馬來亞書寫完全不成比例，對於一個流放的寫作者而言並不尋常，從他筆下最常出現「寂寞」和「孤獨」兩個常用詞彙反推，他應有非常濃厚的思鄉之情。何況，他「融入」馬來亞的過程如此漫長，那「對照」式的寫法意味著他仍心懷北國——儘管他的參照對象，都是香港，也往往止於香港，一個只住了三年的地方。三鄉的「中方」代表，是他的中國經驗——蕭遙天的鄉土中國被刻意縮小，甚至隱匿，或者化約成抽象的存在，朦朧的象徵（詳見第三節）。馬來亞則如前面所言，是「感官南國」，也即是引文所謂「土壤氣候」以及「人情冷暖」的所在，一個等待適應和發現的新現實和新環境。至於香港，則是「從前」的代碼。在他的散文裡，不見具體的北國（鄉土中國）現實，與馬來亞對比的往往是香港。他的前半生，就隨著他的南來，消失在「暖風醉人，天氣單調」的熱帶裡。

　　為什麼北國是禁忌？為什麼蕭遙天對自己作了自我檢查和設限？

---

[40] 《熱帶散墨》，頁 111。

　　誠如第一節所論，一九五〇年代的馬來亞業已歷經本土文藝論
爭，緊接著準備獨立。蕭遙天於一九五三年南來，同是南來文人的
姚拓（姚天平）對這個年份有特殊的論述：「一九五三年不單是新馬
兩地在政治、經濟上的分水嶺，在文學上也是一個分水嶺。」英軍
處理抗日軍不當，失業和通貨膨脹，罷工、示威，以及馬共的對抗
行動，加上緊急法令的發佈，一九五三年以前，新馬局勢動盪不安。
五三年之後，政局漸趨穩定，經濟好轉。在文學方面，則從僑民文
學變成「獨立的馬華文學」，到了一九五六年，新馬文化界發起「愛
國主義文學運動」，強調現實主義關注馬來亞之外，尚要求文學必須
發揚愛國理念。[41]姚拓所言不假，第二套大系的總序有以下表述：
「凡是不以新馬為背景的，一概不收」；「新、馬現在已成立獨立國
家，作為這兩個國家在文學方面的代表的這一套書，它之不應該包
括僑民作品，那是理所當然的」[42]。在這樣充滿「排外」時代氛圍
下，南來的蕭氏處境自然是頗為尷尬，蕭氏對時代風氣之有微言，
跟這種氣氛不無關係。一九五〇、六〇年，適逢「本土」高張、「除
此（馬）之外，別無其他」的排外時代：「新、馬的華文文學作品，
當然追不上中國第一流的文學作品，可是比起中國的一般作品來，

[41] 姚天平：〈二十年來的星馬華文文學〉，收入香港中國筆會文選編委會編，《二
十年來的中國文學》（香港：香港中國筆會，1979），頁 74-76。括弧內為姚之原
文，餘為轉述。關於馬華文學的愛國主義運動的討論，詳見苗秀編：《新馬華
文文學大系‧理論卷》（新加坡：教育出版社，1971），頁 301-333。
[42] 李廷輝：《新馬華文文文學大系‧總序》（新加坡：教育出版社，1971），頁
4-5。

卻是絕對不會相差得太過離譜的。這是一個事實」[43]。這個不見得是事實的「事實」，不過說明「本土」視野的排外和盲點，突顯以「國家」為思考的文學史侷限，以及「國家」的暴力，同時也解釋了蕭遙天《食風樓隨筆》序文對時代之「風」的欲語還休。

其次，進入一九五〇年代，英殖民政府大肆掃蕩親中國的華人，中國跟共產黨劃上等號，南來謀食且有家累的蕭氏或有顧忌。蕭遙天不是個案，同樣在一九五七年離開馬來亞的方天和劉以鬯，他們的小說也都自覺避開禁區，這兩位「馬來亞化」頗為成功南來小說家，在他們筆下典型的熱帶場景完全迴避了跟那時代並存的馬共。方天寫底層勞工的小說背景不是膠林便是礦場，這些都是馬共出沒之處，然而，出於英殖民政府的雷厲風行，他們完全不敢觸及[44]。方天小說《爛泥河的嗚咽》同樣在一九五七年由蕉風出版，他跟蕭遙天對時代的風氣應有同樣的感受。蕭遙天把中國經驗凍結，跟方天把馬共隱形一樣，既是自我檢查和設限，也是自我保護。

《食風樓隨筆》因此可視為時代症狀：一個外來者在適應期所發的熱疹。《食風樓隨筆》（1957）之後二十二年乃有《熱帶散墨》（1979）。蕭氏在這段時間遊遍新馬，那些浮光掠影的遊記，不過進

---

[43] 《新馬華文文學大系‧總序》，頁 4。

[44] 詳黃錦樹：〈香港─馬來亞：熱帶華文小說的兩種生成，及一種香港身分〉，《香港文學》總 365 期（2015/05），頁 13。劉以鬯亦可參考朱崇科：〈劉以鬯的南洋敘事〉，《福建論壇》（人文社科版）2014 年第 10 期，頁 122-130。莊華興：〈劉以鬯的南洋寫作與離散現代性〉，《當今大馬》，＜http://www.malaysiakini.com/columns/256202＞，2014/03/06。

一步說明蕭氏「本土化」的斑斑痕跡，充滿本土與南來的交鋒，斑駁的時代光影。

四、北國文人的感官南國

跟大部分的南來文人一樣，蕭遙天關注馬來亞的風土物種，以及民情風俗，毫不例外的寫了榴槤和椰子，也毫不掩飾他對南洋女人的好奇和興趣，率直個性在南來文人和民風保守的馬來亞，可謂異數。女人是蕭遙天散文的重要題材，固然我們可以說這是延續香港時期都市男女情感糾葛的小說主題，亦是浪漫派文人的瀟灑行徑，然而更根本的原因，則是寂寞。蕭氏寫南洋的散文基調多半是歡愉的，卻難掩離鄉背景的落寞，具體的例子在〈過熱帶年〉（1954）：

> 檳城是好地方，是馬來亞的花園，我住在「甘榜」村落，高椰低蕉，婆娑其下，蒼翠南山，悠然見之。這裡風景的幽美，唯香港的青山與之相彷彿，青山還缺乏一種異國情調。可惜我不是來這兒「食風」的「頭家」，閒情太少了，欣賞的機會也不多；僅叨「空氣感染」而已。我白天要擠入人海揮汗，夜裡仍坐在斗室伏案，工作很忙，內心也很寂寞。[45]

引文可見蕭遙天佳節思鄉的情緒，第一次在馬過年，「一切皆備，只缺了一件，那便是寒流」[46]。如此輕描淡寫，跟他龐大沉重的「寂

---

[45] 《食風樓隨筆》，頁47。

[46] 《食風樓隨筆》，頁49。

寞」不成正比。他想念北國的寒冷空氣，南方卻是揮汗吃火鍋，敞開大窗睡覺，惟求枕冷衾寒。蕭遙天把自己譬喻為「老樹」，「老樹的北國舊憶」不能坦白直書，本土題材只能現炒現賣，寫遊記和雜文（如《東西談》，1954），或者處理無關要緊的主題，例如天氣。尤有甚者，迫於生計，他白天教書，晚上伏案寫稿，惟有寂寞與孤獨相伴。蕭氏多次表示有經濟上的壓力，〈寂寞的海〉少見的觸及個人私領域，儘管點到即止：在中國有家室，八個小孩；香港亦有家室，一個小孩。他南下為稻粱謀於相對安定的馬來亞，然而終究難以驅除寂寞和孤獨。他後來在馬來西亞第三次成家，然而馬來西亞的家庭生活竟然完全不見於他後出的散文《熱帶散墨》。

「寂寞」和「孤獨」是他散文的重要主題。〈寂寞的海〉和〈蕉窗小語〉可資證明。他在檳城嘗試追尋情感的寄託，終於失敗，因此轉而旅行全馬自北以南，卻仍然無法逃離寂寞和孤獨的襲擊：

> 我怕寂寞，嘗試了好幾種反抗的方法而失敗之後，我依然覺得可以親近的仍是寂寞的海。它有星光，有月亮，有濤韻，有船燈的眨眼，我將如何消除寂寞呢，還是常到寂寞的海邊靜靜地安息一番，那倒是我的希翼，但無奈我困惑於番茉莉下細語的女人，丟在孤島天堂的海濱的那枚發芒的白寶石，一群孩子。我需要這一件包含眾體的東西來供晨夕歡娛，我為了工作，似乎應驅除這個奇怪的意念，我的理智未始不知，而終於擺脫不了孤獨給予我的襲迫與困惑。[47]

---

[47]　《熱帶散墨》，頁112。

引文使用不少象徵，細讀全文卻不難理解這段關鍵文字：前三行排鋪寂寞的情緒，後三行是對中國和香港兩個家的牽掛，「丟在孤島天堂的海濱的那枚發芒的白寶石」證諸前後文，是指香港的情人（或妻子），一群孩子是在中國家鄉的八個小孩。寂寞和孤獨驅使他在馬來亞尋找情感的慰藉，所謂「無奈我困惑於番茉莉下細語的女人」似有情感的誘惑，番茉莉者，馬來亞女人的隱喻。他最終也在馬來亞成了家。引文前三行總共出現三次寂寞，最後以孤獨終。〈寂寞的海〉在蕭氏的散文中算是私領域訊息最多的，雖然完全出之以詩化手法，仍然足以勉強拼湊出他的生命輪廓，有助於我們重新理解大時代底下，一個浪漫的南來文人的飄泊生平。

　　〈寂寞的海〉低靡的調性讓人讀到截然不同的蕭氏，彷彿那些書寫馬來亞的細膩觀察和幽默乃是強顏歡笑。此文不斷重複的寂寞以及孤獨，非常值得玩味。〈寂寞的海〉以這段文字結束全文：「馬來亞人總是熱鬧快樂的，我離開了沙灘，在漸漸迎來的異國人的歡樂笑語中，閉下了好寂寞難熬的眼」[48]。熱鬧快樂對比寂寞孤獨，斯人獨憔悴，更根本的原因，是情感上沒有寄託。處處無家處處也可成家，他到了馬來亞，也嘗試欣賞馬來亞的蕉風椰雨，接受南洋生活，努力融入本土：

　　　擬了幾次草稿，馬來亞那銀灰而暗綠的雨景仍無法抒寫，我嘆了一聲，打開蕉窗，悵然望著遠處。[49]

---

[48] 《熱帶散墨》，頁 113。

[49] 《熱帶散墨》，頁 114。

> 假如時間容許，我將於天雨時節，張帳幕於田野，飾鷲羽，
> 圍草裙，做短時間的野人；興來時，陪著迷人的蠻婆，於滴
> 瀝聲中燒烤鹿肉，建立熱帶女人的藝術習尚。
> 但這憧憬不也太可憐麼？生活的鞭策早已抹去我享樂的靜
> 閒，我雖然知道馬來亞雨景的可愛，而終不能嘗一嘗她的滋
> 味。[50]

第一段引文可見南來文人對本土的適應過程，〈蕉窗小語〉文後註明
寫於一九五三年九月八日，初來乍到，面對新環境而難以融入，想
寫本土而未逮，乃有第三段「終不能嘗一嘗她的滋味」廢然而止的
無力感。雖然如此，他卻也用了「蕉窗」的意象捕捉熱帶的表象。至
於飾鷲羽，圍草裙或在雨中燒烤鹿肉，乃是以想像去彌補對現實經
驗的缺乏。這篇散文的風格跟他在《食風樓隨筆》寫的那些具體的
馬來風光頗有差距。蠻婆者，番女也，中原人士對南方女人的用詞，
文明與野蠻的對比。蕭氏不一定對具有男性沙文主義，只是故作輕
快狀，實則如散文的小標所言，他乃是在「銀灰暗綠的雨景」的低
迷心情中努力本土化，正如〈慵懶的秋雨〉所言：「一邊受新雨的支
配，一邊又用舊雨的感情來支配新雨」[51]，在新（現在）舊（過去）
擺盪，也在現實和記憶中迷惑。

　　〈寂寞的海〉（1953/09/02）、〈蕉窗小語〉（1953/09/08）和〈慵懶
的秋雨〉（1954/09/18）三篇是在一年之內寫成，其中〈慵懶的秋雨〉

---

[50]　《熱帶散墨》，頁 114-115。
[51]　《熱帶散墨》，頁 121。

已逐漸能夠帶著欣賞的眼光來看馬來亞，謂熱帶的雨「充滿快樂的意緒」，沒有溫帶的感傷和寒帶的淒厲。到了〈夜〉（1955/01/04）竟然表示馬來亞因白天熱，夜顯得格外可愛。這時，他已經在檳城住了兩年餘。這系列散文讓我們看到南來文人和本土的對話進程。

蕭遙天留下的二十六篇散文中，〈寂寞的海〉（1953）、〈蕉窗小語〉（1953）、〈慵懶的秋雨〉（1954）、〈雨〉（1953）、〈夜〉（1955）、〈夢〉（無寫作年份）六篇的調性屬於他說的「浪漫派」，其中〈寂寞的海〉和〈蕉窗小語〉沒有收入《食風樓隨筆》。這六篇屬於「詩化散文」，跟其他記實、符合「馬來亞氣息」的散文風格迥異，詩化散文可以避開現實，方便把北國之思藏在象徵裡。按照寫作時間，〈寂寞的海〉和〈蕉窗小語〉理應收入《食風樓隨筆》。推論蕭氏應是認定這些家國之思的散文調性不符馬來亞即將獨立的時代風氣。時過境遷，時代之「風」不同，這兩篇充滿家國（中國）之思的散文仍然難以割捨，終究收入《熱帶散墨》。

蕭遙天的馬來亞題材基本調性是歡快的，視角是局外人，一切事物都顯得新奇。〈椰與榴槤〉（1954）是一篇贊詞，語調高昂、情緒熱烈。南來文人中，如他嗜食榴槤者少之又少，而能讚賞榴槤外形壯美，且喻之為「大器晚成」的喬木則更是異數。蕭氏且認為榴槤象徵華僑從拓荒到繁榮的歷史，至於最具熱帶風情的植物莫過於瀟灑又高傲的椰樹，不枝不蔓，是熱帶風光的代表。一九五六年，在馬生活了三年之後，蕭氏寫下〈胡姬〉（Orchid，即蘭花）和〈曇花與瓊花〉。敘事風格在古典和熱帶之間穿梭，知識和情感兼具，他結交培育胡姬的聞人，敘述培育過程，同時深入新馬百姓尋常生活，

彷彿已頗能適應熱帶生活。

　　〈食風與沖涼〉透過食風與沖涼寫自身對熱帶生活的適應過程，「風」跟「水」都跟土地相關，學會「食風」，適應「沖涼」，乃能融入本土。兩者都跟感官和肉身有關，印證早期南下討生活的先民如何以智慧適應異地生活，應對赤道的炎熱氣候。蕭遙天認為沖涼有如「熱帶洗禮」，要能領略晨起沖涼、時時沖涼的好處，才能融入本土：

> 但沖涼是熱帶生活的需要，新客尤其需要……而且要當天發亮，晨風有點寒意的時候便開始沖。要用浴巾摩擦得熱煙自肌理裊裊而起，要沖得感覺到有一股熱氣自頂溜下，沿背沿腿，以至溜於地，如是暑氣才完全沖散，心肺俱爽，如是你已接受熱帶洗禮，深切地領略熱帶生活了。[52]

跟時代之風唱不同調的蕭氏，這段引文倒深得沖涼神髓，相當寫實，本地作家不見得能抒寫如此細膩描寫沖涼的感受。剛到熱帶的北方文人，最先感受到的是終年如夏炎熱高溫的天氣，最先要適應的是肉身和感官。引文是經由「差異」對比而得的感受，從前沒有而現在有，於是衝擊特別強烈，寫來也格外入裡。蕭氏回憶童年時見到南洋歸僑風光返鄉，因而有以下的了然於心：「我老早已和熱帶的風水種下因緣，終於投入這熱帶土地的懷抱，親受食風沖涼的甘苦」[53]，由此可見蕭氏南來，有遙遠的歷史因緣。〈食風與沖涼〉是一篇非常

---

[52]　《食風樓隨筆》，頁 21。

[53]　《食風樓隨筆》，頁 17。

生活化的散文，他使用不少「在地」語言，如爛賭、威風、沙爹、頭家等，展示本土化的努力，是一個外來者在適應過程中，以他者的眼光「發現」了「土本」忽視的特色。

蕭氏雖有不少學術論著，他的生命基調仍是文人，感情豐富，對於多情文人而言，風景再好人情再美，也無助減輕內心的寂寞。南來之後又再成家，經濟重擔讓他愈加需要感情的安慰和出口，寫作是可能的出口，女人也是。因此，他愛寫女人。

〈熱帶女兒〉（1956）是長篇散文，寫得情思飛揚，從香港女人一直寫到馬來亞不同階層、不同種族的佳麗，援引古詩也用熱帶譬喻，把馬來、印度、白種女人以及娘惹，分別跟椰油味、牛油味和豬油味相聯繫，甚至對不同籍貫、不同工作的華人女性有著深淺不一的分析和評價，又把怡保的美女比之於蘇州。此時他放下感傷的情緒，離開香港時期小說寫女人的世紀末情調，為馬來亞的女性留下時代印記，儘管這些印記帶著非常主觀的個人偏好。他沒有跟著時代的潮流歌頌勞動女性，而是從審美的角度去品頭論足：

> 我暫且放下勞工神聖的歌頌，單從審美的觀點來看看熱帶的婦女。凡女人都是愛美的，在馬來亞，她們的美感表現，粗看好像走著兩條相背的道路。若干妖姬型的太太小姐，竟效好萊塢的奇裝異服，以粉妝玉琢的打扮與肉體的袒露來向異性作色情挑逗，那些有肉體美而無靈魂美的女郎是可鄙的。但我們得承認，妖姬們穿著臨風招展的短褲，故意透露短褲的一角，那春光洩露是美的；穿著緊窄的薄紗衫，誇張地表現那蛇樣的腰與大哺乳動物的乳房，那曲線也是美的；袒胸

　　　　露臂，甚至只遮私處的泳裝，那炫示賀爾蒙豐富也是美的。
　　　　我們須認識這種美，才瞭解女工們的滿身包紮，是珍惜肉體
　　　　的舉動，是一種愛美的勇敢。[54]

這段熱帶女人的觀察非常赤裸，毫不掩飾的欣賞異鄉女人的風情和
肉體，已不同於初到馬來亞所寫的〈蕉窗小語〉，對熱帶女人只能跟
著北國人稱「蠻婆」，而無實事描寫。這時「迷人的蠻婆」得到具體
的素描，他完全可以欣賞這種純肉體的、無關靈魂道德的美感，更
重要的是，他沒有歌頌勞動女性的偉大和崇高，而是寫她們的肉體
美，完全不同於左派的敘事。即便寫「三水婆」的膠工、礦工、泥水
工，著墨的亦是她們的衣著打扮，姿態神采，無關勞動的神聖，可
謂非常「政治不正確」。蕭氏欣賞馬來女子和印度女子的「異國情調」，
卻無法忍受她們的文化和風俗。他對娘惹尤無佳評，稱她們面敷白
粉（應為水粉）是為「惡心的習慣」[55]，難以接受她們嚼檳榔吃咖
哩，其他的例如：「只受洋文教育，華文一字不識」、「生活不中不西，
崇拜現實，崇拜金錢，夢中所追求的是電影上英俊風流的白種人」[56]，
則有失偏頗和公平。雖然如此，這些初步的觀察和印象，充滿南來
和本土的交鋒。〈熱帶女兒〉是馬華散文史中少見的品評女人之作，
既感官又寫實，側寫時代女性，深得熱帶風韻。

　　蕭遙天提供了迥異於前期南來文人不同的視野，雜糅了南來、

---

[54] 《食風樓隨筆》，頁 17。

[55] 《食風樓隨筆》，頁 21。

[56] 《食風樓隨筆》，頁 22。

本土與香港的生命體驗。他以北國之眼寫南國的天氣和人事風俗，以及花草景物。只要跳脫寂寞的感傷眼光，蕭氏得自於美術專業的寫實性觀察功力，素描和細描的敏銳細膩筆法，加上三鄉視野，往往能夠寫出獨具一格的馬來亞社會。由於時代的「風氣」使然，中國經驗跟共產黨一樣成了時代禁忌，必需被擱置，存而不論，因此故鄉在他筆下只能是個人收藏的記憶，無法形諸文字，香港成了中國的替代物。蕭遙天散文的自我檢查現象，說明了馬華文學跟政治的密切關係。

由於三地皆有「家」，他對出生的中國、過客的香港以及終老的馬來亞皆有感情。傳統中國文人的教養以及浪漫的文人性情，使得他的散文呈現多元而異質的特色，跟當時以寫實為主流的時代之風產生對比／對話。他把香港經驗帶入馬華文學史，使得南來文人的內涵更豐富多變，同時也突顯「馬華文藝獨特性」的文學史暴力。

蕭氏散文留下「在地化」的斑斑痕跡，充滿本土與南來的交鋒，斑駁的時代光影。其實，不論《食風樓隨筆》或《熱帶散墨》，書名都非常政治正確，北國和新客多元視野下的馬來亞題材，跟單純的本土視野可以相互頡頏和對話。儘管《食風樓隨筆》出版時正值馬來亞獨立，他的右派文人形象和風格，卻讓他在當時以左翼為主流的馬華文學史中缺席。

[2017, 2018/12]

赤道的匕首與投槍

——從大系的編選視野論馬華雜文

一、文學大系的編選視野

　　方修在《馬華新文學大系‧散文卷》（1972）的〈導言〉指出，馬華現代散文的源頭，是以戰鬥的姿態出現的。換而言之，就文類而言，馬華現代散文的母體，是雜文；就精神譜系而言，則是來自魯迅那種兼具匕首和投槍的批判性文體。方修主編的《馬華新文學大系‧散文卷》收錄一九二〇到一九四二年近兩百篇散文，抒情／敘事散文不超過二十篇。二〇年代的馬華資料多已散佚，我們無法還原當年的創作全貌，然而方修的觀察跟中國白話散文興起的狀況相似，散文最早以雜感或隨感錄，我們名之為雜文的形式出現，以便針砭時弊，發揮意見，這些文字蘊含了後來理論上對於「散文」的確認，因此雜文便成為現代散文的基礎。比較特別的是，一九二

一年周作人提出「美文」的概念之後，中國的現代散文迅速開展出抒情傳統，馬華散文的雜文作為主流則持續了近三十餘年之久。

比方修主編的《馬華新文學大系・散文卷》早一年出版的是趙戎主編的《新馬華文文學大系・散文》（1971），此卷收錄戰後二十年（1945-1965）近兩百篇作品，雜文僅佔五分之一（近四十篇），抒情散文成了主流。趙戎在〈導論〉中提到，這時期的馬華散文，前十年以雜文和敘述文為大宗，後來的十年則是抒情文的天下。方修〈導言〉所依據的編選視野（1920-1942）當以雜文為主，趙戎在〈導論〉談的是接下來二十的年，自然多提抒情文。以廣義的散文定義而論，這是散文內部的質變。到第三套大系，由分卷主編碧澄所編選的《馬華文學大系・散文（1965-1980）》[1]，更傾向於抒情文，他在〈導言〉指出抒情散文是一九六〇年代初流行起來的，比趙戎的觀察晚了十年。最後，到了鍾怡雯、陳大為編《馬華散文史讀本（1957-2007）》（2007），收入散文兩百三十篇，雜文僅得十一篇。這套選本以史的脈絡編選，呈現獨立後五十年的馬華散文發展樣貌，編選理念和規模等同大系。這三套散文卷的編選結果來看，一九五〇、六〇年代以後的雜文已成旁枝，狹義的散文，也就是所謂的純散文成為主流。

本文擬以上述四套大系為主軸，討論雜文在馬華散文史的接受及其問題。

以大系為論述基礎，乃是因為早期的馬華散文創作，缺乏完善

---

[1] 第三套馬華文學大系共兩冊，第一冊由碧澄主編，二〇〇一年出版；第二冊由陳奇傑（小黑）主編，二〇〇二年出版。

的資料保存，散見各陳年報刊的零散篇章，大多散佚難尋，無法有效遍覽。幸而有方修、趙戎等主編的大系，保存了珍貴的資料，此其一；其二，除了資料保存的意義之外，最重要的是，大系是各年代創作的精華版本，固然每一位編者均受限於時代因素和個人偏見，各自有其美學考量，然而從主編的選文亦可看出雜文在散文發展上的接受史，主編個人的視野同時也具有一定的時代意義。

從最早的兩本大系可以讀到，馬華散文發展的現實主義傳統，文學跟時代和社會的關係非常密切，「有所為而為」或「扣緊時代的脈動」，都是評價散文的重要指標，也是古典散文興起的重要原因，以及存在意義。雜文的存在，跟現實主義美學傳統有著密切的關係，雜文的式微，卻不必然跟現實主義傳統的消退有關，時代的外延因素，散文美學的內部條件，以及對文體概念的改變等都是要因。

二、匕首和投槍的全盛時代

馬華文學跟中國文學的關係一直是難離難棄的。從發源到勃興，或影響或對話，現代文學（或新文學）的新興尤其跟中國五四運動不可分離[2]，方修在《馬華新文學大系・散文集・導言》開宗明義指出馬華散文起始於一九一九年：

散文是馬華新文學史中最早誕生的一種文體。一九一九年十

---

[2] 大體上以一九一九年五四運動發生為起始點，至於是五月或十月則略有爭議。詳見楊松年：《新馬華文現代文學史初編》（新加坡：教育出版社，2000），頁10-11。

月起,隨著馬華新文學史的發端,它就是以戰鬥的姿態出現。其中最活躍的是政論散文和雜感散文,作品散見於各報的「時評」,「社論」,「來件」等專欄以及新聞版,副刊版等。而政論散文比起雜感散文來尤顯得更成熟,更豐富,差不多成了馬華新文學萌芽前期(1919-1922)的散文寫作以至各種文學創作的主流。[3]

這段引文所引的散文,實為雜文,首先,它的「戰鬥姿態」先驗地說明了它不可能是抒情或敘事文,當然更不可能是後來溫任平等戮力於發揚的現代主義散文;其次,政論散文或雜感在中國白話文運動興起之時,同樣是放在「散文」這個文類底下。早在一九一八年《新青年》第四卷第四期即有「隨感錄」的專欄,當時隨感、雜感、亂談等均指向今日我們所理解的廣義的散文,雜文的出場姿態帶著濃厚的現實主義色彩,跟時代有密切的關係,充滿「文章合為時而著」的批判精神,體現了戰鬥性的特色。即便後來提倡美文,以閒適沖淡風格著稱的周作人,寫起雜文依然勁道十足,批判復古倒退、崇拜國粹、國民劣根性、以及日本侵華野心,跟魯迅辛辣的風格十分相似。要而言之,雜文作為散文的原始類型,無論在中國或馬華皆然。

　　早期馬華作家多來自中國,他們的文學養分亦來自中國。方修認為當時的政論散文特別發達,跟當時中國軍閥割據、列強侵略的

---

[3] 方修:〈導言〉,《馬華新文學大系・散文集》(新加坡:星洲世界書局,1972),頁1。

政局有關，因此所謂的政論散文，強調的是「對中國的政治評論」，
當時的隨感錄，則多論中國的社會風氣，以及批判中國國民性，南
來文人的愛國（中國）之情躍然紙上。方修論及雜文出現在新聞版
上不足奇，一開始，雜文就體現魯迅〈小品文的危機〉所說的匕首
和投槍特質：

> 生存的小品文，必須是匕首，是投槍，能和讀者一同殺出一
> 條生存的血路的東西；但自然，它也能給人愉快和休息，然
> 而這並不是「小擺設」，更不是撫慰和麻痺，它給人的愉快和
> 休息是休養，是勞作和戰鬥之前的準備。[4]

〈小品文的危機〉寫於一九三三年，正是中國政局動蕩之際，一九
三〇年左翼作家聯盟成立，魯迅提出要堅持戰鬥的路線，以免成為
右翼作家。左聯當時曾和新月派諸人論爭多次，〈小品文的危機〉除
了是對小品文的一次美學論戰，也是魯迅跟林語堂、梁實秋、徐志
摩等自由派在意識型態的交鋒。這篇文論所說的小品文固然是指廣
義的散文，其概念和對應內涵則指向今日的雜文。現實主義者方修
的編選理念和美學觀點，無疑服膺魯迅「戰鬥文學」的理念，從入
選篇數較多的丘康、陳南、郁達夫等人的選文可知，散文在方修那
裡，是作為諷喻時事的實用性文體，上承古典散文發生的原始意義。

　　丘康的〈由「今人志」說起〉批評陳鍊君要像《人間世》的「今
人志」那樣寫名人傳記，全是魯迅口吻。《人間世》是林語堂創辦的

---

[4] 魯迅：〈小品文的危機〉，收入王鍾陵編：《二十世紀中國文學史文論精華（散
文卷）》（石家莊：河北教育，2000），頁 54。

刊物，提倡「以自我為中心，以閒適為格調」，主張幽默和超脫，抒寫性靈等個人主義的寫作風格，魯迅評之為麻痺性的作品，是幫閒的文臣筆鋒，想將粗獷的人心，漸漸磨得平滑[5]。丘康則批評《人間世》的閒適風格只合於有閒階級，不合於國難當頭的救亡時代。〈關於批判幽默作風的說明〉則認為幽默文學應當隨著救亡自然而然消滅，否則便是「非使作者放棄積極的救亡不可」[6]，幽默文學等同於消極文學，是魯迅所謂的「撫慰和麻痺」，此文寫於一九三七年，正是日本侵華之際，亦可以看出早年馬華散文的中國性。〈說話與做人〉言必稱魯迅，魯迅是道德和做人的指標，換而言之，這是一篇魯迅信徒歌頌魯迅的雜文。就批判和反省的角度而言，是非常不符合雜文精神的。不過，魯迅對馬華文壇的影響力可見一斑。

　　陳南〈究竟比麻醉藥好些〉則要求以筆以槍，批判侵略祖國（中國）的罪行，對陳南而言，即便是千篇一律的口號文章，也比在地（馬來亞）書寫有價值。也就是說，陳南認為「文壇清客」的風花雪月式的抒情，或者藝術性並不是當前文學的重要條件，在國難當頭的時代，文學應該鼓吹愛國：

> 除奸肅匪，也是目前中華兒女們神聖的任務！難道丟掉活生生的材料而去讚歎檳城升旗山的巖石怎樣怎樣崢嶸，熱帶少女怎樣怎樣結實，才稱是藝術最高的成就麼？[7]

---

[5] 《二十世紀中國文學史文論精華（散文卷）》，頁 53-54。

[6] 丘康的〈由「今人志」說起〉，收入方修編：《馬華新文學大系·散文集》（新加坡：星洲世界書局，1972），頁 274。

[7] 陳南：〈究竟比麻醉藥好些〉，收入《馬華新文學大系·散文集》，頁 304。

陳南這段話代表一九三〇、四〇年代南來文人的普遍心態，固是一家之言，然而，從編者角度觀之，這何嘗不是方修的視野和觀點？編選者有其選文策略和考量，亦有其一家之言的美學偏見。方修在〈導言〉稱讚陳南和丘康「始終體現著時代的思想精神，幾乎是這個歷史時期中最具代表性的兩位雜文作者」[8]，顯然認同兩位作者的觀點。方修雜文和純散文不分，一律名之為散文，亦是時代背景使然。

雜文和散文的分道揚鑣始於周作人〈美文〉。周作人後來親日，語絲派文人則是自由主義者，跟魯迅文學干預現實的意識型態相去甚遠。南來文人亦分為兩派，各有擁護者，從方修選文的觀點來看，他的現實主義色彩頗為濃厚，是魯迅的擁護者。陳南的〈談「雅」與「俗」〉乃是關於「通俗文藝」和「文藝性文藝」的論辯。在中國，禮拜六派和嚴肅文學作家已經展開過轟轟烈烈的討論，陳南的觀點是，通俗未嘗沒有文藝性，通俗自有其大眾魅力，這種現實主義式的觀點，亦可視為方修的意見。陳南在〈論「今天天氣好呀」之類〉所言：「現在雖然大家都喊著向魯迅學習，但真正走上『為被侮辱和被損害者伸訴』的路是很少的」[9]。而陳南言必稱魯迅，或者打倒汪精衛，大肆撻伐賣國賊，則是遵循魯迅「匕首和投槍」的雜文教誨。方修的文學史觀透過入選者和選文不言而喻。

方修的現實主義色彩充分顯示在選文上，縱觀一九三〇、四〇

---

[8] 方修：〈導言〉，《馬華新文學大系・散文集》，頁 17。

[9] 陳南：〈論「今天天氣好呀」之類〉，收入《馬華新文學大系・散文集》，頁 323。

年代的重要主題之一，便是抗戰，云覽的〈漢奸往見上帝記〉、蕭克〈征服這悲哀的時代〉、郁達夫的〈略談抗戰八股〉、〈抗戰兩週年敵我的文化演變〉、〈戰時的憂鬱症〉、〈敵我之間〉等文，均圍繞著戰爭的主題，顯然刻意讓雜文為時代留下見證，發揮「匕首和投槍」的功能。他的文學史分期亦朝現實主義取向，譬如他對馬華新文學的低潮時期（1932-1936）的論斷是：

> 小說方面出現了許多新的舊的鴛鴦蝴蝶派的作品，詩歌方面出現了大批的形式主義的什篇，散文部門也相應地產生了多量的林語堂式幽默閒適的小品以及由此發展開來的題材煩瑣，油腔滑調的「雜感」。[10]

一九三四年《星洲日報》的「晨星」副刊、「繁星」、「遊藝場」等版面相繼鼓吹幽默、閒適等風格，方修對這種「林語堂風格」非常不以為然，評之為「毒害當地的文風」[11]，所謂的鴛鴦蝴蝶派、形式主義或者林語堂式幽默閒適的小品，均在抨擊之列。至於被稱為繁盛期（1937-1942）的文學特質則是文學反映生活：

> 記事、抒情、說理……各種體裁都在這時候充分的發展。此外還有一些新的文體如報告文學、文藝通訊等的興起，加以作者陣容鼎盛，各展所長，因而呈現了百花爭妍，多姿多采的壯觀。當然，基本主題還是抗戰救亡，以及戰時人民生活面貌的描寫。[12]

---

[10]　方修：〈導言〉，《馬華新文學大系・散文集》，頁11。

[11]　方修：〈導言〉，《馬華新文學大系・散文集》，頁13。

[12]　方修：〈導言〉，《馬華新文學大系・散文集》，頁15。

無論引文所言的「抗戰救亡」或「戰時人民生活面貌的描寫」，基本上都是文學反映現實的理念，論者對方修現實主義式的文學史觀或文學理念已多所發揮[13]，本文想突顯的是，這種立足於現實主義式的思考在編選大系時，同時也可能排除了不同流派的作品。早期出版不易，新馬一帶的作家作品尤其缺乏完善保存機制，那個時代的大系，具備留存資料之功。從另一個角度而言，它亦可視為馬華文學史圖像之體現。我們很難評估因為在現實主義美學為前提的考量下，究竟淘汰或流失了多少作品，只能根據留下的散文斷定，當時的馬華文壇深受中國文壇影響，從主題、類型、意識型態，乃至批判現實主義式的美學觀，都是中國文壇在海外的支流，特別是魯迅那種直面現實的書寫風格，尤為主流。

三、雜文和散文的消長

方修以選文建構了一個牢固而強大的現實主義傳統，並且以雜文實踐了他的文學史圖像。這個文學理想不是單向道，它得以成立的前提是，那個時代必須有足夠的作品供他實踐文學想像。顯然，方修和他的時代取得了共識，因此《馬華新文學大系》以雜文建構了一個匕首和投槍的全盛時代。方修之後的第二套大系由趙戎主編，乍看之下，他的文學觀跟方修並無二致：「文藝是社會的產物」、「他們的作品，或多或少反映了當時的社會生活，是可以當作一面鏡子

---

[13]　相關論述詳見甄供編：《方修研究論集》（吉隆坡：董教總教育中心，2002）。

來看的」[14];「第二代的馬華散文家,他們都是土生土長的。……他們的愛國主義底精神,就反映在愛鄉土,愛人民,愛風物底篇什上。這將長遠地影響我們的廣大的讀者群,促使他們擁抱這塊土地,昂揚起熱愛家邦底浪潮」[15]。

趙戎的文學觀大抵跟方修相同,認為文學跟現實的關係密不可分,文學具有教育民眾／讀者的作用,在這個相似的文學觀點下,《新馬華文文學大系》雜文的入選比例卻大幅度下降。誠如本文的緒言所說,這套大系的雜文比例約佔五分之一,趙戎對這個現象的解釋是政治性的,因為中國自一九四九年以後由共產黨全面執政,不少書籍禁止入口,因此僑民意識轉弱,而使馬華作家轉而正視本土,加上不少土生土長的創作者出現,「他們以熱愛土地底激情,抒發對山河風物的愛戀。所以後期我們有了很多優秀的抒情作品」[16]。

趙戎把抒情作品的大量湧現視為「在地視野」和「愛國主義」的雙重效果,因此大系的編選結果反映了創作成果。他的現實主義文學觀落實在抒情文上,那些風土人物的書寫,以及個人情感的吟哦遂成了這套大系的主要特色。

苗秀是當時的重要雜文作家,他有十三篇作品入選這套大系,其中九篇是雜文,可謂雜文入選篇數最多的一人。其中〈關於雜文〉(1947)和〈雜文餘談〉(1947)兩篇是雜文論述,從苗秀的觀察可

---

[14] 趙戎編:《新馬華文文學大系・散文(1)・導論》(新加坡:教育,1971),頁1-2。

[15] 趙戎編:《新馬華文文學大系・散文(2)・導論》,頁21。

[16] 趙戎編:《新馬華文文學大系・散文(1)・導論》,頁1。

知，戰後雜文的數量銳減：

> 當我們還嗅到濃厚的火藥味，當炸彈還在我們生根的土地上
> 不停地爆炸，當「勝利」變成大多數人的災難的時候，文藝
> 寫作人文下雜文這犀利的武器，是不該的。
>
> 尤其是我們——星馬的文藝寫作人，必須重新拾起這枝投
> 槍，這匕首，利用我們無從發表長篇作品經濟篇幅，狹小的
> 副刊地盤，打擊人民大眾的狐鬼。[17]

麥秀的文學觀和對雜文的要求均來自魯迅，以上引文無論思想或用
詞都籠罩在魯迅的影子下，他跟陳南一樣奉魯迅為圭臬，文學不是
桌上的小擺設，而是打擊敵人的利器。〈談文章〉諷刺文人的通病，
開頭便提魯迅；〈藝術至上主義的破產〉則仍是五四時期文學研究會
和創造性曾爭辯過的「為人生而藝術」抑或「為藝術而藝術」的老
生重彈，把唯美主義和現實主義對立起來，最後得出「應該熱烈的
擁抱人生」之類的老掉牙結論。〈藝術家的態度〉亦以魯迅為典範，
批評跟魯迅不同風格的作家：

> 回頭看看時下一些所謂作家，卻盡粗製濫造之能事，對於求
> 名趨利，則如蟻之赴羶，甚至為了取得更多的版稅，跟一時
> 的虛名，不惜大寫其色情小說，以低級趣味媚悅讀者，像徐
> 訏，像無名氏，沈從文一流文人的行徑，不由不使人感慨
> 萬千。[18]

---

[17] 苗秀：〈關於雜文〉，收入《新馬華文文學大系・散文（1）》，頁35。
[18] 苗秀：〈藝術家的態度〉，收入《新馬華文文學大系・散文（1）》，頁23。

以上這段文字近乎謾罵,被點名的徐訏、無名氏、沈從文等的小說無論如何也無法編派到色情小說一類,沈從文容或寫水手和妓女的愛情,然而扣之以「低級趣味媚悅讀者」的罪名,無乃太過。何況色情之罪從何而來麥秀並未多加說明。苗秀站在魯迅的立場,以魯迅的口吻罵人,卻沒有跟魯迅相同的見識和胸懷,反而成了魯迅的末流。這並非個案,而是當時的普遍現象,亦是雜文在一九五〇年代以後走下坡的原因。

苗秀和蘇夜在一九五四針對雜文的論戰[19],如今看來,是雜文欲振乏力的最後一擊。苗秀在〈這還是雜文時代〉(1954)繼續鼓吹「發揚馬華文藝這種優良的(雜文)傳統」[20];同時,蘇夜發表的〈馬華文藝現階段三大任務〉則表示:「有人以為這還是個雜文時代,因為拼命地專向這方面致力……這都是錯誤的。我們固然要運用雜文的潑辣尖刺惡劣的傾向,但不能完全地倚重之作為唯一的創作形式」[21],因而引來苗秀〈再談雜文〉的回應。蘇夜在〈駁《文藝報》——讀夏凝霜[22]的〈再談雜文〉後〉則一再強調他的論點是提醒創作者「不要完全倚重雜交作為唯一的創作的形式」[23],而非反對雜

---

[19] 兩人的論戰文章均收入苗秀編:《新馬華文文學大系・理論》(新加坡:教育,1971)。

[20] 苗秀:〈這還是雜文時代〉,收入《新馬華文文學大系・理論》,頁 67-68。

[21] 苗秀:〈再談雜文〉,收入《新馬華文文學大系・理論》,頁 69。

[22] 夏凝霜即苗秀。

[23] 〈駁《文藝報》——讀夏凝霜的〈再談雜文〉後〉,收入《新馬華文文學大系・理論》,頁 72。

文。然而此文引發苗秀尖酸強烈的反批，譏之為「巴兒狗」[24]。

　　嬉笑怒罵皆文章是建立在眼界上，沒有這等高度，雜文便成為罵人的工具。此其一。其二，針砭時弊之外，雜文最重要的功能是直視人生的黑暗面，然而發展到了最後卻成了潑婦罵街，苗秀〈巴兒狗的論調〉一文的情緒性措辭，以及叫囂文字，可視為雜文時代終將結束的象徵。雜文的弊端之二，則是變成教誨文字。譬如杏影〈趁年輕的時候〉、〈談暗黑〉、〈關於挑擔子〉、〈說到機會〉等收入在《新馬華文文學大系・散文（1）》的雜文，其勸世功能則流於膚淺、說教，識見不高，諷喻功能更是闕如，雜文走到這個階段，幾乎是末流了。

　　《新馬華文文學大系・散文（2）》，雜文完全消失，趙戎的現實主義文學圖景，最終被他所謂的「歌頌我們國土與人情底美麗和可愛」[25]的抒情文和敘事文所取代。他的現實主義文學不再是「仿魯迅」式的雜文，而是充滿浪漫情懷的激情和個人主義式的低吟，這些個人主義式的浪漫情懷和感傷植根於赤道，以感性筆觸抒寫現實生活，抒情文最終取代憤世和嫉俗的雜文，告別教誨文字，同時亦終結了以雜文為主流的世代，宣告馬華散文和雜文的分道揚鑣。

　　馬華第三套大系收錄一九六五到一九九六年的作品，「集中於抒情或抒發個人感受一類」、「在文章中看不到作者的崇高理想或對國家社會的大不滿」[26]，從《馬華文學大系・散文卷（一）》主編碧澄

---

[24] 苗秀：〈巴兒狗的論調〉，收入《新馬華文文學大系・理論》，頁74。

[25] 趙戎編：《新馬華文文學大系・散文（2）・導論》，頁3。

[26] 碧澄編：《馬華文學大系・散文卷（一）導言》（吉隆坡：彩虹，2001），頁viii

的觀察可知，一九六〇年代以後，雜文成了散文中的邊緣文體，碧
澄期許的現實主義圖景跟實際創作狀況背道而馳，所謂「崇高的理
想和對國家社會的大不滿」的雜文，一九五〇年代以後逐漸逸出散
文的範疇。

這套選集的編選模式並非在主編的主動出擊之下完成，乃是由
入選者自由提供，選文蕪雜，自然更談不上編選者視野和美學觀。
然而正因為作品為作者主動提供，反而呈現「創作者如何看待散文」
的觀點。從文類觀念的角度來看，大部分作者把「散文」定位在非
雜文書寫，不到十分之一的作者認同雜文等同散文。這是一個非常
有趣的觀察。一九七〇年代以後的馬華文壇，報刊雜誌比起一九五
〇、六〇年代相對發達，文類也因此走上更細緻的分工，純散文，
也就是狹義的散文，或者周作人所謂的美文，遂成為散文的代稱。

鍾怡雯、陳大為編選《馬華散文史讀本（1957-2007）》則以一九
五七年馬來亞聯合邦獨立建國以降的五十年作為選取範圍，以編年
史的角度，選入三十位作家的一、兩部產生過重大影響，或較具討
論價值的散文集，企圖以散文史的架構呈現獨立後的散文版圖。三
十位作家裡面，以雜文入選者共有麥秀和張景雲兩位。

麥秀的作品寫於一九七一到一九七六年，選自《黃昏雨》，非常
抒情的書名，一如麥秀筆下感情和理性兼具的雜文，有時讀來更像
西方的隨筆（essay），一種帶著知識性的文人筆調，因此入選的十一
篇作品雖以雜文居多，然憶舊之作則更見感情。麥秀的雜文文字溫

-ix。

厚，沒有馬華早期雜文咄咄逼人的語調，或者一九四〇、五〇年代風行的油腔滑調，他的雜文文人氣重，〈我們的作家〉批評馬華作家陋習，心平靜氣，既無叫囂，復無居高臨下的傲氣；〈這裡沒有瓊瑤〉披露馬華創作者的銷售困境，同時指出在馬來西亞想以寫作為生是夢想，馬來西亞的現實環境不可能產生暢銷作家，沉痛比批判多。

張景雲的雜文則更接近散文，馬華知識分子的閱世態度和淑世情懷，加上精準乾淨的文字，風格接近香港的董橋，文字好，感性足；同樣長時間在報刊雜誌寫專欄，品評時事，月旦人物。董橋的溫文儒雅是在中西文化薰陶之下，在舊學舊人舊事中成長的傳統中國文人筆調，文體擺盪在散文和雜文之間。張景雲則是充滿危機意識的馬來西亞華人，複雜的文化處境是雜文的溫床，因此更能發揮雜文的特色，政治時事、文化課題、文人處境，乃至最根本的人性，都是張景雲的觀察課題。

〈怎樣侮辱文化人〉處理馬華文人處境，這是伴隨雜文而生的古老主題；〈個人在至大至小之間〉則是一個新聞工作者的觀察，所謂新聞報導的準則，沒有所謂至大或至小，端在清醒一事而已。這樣的洞見其實不止是品評時事，而是上升到哲理散文的層次。這篇介於散文和雜文的長文，以自身的經驗為底，在感性和理性之間獲得平衡，把雜文的形式發揮到最理想的狀態。議論和敘事之外，尚有情感，它離開了早期雜文的謾罵和尖酸，看似溫和，實則沉重，充滿知識分子的人文關懷；〈一個讀書人的感恩辭〉從自身苦學的經驗談圖書館之用為大，前半篇是個人經驗，後半筆鋒一轉，忽然論起圖書館的設置種種，從個人而社會，然則主題仍然不離對圖書館

的感恩和禮讚。它是雜文，亦是周作人所謂的美文，或許更正確的界定是，它是馬華雜文從一九二○年代發展以來最好的範例。

《馬華散文史讀本（1957-2007）》以散文為主選，卻沒有割捨雜文，乃是因為這種文體一直是馬華文學最重要的一環。它跟馬華現實的關係十分密切，匕首和投槍的意義仍在。然而隨著作者和編者對散文概念的轉變，雜文與文學性漸行漸遠，而實用性增強。一般的政論或社會批評已經脫離散文的範疇，歸入雜文一類，雜文和散文遂成為兩種截然不同的類型。然而張景雲的雜文說明，文學性和雜文並不相悖，任何一種文類發展到它的極致，都有一種跨界的特色，張景雲的雜文便是。

本文論述雜文在馬華文學的接受情況，從主編的編選視野觀察雜文和散文的消長，探論雜文在馬華文學的發展及其問題。一九二○到一九五○年代是雜文的全盛期，它繼承雜感的傳統，魯迅匕首和投槍的理念，見證時代的發展和轉變。一九六○年代以後，抒情文和敘事文興起，逐漸取代雜文成為創作的主流。然而雜文感時憂國的傳統並未消失，馬來西亞華人複雜的文化處境是雜文的溫床，因此更能發揮雜文的特色。

周作人的美文觀念在一九二一年提出，至今仍然為人引用，甚至誤用。所謂美文，指的是記述的，藝術性的，又可分為敘事與抒情，但也很多兩者夾雜的[27]。美文的相對概念是雜感，換而言之，

---

[27] 周作人：〈美文〉，收入王鍾陵編：《二十世紀中國文學史文論精華（散文卷）》，頁2。

它並非單指文字的美感，而同時涉及文類的觀念。然而雜感和美文相對的觀點，卻不適用馬華雜文，至少一九九〇年代以後，張景雲以其兼具美文特質的雜文，說明雜文可以吸收美文的長處，仍有可為。

[2008, 2018/12]

馬華散文的「浪漫」傳統

一、華社的議題

在論述馬華散文的「浪漫」傳統之前，首先必須指出馬華作者，尤其是散文作者，面對華社的思考和感觸。華社問題是個「試劑」——只要是馬華創作者，用華文寫作，對華社有或深或淺的使命感，稍一碰觸，則悲觀或感傷的書寫模式便顯色。華社問題早已成為創作者的痼疾或隱疾，一碰就痛，從早期的溫瑞安，到後來一九八〇、九〇年代的馬華校園散文寫手，乃至從校園散文寫手出身而各自成家的林幸謙、祝家華、何國忠等，皆有這個面對華社議題「感傷」的特質，潘碧華稱之為「憂患意識」，並指出這種意識裡涵蓋「憂慮、孤憤、沉痛、壓抑性的情緒」[1]。放在世界華文文學的範疇來看，「憂

---

[1] 潘碧華：〈八〇年代校園散文所呈現的憂患意識〉，收入陳大為、鍾怡雯、胡

患意識」以文學回應時代，是馬來西亞時空下的特有現象，亦有其時代和文學史意義。

固然「一個（華社）議題，各自表述」，表述的方式容或不同，可是當感性太過，理性傾斜，如溫瑞安或林幸謙等，以高度「傾訴性」的書寫方式處理「集體意識」，是否也造成了書寫的窠臼，構成既定的書寫模式，或者成為創作者的因循藉口？因襲既久，「感傷／抒情」表述常常（不自覺）變成模式。感性不斷被挖掘的同時，也不斷耗損，「感時花濺淚，恨別鳥驚心」的時代創傷和人世滄桑，被一而再的書寫，極易變成空洞的符號，動人的內在或許早被耗盡：作者固然一再驅動沉重的文字演繹「感時」和「恨別」，卻收不到「花濺淚」、「鳥驚心」的草木鳥獸同悲效果，那個被包裹在文字和無奈底下的「問題」已經被反複重寫多次，再也挖掘不出新意。

金倫編：《馬華文學讀本Ⅱ：赤道回聲》（台北：萬卷樓，2004），頁293-294。潘碧華以「憂患意識」論校園散文，肯定校園散文關懷社會的勇氣，主要在說明大學生並非是象牙塔裡的追夢人，她主題式的論述不涉及寫作美學。然而就散文而論散文，這卻是一個更大的「問題」。「大」散文，即題材跟文化社會扯上關係的總是先獲得肯定，怎麼寫，寫作難度和高度在哪裡等更細緻的問題總是被忽略。「憂患意識」很容易跟「中國性」牽扯不清，大馬華人艱難處境往往被過度引伸為華社將亡，這種情緒性書寫又總是被大部分的論者所肯定，如此漸漸形成「傳統」──不管寫得好不好，只要關懷社會，總是不太壞的，至少比寫個人小事好。按照這種推論，趙樹理將比張愛玲的文學成就高，因為只要處理民族國家「大」事，在題材上先就贏了。這種「現實主義」、「主題先行」的貧乏老論常常出現在馬華，尤其是散文。

　　本論文試圖建立自溫瑞安以降的「浪漫」[2]傳統，並論述「浪漫」的幾種類型，以及所衍生的散文美學，可能造成的侷限。這個浪漫傳統放在中國文學裡可以用「感時憂國」代之，只是「感時憂國」是個「正面」的主題式解讀，它高度肯定了作品的正面評價，較不論及表現方式，因此本文擬以「浪漫」取代，溫瑞安的《龍哭千里》尤其可視為這個概念下的代表作。此外，本文的主要論述對象尚包括林幸謙、祝家華、何國忠、潘碧華、辛吟松等，在一九八〇、九〇年代感受到「內憂外患」的校園散文寫手群等。本文分四節，第一節界定選文標準「浪漫」（非等同於浪漫主義）定義；第二節論述溫瑞安和林幸謙，二人風格不同，卻有類似的「詞庫」遙相呼應，作為固定情境的敘述模式；第三節以「傳火」為重點，論述大學校園散文寫手伴隨著文化使命而生的時代關懷；第四節是看似「反浪漫」的「浪漫」書寫，實則淡定的文字底下是被壓抑的文化託命，亦是浪漫的另一種敘事方式。

---

[2] 這靈感來源是李歐梵的論文〈五四文人的浪漫精神〉，收入周陽山編：《五四與中國》（台北：時報文化，1979），頁 295-315。李歐梵的「浪漫」除了含概五四文人的感時憂國傳統，更直指他們受西方浪漫主義影響下的放浪形骸，以行為和文字反道德及批判封建禮教。這種悖反古典主義的思考和行為模式，其實逸出了西方浪漫主義的個人主義色彩，而以整個社會歷史背景作為思考起點，可視為浪漫主義在中國的「本土化」。馬華散文的「浪漫」精神亦經過「在地化」的特質，和中國頗為類似。本論文以溫瑞安為起點，並不排除在他之前絕無可供論述的零星案例，而是溫的散文質量兼具，且整體表現可視為「浪漫」的座標，允為本文定義下的「浪漫」奠基石。

二、浪漫主義與「浪漫」

　　浪漫主義一般視為對十八世紀理性主義和新古典主義而生的反抗，理性對文藝造成極大的束縛，因而一種張揚個性，訴求直覺的書寫風格，追求思想和情感的自由決定了浪漫主義的藝術特點。艾布拉姆斯完成於一九五〇年代的浪漫主藝代表作《鏡與燈：浪漫主義文論及批評傳統》，以「鏡」與「燈」隱喻浪漫主義的兩種特質，即「把心靈比作外界事物的反映者」和「把心靈比作發光體，心靈是它所感知的事物的一部分」[3]，同樣強調人格對文學風格的浸透，二者互為表裡，他的論述方式（以鏡與燈作為象徵）本身也是浪漫主義使用的創作方式。

　　艾布拉姆斯把「浪漫主義」同時作為一種批評方法兼創作方式，他把浪漫主義詩人華茲華斯的「詩歌是詩人思想感情的流露、傾吐和表現」等說法視為「表現說」──文學是內心世界的外化，激情支配下的創造，是創作者的感受，思想和情感的共同體現──因而浪漫主義是一種表現主義。梁實秋在〈現代中國文學之浪漫趨勢〉甚至說浪漫主義就是不守紀律的情感主義，不節制必然流於頹廢主義和假理想主義[4]。雖然浪漫主義至今為止沒有一個能被普遍接受的

---

[3]　M.H.艾布拉姆著，酈稚牛等譯：《鏡與燈：浪漫主義文論及批評傳統》（北京：北京大學，1989），頁2。

[4]　梁實秋一九二四年進入哈佛師事白璧德，態度從擁抱浪漫主義到變成抨擊，其思想變化詳見鍾怡雯：〈論梁實秋的散文譜系與時代意義〉，《后土繪測：當代散文論II》（台北：聯經，2016），頁7-21。

標準定義[5]，從艾布拉姆斯到朱光潛、梁實秋、蔡源煌、羅成琰等人論浪漫主義，卻大體上可以歸納為以下兩點：

（一）它強調「情感」在文學的作用，換而言之，「抒情」是浪漫主義的特點。浪漫主義論者就把抒情詩視為浪漫主義的最高成就。法國文評家有時把浪漫主義稱為「抒情主義」。席勒把「浪漫的」等同於「感情的」；歌德則把「浪漫的」稱為「病態的」。

（二）個人與社會的對立是促成浪漫立義誕生的要因，憂鬱則是生命必然基調，形成浪漫主義作品強烈的主觀性和情緒性。

以上兩點歸納主要作為本文檢選「浪漫」散文文本的依據。所有理論的挪用都必須經過削足適履，歷史情境和文學傳統歷來中西（馬西？）迥異，這種歸納是權宜作法。其次，本文並不認定馬華創作者「以浪漫主義寫作」，或以浪漫主義強加創作者，只就馬華特殊的文化環境催生的「浪漫」傳統提出論點和觀察。「浪漫」作為一種表現美學，並不具褒貶高下意義。楊牧從「葉珊」到「楊牧」，並未揚棄其浪漫的抒情基調，其風格轉變主要表現在題材和寫法上的扭轉，這轉變背後是一連串複雜漫長的，對散文的思考和反省[6]。因

---

5 羅成琰的結論是浪漫主義最早期是指騎士精神，雨果視為自由主義，海涅認為是對中世紀的思考，其他如視為夢幻乃至感傷情調等不一而足，見羅成琰：《現代中國的浪漫主義文學思潮》（長沙：湖南教育，1992），頁1-2。利里安・弗斯特在《浪漫主義》這本重要的小書轉述 E.B. Burgum 的話，指 Burgum 曾發出警告，誰試圖為浪漫主義下定義，誰就在做一件冒險的事，它已使許多人碰了壁，見利里安・弗斯特著，李今譯：《浪漫主義》（北京：崑崙，1989），頁1。

6 特別以楊牧為例，除了他的抒情散文風格是極佳的浪漫範例外，溫任平和何國忠都曾在散文裡提及楊牧，楊牧那種籠罩著淡淡憂傷的抒情風格成為不少初

此問題關鍵在於創作者本身的視野和學養，以及創作自覺。當然，現在回看「浪漫」（或浪漫主義），它顯得不合時宜了。倒是中國文論那種偏向感覺性、體悟性的文論方式，強調人格特質等因素，跟浪漫主義有極為相似之處，跟散文這個非常「中國」的文類亦非常契合。實際上，中國文學自屈原開始的「浪漫」傳統，背後亦有一個「感時憂國」的時代思考。

三、失控／磅礡的抒情

　　作為神州詩社的領導人，溫瑞安實踐浪漫的方式，一是結社，二是練武，兩者均為中國想像的產物，再加上兒女情長，簡而言之，武俠世界的「俠骨柔情」是他的生活寫照。溫瑞安把生活當成文本——他的生活就是以自身實踐的創作，這是一個有趣的個案，連他自己也宣稱「沒有人能忍受我這種貪得無厭的浪漫」[7]，因此可稱之為「浪漫的典型」。其浪漫風格源自對中國的想像，因而延伸出「為中國做點事」的使命感，此其一；其二，中國想像只有透過象徵符號與歷史連結才能發揮，於是他以文學的磚瓦所建構的中國藍圖，必得避開真實／現實，或至少把真實／現實涵蓋到想像中，才能再造抽象／個人的中國。

　　溫瑞安有一個構成「浪漫」的詞庫可供調動：血、狂、死亡、

寫者的散文典範，幾乎成了跟我同期的留台大馬學生的散文「經典」，言必楊牧之外，尚以楊牧為師，模仿得幾可亂真。

[7] 溫瑞安：〈衣缽〉，《龍哭千里》（台北：時報，1977），頁235。

苦愁、唯美、輕愁、孤寂（孤獨和寂寞）、雨水（或風雨，可能交織著淚水）、殘缺的意象（如殘月）等等不一而足。寫於一九七二年的〈龍哭千里〉有一段寫聽〈滿江紅〉的經驗頗具代表性：

> 那整個晚上歌聲都迴旋在你心上、腦上、神經上、響在你每一根骨節上，你雄性的喉音上。激昂處，把你的脊髓骨抖得筆直，如一座驕傲了幾十年的大山。嗓子如弦絲一般地微微顫動著，胸腔裡也頓浮起幾許激情，透過你的雙眸，漾著薄薄的淚光。一座斷崖。一輪殘月。一座怒海呵不息的海高高低低嘆息的海。一幅畫，黑墨與白紙。從此刀便成了你的象徵，每出鞘必然沾血。[8]

這段大量調動意象加強敘述效果的文字，是溫瑞安常用的敘述模式，他擅長用強烈的情感「渲染」或「煽動」讀者，讓讀者進入他塑造的情境去感受他所感受到的。這段文字有「血」有「淚」有「激情」有「驕傲」，怒海高山輔以刀劍等陽剛意象，把「意象」和「情感」的極限揮霍到極致。不止如此，〈龍哭千里〉還佐以奇幻想像，把社會喻為黑森林，把環境的各種阻力寫成十三名劇盜，把自己化成一匹「追殺中的狂馬」，「且不能退後，且要追擊」[9]。這種「騎士」式想像是浪漫主義最典型的寫法。或者這樣悲壯的畫面：

> 從厚厚高高的書本中逃出來，你有嘔血的感覺。你輕輕地咳嗽，一聲聲，一聲聲，你用手帕掩住口，你甚至想到當你把

8　《龍哭千里》，頁 14。

9　《龍哭千里》，頁 14。

> 白巾自唇邊移開時，在上面已染滿一大堆淒艷的鮮血。美麗
> 的血。一直在你胸中翻騰如今卻凝在手巾上的血；一種無法
> 被補償的驕傲。[10]

林黛玉咯血的哀淒，被溫瑞安改寫成書生式的「無法被補償的驕傲」，他並且對死亡有著美麗的憧憬，甚至想「冒險一試」[11]。對比〈龍哭千里〉，〈八陣圖〉更是充滿死亡的意象，演繹「生命是悲哀的，死亡是可嘆的」這個浪漫感嘆。寫到詞庫疲乏，乾脆以一連串的「死亡」直言死亡，或者出之以「吶喊」；〈大江依然東去〉有「我歿時是誰家漢女哭倒在我底青塚」[12]。大抵溫瑞安的散文潛藏著「想像的古老中國」作為對話對象，因為有（想像的）對象，他常用「傾訴體」，如〈這一路上的星光〉。或者寫給白衣，如〈振眉五章〉、〈振眉閣四章〉、〈聽雨樓二章〉、〈洛水五章〉和〈更鼓〉雖是散文，近似情書或札記，充滿小兒女的私情密意。

　　動不動便悲歌（〈河在千里唱著悲歌〉），動不動就寂寞（「我一直很寂寞，我志在江湖，背負功名，卻仍一身寂寞」[13]），要不便是「美麗的蒼涼」。語言的極限就是思想的極限，這類泛濫的抽象形容寫多幾遍，最終導致的是閱讀的彈性疲乏。

　　相較於溫瑞安近乎失控的狂放情感，林幸謙的兩本散文[14]則出

---

[10]　《龍哭千里》，頁 11。

[11]　《龍哭千里》，頁 13。

[12]　《龍哭千里》，頁 95。

[13]　〈衣缽〉，《龍哭千里》，頁 235。

[14]　實則上算是一本半，《狂歡與破碎》之後的《漂移國土》，是部分新稿加上早

之以酒神式的狂亂（對林幸謙而言是狂歡），一樣情感磅礴，以情緒驅動感染力。溫瑞安以氣使才，完全抒情，林幸謙則在散文裡加入大量的後殖民理論術語，這使得他的散文看來像是意象堆疊太過的感性論述[15]。二人同樣擅長於長文，同樣有固定的修辭模式，不同的是，林幸謙的散文總是以「個人代表集體發言」。誠如艾布拉姆斯所揭示的，「把心靈比作外界事物的反映者」和「把心靈比作發光體，心靈是它所感知的事物的一部分」，那鏡與燈式的書寫美學卻被賦予代言人的言論，敘述被合理化，於是所有的海外華人一網打盡，全被視為「流放是一種傷」的龍的遺族。他自言「我選擇了一套較為沉重悼輓的敘述語言，一如我的人生觀，我是較為難以樂觀起來的那類」[16]，悼輓之詞和後殖民論述同時存在，造就了表面看似理性駕馭感性，實則以沉鬱的感性撐起理論辭彙的敘述模式。

　　儘管溫林二人風格迥異，林幸謙的「詞庫」卻跟溫瑞安十分接近：幻象（或幻影）、邊緣之外，殘破、生與死、夢幻、憂鬱、淚、雨水、晚風、花凋，這些反覆出現的意象，躁動的文字，「種族本身就充滿了哀愁」[17]宿命式的認知，一再強調的「邊緣」身分，病態的敘述者口吻（不論事件本身是真實或虛構）等等融鑄而成的長文

年習作編輯而成。

[15] 我曾在〈從追尋到偽裝——馬華散文的中國圖象〉指出「林（幸謙）以其論述和抒情雜揉的散文風格反思華人的身分……突顯一種被壓抑的存在」，收入《無盡的追尋》，227。

[16] 林幸謙：〈選擇題〉，《漂移國土》（吉隆坡：學而，2003），頁313。

[17] 林幸謙：〈過客的命運〉，《狂歡與破碎》（台北：三民，1995），頁91。

均架設在宏大的理論性標題之下，於是他必須以滔滔雄辯展演抽象
命題。只是以大量形容詞、副詞或術語雄辯抽象命題的衍繹過程，
並沒有讓他接近符旨，形而上的故鄉反被推展到更遠處，終究成了
如他所言「燦爛的幻象」——燦爛華麗的修辭，內容所指涉的卻是
「幻影」：

> 真理的雨聲淋漓，在黑暗和光明交替的縫隙間正視生命，發
> 出生命與時代的千般嘲弄。無數有價值與無意義的幻象在歷
> 史海岸上翻騰、低泣，接著竟幻滅了。[18]

> 憂鬱的華麗世界，分秒都有葬禮在進行。送行的人群，看到
> 了遺落的憂傷；破落的荒塚，收藏了屍骨所遺棄的寂寞。⋯⋯
> 此生的神話在璀璨中逐年破碎，狂歡，掉淚。[19]

> 縱然有美好的夜晚⋯⋯只剩下幻影和煙雨來慰藉靈魂的憂
> 傷。心事在歲月裡累積，累積成一座龐大的迷宮——別人無
> 法走入，而自己卻無法走出的死城。[20]

以上所引三段引文分別出不同的篇章，主要用意在說明林幸謙常常
使用同樣的修辭模式，重複使用的意象，換個題目，內容所述相差
不遠——大抵是生之幻滅、流放是一種傷的反複演繹，憂傷情感的
重複抒情。有時段落甚而可以任意調動，刪減，篇與篇之互為補充
（故意的「互文」？），然而文字的橫征暴斂，以極為主觀的個人情

---

[18]　〈群雨低濕的海岸〉，《狂歡與破碎》，頁53。

[19]　〈歲月：燦爛的幻象〉，《狂歡與破碎》，頁15。

[20]　〈飄泊的諸神〉，《狂歡與破碎》，頁37。

緒「置入式書寫」則一。

　　雖然林幸謙曾經表示「我的書寫自然也無法滿足於淺薄抒情文筆」[21]，抒情文筆未必淺薄，其論述式浪漫抒情便是最好的演出。把後殖民搬入散文，雖然符合全球化的論述潮流（就這點而言，林幸謙所選擇的位置不但不邊緣，反而是主流中的主流），也提供評論者最方便（也是偷懶的）的解讀方式，然而以文字捕捉幻象，終究成就的亦是文字的幻象。

四、傳火人的憂鬱

　　「傳火」是個特別的象徵，火者，華人文化之謂也。「傳火」象徵文化傳承，它的時代意義和使命感不言而喻，就像「風雨」象徵時代飄搖，黑夜則是華社的處境，這三個約定俗成的意象，亦是大學校園散文的關鍵詞。作為一九八〇年代校園散文寫手之一的潘碧華，她第一本散文就叫《傳火人》。其中〈傳火人〉有句話，特別能指出「火」的弦外之意──「傳與接的豈是燭火那麼簡單？」[22]，又說在傳遞燭火時，「把傳與接的人的擔憂都表露無遺。傳的人小小心心，接的人也殷殷勤勤。我們都把手掌彎成呵護的手勢護著燭火」[23]。

　　十幾年前的華社，大學生被視為知識分子，能突破「固打」擠

---

[21] 〈寫在國家以外〉，《漂移國土》，頁 294。

[22] 潘碧華：《傳火人》（吉隆坡：澤吟，1989），頁 158。

[23] 《傳火人》，頁 157。

入大學之間的華人是「天之驕子」，[24]讀中文系的人理所當然是被賦予「文化使命」的傳火人，早在出版個集之前，潘碧華在合集《熒熒月夢》序文裡便說過：「我們只是傳遞著一把不大亮的火炬而已」[25]。傳火一直是潘碧華在茲念茲的意象，我們或許可以稍稍理解為何她把「憂患意識」加諸一九八〇年代的大學校園散文：

> 八〇年代是大馬華社憂患意識特強的時代，無論是政治、經濟、教育，或文化，華人的權益如江河日下，維護母語教育和捍衛中華文化的堡壘，一一兵敗如山倒。招牌事件、茅草行動、政府機構行政偏差，華社人人皆能感受到勢不如人，任人左右而無能為力改變的局勢。[26]

這樣的時代背景使得大學生（不得不）意識到大學並非作夢的象牙塔，他們是傳火人，於是寫作和出書（以中文抵抗風雨、以中文傳「火」）、成立華文學會、辦活動，務求有所作為，念中文系尤其有些飛蛾撲火的壯烈。中文系的學生必須說服自己超越現實（不賺錢，

---

[24] 何國忠在〈疏忽了的關心〉一開始便說「大學生是天之驕子。沒有人會反對這句話，尤其是華裔社會，在『固打』制度下，身受其害而被犧牲的學子可說不計其數。」見何國忠：《班苔谷燈影》（吉隆坡：十方，1995），頁50。褚素萊則在〈不寄的家書〉自言「我想起『大學生』這個名詞所賦予的期望，想起老代表著多大的使命與責任。在我終於可以換上『大學生』這個身分時，又有多少人因固打制度得不到它而失望著？」，此文收入潘碧華編：《讀中文系的人》（吉隆坡：澤吟，1988），頁81。

[25] 潘碧華：〈序〉，收入孫彥莊、化拾編：《熒熒月夢》（吉隆坡：澤吟，1987），頁3。

[26] 潘碧華：〈八〇年代校園散文所呈現的憂患意識〉，收入《赤道回聲》，頁292。

但具文化傳承意義），棲身「中國字」建構的文化烏托邦。象形文字和情感構成的神話，那是對原生情感的追尋和傳承，因此顯得神聖而超然。馬大中文系更是當時唯一設有中文系的大學，中文系又是華文教育的最高堡壘，文化傳承的象徵物，因此中文系的課程非常有效地召喚出學生寫手的文化認同，傳火人的「榮光」和「激動」對比的時代背景是「外面下的雨比我們想像中還大」[27]，華社在風雨中飄搖的狀況，既是現實的，也是象徵的。風雨不是詩情畫意，它大多以負面意象出現，辛吟松的〈夜征〉便是。

　　〈夜征〉一再被論及，不在於辛吟松寫得多麼余光中，技巧多麼〈聽聽那冷雨〉，而在於「傳火人的憂鬱」和閱讀的想像結合，為甚麼是余光中的影子而非楊牧？其中一種解釋是，余光中的中國情懷提供了一種參照系。以下引兩段文字：

> 他也已沒鄉，他是哭不回鄉的孤魂。洞庭湖，巴山雨，祖團的小手在雨中招他，招他回去。那水鄉呵水鄉煙水茫茫旋轉復旋轉，遠年的事了，遠了。[28]

> 下在昨天下在今天下在明天下在中國也下在馬來西亞的歷史上，歷史呵歷史像哭過了的天空。天空浸滿了淚水，哭一個多災多難的民族，哭一個民族的折腰求全呵求全像江岸上風過低頭的蘆葦。[29]

---

[27] 潘碧華：〈雨聲之外〉，《傳火人》，頁 154。

[28] 辛吟松：〈夜征〉，收入《熒熒月夢》，頁 58

[29] 《熒熒月夢》，頁 60。

這種題材其實可以有多種思考面向，然而在「傳火人」這個前題下，「哭鄉」、「哭民族」、「哭歷史」的寫法便出現了。任何一種思維模式都有其歷史性，這種思考模式是華人面對華社問題、身分時一種「自然」反應，或者也是整個華社（報紙、「大人物」、雜誌）共同塑造的氣氛，已成為華人的集體意識，語言與現實相互衍生與建構，我們如何閱讀現實，就會決定我們的行為與思想。「不愛華社」、「沒有文化使命感」其實是被合理化的語言暴力。況且中國文學自屈原以降一直存在著感時憂國傳統，儘管時空轉變，民族主義式的思考仍然制約著華人（創作者）。

祝家華是另一個例子。他的散文集《熙攘在人間》從書名看來熱鬧非凡，實際上多的是「生年不滿百，常懷千歲憂」[30]的感懷，憂者，華社也。從以下的題目或許可以略窺一二：〈風雨飄搖了天涯路〉、〈悠悠綠水〉、〈尋覓天涯九宵愁〉、〈孤臣孽子〉等，何國忠在序裡指他「為自己的時代自覺地寫了他心中的所感所觸，充滿了感性和情緒」[31]，這種感性和情緒時而憂傷時而痛苦：

> 就好比關心民族國家的前途。當你年少氣血方剛的時刻，理
> 想如浴火的鳳凰叫人熱血奔騰，但是當你發覺裡頭一切的醜
> 陋與無恥，你聖潔的靈魂幾乎止不住抽痛與哭泣。[32]

追溯痛苦的來源，除了華社之外，大抵是對生命意義的叩問，自我

---

[30] 至少出現兩次，分別在〈悠悠綠水〉，以及〈尋覓天涯九宵愁〉，均收入《熙攘在人間》（吉隆坡：十方，1992），頁 44, 50。

[31] 《熙攘在人間》，頁 14。

[32] 《熙攘在人間》，頁 45。

身分的定位，跟林幸謙不同的是，他並沒有給出答案，林是答案寫好了，不斷從各個角度去演繹，因此予人主題多所重複的閱讀印象，祝家華一則是散文量較少，二則他的散文多的是「追尋」或「疑惑」——拋出問號，沒有答案，更多時候是抒發壓抑的情感。

　　大學校園散文當然並不只是感時憂國情懷，亦有大學生活的記述，如詼諧幽默的瘦子寫《大學生手記》，或者葉寧的《飛躍馬大校園》便把大學生活寫成美好的烏托邦，做夢的象牙塔，傳火人的憂鬱亦非生活的全貌，只不過，借傳承得在《傳火人》的序所說的：「政治的風雨、經濟的風雨與文化的風雨，其實早已浸透象牙塔的夢，便像潘碧華這樣的大學生，再也不得不探出頭去，看看象牙塔外的氣候變化了」[33]。這些大學校園散文運用文字時或漫漶不知節制，常有野馬脫疆之弊，「感時憂國」的內容相似，卻是可以與一九七〇年代台灣的神州詩社和三三成員遙相呼應，成為另一個值得論述的題目。

五、反浪漫的「浪漫」方式

　　李歐梵在〈五四文人的浪漫精神〉有一段對知識分子／文人的高見：一個「文人」比世上其他人「敏感」，可以感觸到別人覺察不到的事物，因為自己是「先知先覺」而大眾是「不知不覺」，所以總覺得懷才不遇，於是開始在文章裡自哀命薄。「自憐自醉」

---

[33] 《傳火人》，17。

（Narcissism）是古今中外所有浪漫文人的標誌，他們的「敏感」也就成了他們的「優越感」，用以掩飾自己在政治社會中的無能為力[34]。這種「文化託命」亦是何國忠散文的重要特色。例如收入《塔裡塔外》的〈理性和感性之間〉寫王國維：

> 王國維就是想得太過深沉，所以注意到許多別人觀察不到的事物，但也由於他的敏銳，結果許多事情讓他無以釋懷。[35]

這段觀察和李歐梵的見解如出一轍，中國文人常因不合時宜而與時代格格不入，無法釋懷的結果，一是如李歐梵說的「自憐自醉」，自哀命薄；二則寄語著述，在現實裡使不上力，就以筆為劍吧！然而筆下仍不免有淡淡的感懷，何國忠雖在晚近的散文集《文化人的感情世界》表示：「我如今志在安寧，希望可以讓多情的細胞放假」[36]，「希望」二字耐人尋味，留下頗大的想像空間，希望的背後常是「並非如此」，那表示「多情的細胞」仍然常被撩撥而起感情波濤。

　　《文化人的感情世界》寫的不是文化人的經國大志，而是他們的「感情」，或是以此對比個人的心境，從王國維、辜鴻銘、伍連德到林文慶，背後都有個人人生體驗作為參照，浪漫主義詩人華茲華斯的「詩歌是詩人思想感情的流露、傾吐和表現」，在何國忠亦可作如是觀。例如，他論知識分子則以「歷史中不經意流露出的血和汗才是真乾坤」[37]，「他們沒有城府，不說假話，他們對生命認真，但

---

[34] 李歐梵：〈五四文人的浪漫精神〉，收入《五四與中國》，頁 309。

[35] 何國忠：《塔裡塔外》（吉隆坡：十方，1995），頁 40。

[36] 何國忠：《文化人的感情世界》（吉隆坡：嘉陽，2002），頁 155。

[37] 《文化人的感情世界》，頁 30。

是眼淚卻是因情而流」³⁸，大抵可以讀出他的感性傾向。如果林幸謙是把三分的感情渲染成十分，那麼何國忠則是把十分的感情壓抑成三分，有趣的是，這個對比的反差結論都是，他們都是「浪漫」的信徒。或許，這跟何國忠要求文章帶情感有關：

> 沒有感情寫不出好文章，學術和非學術都是如此，才識重要，學問重，但也要有感情，讀來才有味道。³⁹

這番話令人想起他多次提及的散文家董橋。董橋認為文章應講究「學、識、情」，他的專欄涵蓋天文地理，出入古今，可謂無所不包，以其旁徵博引之筆悠遊流行文化、經濟財經、政治科學、文學文化和哲學領域⁴⁰，下筆亦常帶感情。何國忠早期的散文《班苔谷燈影》多的是直訴胸臆，呈現「很多時候我們都無法展顏歡笑」的苦悶⁴¹，「這個年齡充斥的是以天下為己任的情懷」⁴²，讀胡適而能落淚，是因為胡適一生許多事不能如他所願，到晚年已經沒有夢。借何國忠的朋友祝家華說的，那裡面是「一個知識人要介入社會而又未能那種無力感所攜來的痛苦與難堪」⁴³，李歐梵的說法則是他們「敏感」。敏感，卻對現實使不上力，無法改變現狀，於是只好回到文人

---

³⁸ 《文化人的感情世界》，頁 31。

³⁹ 《塔裡塔外》，頁 45。

⁴⁰ 詳見鍾怡雯：〈帝國餘暉裡的拾荒者──論董橋散文〉，《后土繪測：當代散文論 II》，頁 24-40。

⁴¹ 〈苦澀的歲月〉，《班苔谷燈影》（吉隆坡：澤吟，1989），頁 62。

⁴² 《班苔谷燈影》，頁 62。

⁴³ 〈懷念一個江湖的游離〉，《熙攘在人間》，頁 6。

的本行——把文化託命寄語文字，如此則難免筆下常帶感情——文學是內心世界的外化，激情支配下的創造，是創作者的感受，思想和情感的共同體現。然而傳統的教養不允許他們大聲疾呼，遂造就了何國忠反浪漫的「浪漫」書寫方式。

　　馬華散文的「浪漫」傳統可視為創作者跟現實的對話，如果華人（知識分子／作者）無法改變現實，只有用中文「反求諸己」去抵抗／回應。心靈是外界事物的反映，也是發光體，本文以「浪漫」取代「憂患意識」，從溫瑞安以降的浪漫傳統，失控的抒情、傳火人的憂鬱，到反浪漫的「浪漫」，論述「浪漫」所衍生的散文美學，以及可能造成的侷限和美學上的缺乏，目的在指出馬華文學評論一直存在著「大」主題迷思。不過，這個「浪漫」傳統在七八字輩的創作者身上似乎斷裂了，華社的教育和政治問題並沒有改善，時代沒有變好，以「傳火人」自許的這一代校園寫手卻消失了，或許，這是一個更值得探討的文學議題。

[2005]

遮蔽的抒情
——論馬華詩歌的浪漫主義傳統

前　言

　　現實主義一直是馬華文學最具影響力的信仰之一，不論是現實主義，或者批判現實主義，乃至社會主義現實主義，或者方修所謂的「新現實主義」，這一脈相承的譜系是馬華白話文學的主流。戰前作品多半靠著《馬華新文學大系》得以留存，編者方修是現實主義的忠實信徒，大系的典律地位成功地把現實主義主流化。在一個文學機制不健全的時代，文學典律化的過程必然產生排擠作用，使得非現實主義的詩歌資料和文獻散佚難以估計。方修的《馬華新文學大系》因此成功的建立起現實主義的美學標準，使得六〇年代以前的馬華詩歌主要以現實／寫實主義為中心。

　　第二部大系《新馬華文文學大系》詩歌卷由周粲主編，選詩年

限從一九四六到一九六五年。五、六〇年代的馬華文壇正是愛國主
義文藝盛行之際，周粲選入的詩以反映馬華文藝獨特性為首要考量，
歌頌國家或描寫故土所佔的比例偏高，正面回應愛國主義文藝的呼
喚，亦是現實主義視野下的編選成果。現代主義在一九五九年以詩
的姿勢降臨時，迎上的正是這波沛然莫能禦的巨浪。

　　現代主義第一次登陸馬華文壇，是白垚的現代詩〈麻河靜立〉
（1959/3/6），刊於《學生周報》第一三七期，是現實主義主流下的邊
緣聲音，又稱為「馬華文壇的文學反叛運動」[1]，其後，《蕉風》雜
誌，海天、荒原、銀星等團體均在刊物上推介現代主義的理論與作
品。《蕉風》在一九六九年先後刊載質量兼具的現代主義作品；梁明
廣與陳瑞獻等在編輯《南洋商報》的文藝版《文叢》時，則大量散播
西方文學與思潮，是為現代主義大規模登陸的標誌，乃有了另一波
與現實主義抗衡的力量。《蕉風》編選《星馬詩人作品選》（1969）、
李木香主編《砂勝越現代詩選》、《星馬詩人作品選》（1969）、溫任平
主編《大馬詩選》（1974）和《天狼星詩選》（1979）、張樹林主編《大
馬新銳詩選》（1978），表面上看來，這些選本是對方修大系的「補
編」，其實是高舉現代主義大纛，以另一種文學史觀糾正／對抗現實
主義。

　　溫任平在《天狼星詩選》序〈藝術操守與文化理想〉宣示：「如
果說現實主義堆積了一大堆書目而浸浸乎成了某種文學傳統，我們

---

[1] 把現代詩視為反叛文學的論述，見白垚的〈路漫漫其修遠兮──現代詩的起
步〉、〈林裡分歧的路──反叛文學的抉擇〉，二文均收入白垚：《縷雲起於綠草》
（吉隆坡：大夢書房，2007）。反叛者，乃反叛現實主義文學霸權。

有勇氣向這傳統挑戰」[2]，二〇〇四年回顧／評價天狼星詩社時，他把天狼星詩社視為馬華現代文學運動最重要的推動者[3]。黃錦樹認為他的目的是「為馬華現代主義正名，確立經典地位」[4]。溫任平實踐的，果然是他所服膺的現代主義？可不可能產生理論和實踐上的落差？他走上的，或許是連他自己都沒發現的浪漫主義岔路？

　　以現代主義來對抗／修正現實主義（當然從另一個角度來說亦是繼承，反向的繼承），循的是西方文論發展的思考模式。這種「西方」主義式的觀點，卻不盡然適用於複雜的馬華文學。現實主義是一種「以全概偏」的美學標準，乃是作為時代印記的整體印象，焉知現實主義的內部是否湧動著浪漫主義的暗濤？這樣的推論理由有二：首先，馬華白話文學的源頭移植五四新文學，從新文學的發端到現實主義美學觀，皆從中國那裡獲得啟發與繼承。打從五四開始，現實主義跟浪漫主義的共存就像孿生血親，成為推動新文學革命的兩股重要思潮，從五四新文學母體獲得養分的馬華文學，接收現實主義的同時，也一併吸收了浪漫主義[5]，馬華現實主義傳統之下，其

---

[2]　溫任平：《天狼星詩選・藝術理想與文化操守》（安順：天狼星詩社，1979），頁2。

[3]　溫任平：〈天狼星詩社與馬華文學現代運動〉，收入陳大為、鍾怡雯、胡金倫編：《馬華文學讀本 II：赤道回聲》（台北：萬卷樓，2004），頁589-604。

[4]　黃錦樹：〈選集、全集、大系及其他〉，《馬華文學：內在中國、語言與文學史》（吉隆坡：華社資料研究中心，1996），頁222。

[5]　現實主義和浪漫主義是五四文學運動兩股夾纏的思潮。現實主義以反映現實，批判現實為主，浪漫主義則具體表現在個人／個性主義的提倡上。這兩股思潮輸入中國後，與中國當時的歷史和社會情境結合，成為推動新文學革命的思潮。

實（理應）包覆著浪漫主義。

　　其次，馬華文學的浪漫傳統的另一種特色是以本能、感性的情感去回應世界。那種素樸而直觀的寫作方式是創作的初始狀態，如果現代主義在馬來西亞是延遲的，浪漫主義則是以「創作本來就存在的素樸方式」（不自覺的）很早便已經存在，從方修和周粲所編的兩套大系可以發現不少類似例子。當華人面對教育、政治、經濟、文化的困境，卻又無從使力時，馬華創作者的悲觀或感傷的書寫模式便顯色，傳承得的政治抒情詩集《趕在風雨之前》完成於華社風雨飄搖的八〇年代，便是最好的例子。

周作人在《揚鞭集・序》曾說過五四的文學革命「凡詩差不多無不是浪漫主義的」。五四文學運動深受西方思潮影響，因此十九世紀的兩大文學思潮：現實主義和浪漫主義，便成為主導。以文類而論，小說和戲劇更多的接受了現實主義的影響，而詩則向浪漫主義傾斜。創作社的浪漫主義詩歌則以表現自我為核心內容。除了創造性，文學研究會等諸人亦深受浪漫主義影響，茅盾、瞿秋白、郭沫若等人把浪漫主義作為破舊與創新的力量。必須強調的是，這兩者並非涇渭分明，截然二分。高爾基即把浪漫主義視為社會主義現實主義的方法之一，可見二者本來就有內在的聯繫。陳順興在《社會主義現實主義理論在中國的接受與轉化》即把「浪漫主義色彩」列為社會主義現實主義的三大特點之一，引文見陳順興在《社會主義現實主義理論在中國的接受與轉化》（合肥：安徽教育，2000），頁53。有關這兩者之間的理論轉折，在中國「本土化」的過程，以及轉化和散播，可參考的相關論述甚多，以下僅列其中具代表性者：陳順興：《社會主義現實主義理論在中國的接受與轉化》（合肥：安徽教育，2000）；陳國恩：《浪漫主義與20世紀中國文學》（合肥：安徽教育，2000）；李歐梵：《中國現代作家的浪漫一代》（北京：新星，2005）等；至於朱光潛：《西方美學史》（台北：頂淵，2001）則對兩者下了相當明確而精要的定義。

　　對現實的無力和感傷，其實是馬華「浪漫」傳統的大規模實踐，華社問題早已成為創作者的痼疾或隱疾。放在世界華文文學的範疇來看，「憂患意識」式的浪漫精神以文學回應時代，是馬來西亞時空下的特有現象，亦有其時代和文學史意義。雖然浪漫主義最重要而本質的特徵是它的主觀性，朱光潛甚至把浪漫主義稱之為個人主義，也稱為抒情主義。回溯浪漫主義的誕生，原來卻跟現實有密切關係[6]。無論是個人的抒情、感傷、或者感時憂國的憂患意識，浪漫主義

---

[6] 朱光潛的浪漫主義定義簡述如下：「由於主觀性特強，在題材方面，內心生活的抽述往往超過客觀世界的反映。以愛情為主題的作品特別多，自傳式的寫法也比較流行……這種自我中心的感傷氣息在消極的浪漫主義作品裡更為突出，有時墮落到悲觀主義和頹廢主義……積極的浪漫主義派多半幻想到未來的理想世界……；消極的浪漫主義派則幻想過去的『黃金時代』。」，詳見朱光潛：《西方美學史》（下）（台北：頂淵，2001），頁 343。浪漫主義的誕生，原來跟現實有密切關係。朱光潛所謂的主觀性特強，或者自傳式寫法，以愛情為主題等特色是浪漫主義後來發展的結果。然而浪漫主義的誕生，最初卻是跟現實有密切關係。浪漫主義大將柯勒律治（Samuel Taylor Coleridge, 1772-1834）在青年代曾幻想到美洲原始森林建立平等社會。華茲華斯（William Wordsworth, 1770-1850）曾對法國大革命表示同情。拜倫（George Gordon Byron, 1778-1834），則用他的詩歌號召反對奴役和專制，推翻暴君和寡頭統治，最後獻身希臘獨立戰爭；雪萊（Persy Bysshe Shelley, 1792-1822）則曾到愛爾蘭去宣傳改革社會的主張，他的詩作抨擊專制暴政。跟拜倫一樣，兩人均不見容於英國統治階層，曾先後流亡到瑞士。正如雪萊在《詩與抵抗》所宣稱的那樣，詩人是世界上未被承認的執法者，他們對社會的關注絕不亞於當一位詩人，大眾的事亦是個人的事，個人不會置外於時代之外，這是浪漫主義者的共同特質。詳見 P.M.S. Dawson "Poetry In An Age of Revolution" ed. Stuart Curran, *British Romaticism,* Shanghai: Shanghai Foreign Language Education Press, 2001, pp.49-50。

在表現方法上顯現個人情感，因此總是跟強烈的情感或情緒產生關聯，這種特質幾乎是創作的基本要素。

因此本論文試圖在現實主義和現代主義兩大傳統之外（或之內），浪漫主義的角度去觀察馬華文學，建立第三種傳統的可能。本文第一節擬討論隱身現實主義巨人背後的浪漫暗影，以獨立後的詩歌創作為主要論述對象；第二節則討論現代主義和浪漫主義的歷史糾葛，重估現代主義在認知和實踐上的落差；第三節則擬出一條浪漫主義傳統，主要以溫瑞安、何棨良和傅承得等作為不同的討論個案，論述浪漫主義如何在地化，以及它在馬華新詩史上的意義。

一、歷史的暗影：現實主義遮蔽下的浪漫主義

一九一九年到六〇年代的馬華文學思潮，按時間先後，大體上可以分成三個時期：馬華文藝獨特性的建立及論爭期，反黃運動時期，以及馬來亞建國前後，對於愛國主義文學運動的提倡。愛國主義文學運動可視為馬華文藝獨特性的延伸及深化，「在地視野」和「在地書寫」加上現實主義具體落實的成果。因此愛國主義文學運動和「默迪卡」（Merdeka，獨立）有著密切關係，亦是現實主義思考下的成果，正如馬芬在〈文藝界聯合的思想基礎〉的觀點：

> 「愛國主義的內容」與「民族大眾的形式」──這是馬來亞新文藝的特徵。
>
> 可以相信：門迪加的現實主義，是不會有人加以駁斥的。因此，文藝要求所有文藝工作者從古典研究中，從古典音樂中，

從舊小說中，從浪漫主義幻想中，從閒情逸緻中，從灰色情
調中，從黃色逆流中……都沒有分別地回到現實中來。或者
把那些自己尊奉的東西亦帶到現實中來烤煉。[7]

一九五七年馬來亞獨立前，文化工作者為響應「愛國主義文化」而
提出了「愛國主義文學」，愛國主義建立在現實主義的認知上。所謂
現實主義，乃是純粹、無雜質的，接近「理想主義式的現實主義」。
故且不論這種現實主義信仰是否存在，或者是否有落實的可能，卻
足以說明現實主義在那個時代的強勢和排他性。馬芬的文章發表於
一九五六年，李廷輝在《新馬華文文學大系》總序則說：「自從一九
五七年以後，有很多作家就改變了作風，轉而追求唯美主義了。在
這種思想之下所產生出來的作品，其所強調的是文學技巧方面的問
題，而不是內容方面的問題，這後者是被降貶到次要的地位去」[8]。
李廷輝針對的是當時已漸成氣候的現代主義，那種個人主義和強調
技巧的文學表現方式，被貶為「形式主義」或者「唯美主義」。

　　他們儘管可以排擠旗幟鮮明的現代主義作品，但跟現實主義形
同孿生的浪漫主義，卻挾著跟現實主義相似的形貌，成功偷渡。大
系其實選入不少「非現實主義」詩歌，杜虹〈不，我的心不在這裡〉
（1959）、〈我底心掉了〉、〈我底故鄉〉[9]便是打著愛國主義文學的現

[7]　馬芬：〈文藝界聯合的思想基礎〉，收入苗秀編：《新馬華文文學大系・理論》
　　（新加坡：教育，1971），頁302。
[8]　李廷輝：〈總序〉，收入《新馬華文文學大系・理論》，頁2。
[9]　三首詩僅第一首註明寫於一九五九年，其餘二首並未註明寫作或發表時間，
　　但排序在〈不，我的心不在這裡〉（1959）以後，應是一九五九以後的詩作。大

實主義旗號，實則以浪漫主義手法寫成的詩。〈不，我的心不在這裡〉以淺白直接的語言呼喊自由，詩分五節，每節五行，全以否定式句子「我的心不在」為開始，表示心不受限於惡劣的外在環境，到了第五節最末一句才以「自由、和平，我來啦」[10]熱烈直接的口號結尾，以示心之所在乃自由與和平。〈我底心掉了〉亦是假借情詩寫故國風物和生活，〈我底故鄉〉則是頌歌式詩歌，淺白簡單，全詩四節，「呵！她是我可愛的故鄉／是七百萬人底母親」[11]這兩句詩，先後出現在第二和第四節，非常符合杜虹在〈展開愛國主義文學運動〉一文的理念。此文強調愛國主義文學即是加強馬來亞人民的國家觀念，以及反映人民的痛苦生活，激發人民的愛國精神。

愛國主義文學的創作方式則是配合創作內容，以明朗的熱烈的戰鬥形式，以淺白、樸素、大眾化的表現方法「反映人生、批判人生、引導人生」[12]。詩裡宣誓效忠祖國的浪漫情感熱烈而激昂：

> 縱使你的土地上佈滿了牢獄和墳場，
>
> 我也要守在你底身邊
>
> ……

系所收詩歌寫作或發表時間規格不一，有的註明有的闕如，有的則不全，僅有年分。同時沒有作者簡介，大半作者生平不詳。本文有的無法註明寫作時間，或發表時間的原因在此。

[10] 杜虹：〈不，我的心不在這裡〉，收入周粲編：《新馬華文文學大系・詩歌》（新加坡：教育，1971），頁96。

[11] 杜虹：〈我底故鄉〉，收入《新馬華文文學大系・詩歌》，頁99-100。

[12] 杜虹：〈展開愛國主義文學運動〉，收入《新馬華文文學大系・理論》，頁304-306。

> 活著我要做你底子民，
>
> 死了我要化成你地上的灰塵[13]

此詩所使用的意象，例如椰林、膠乳、錫礦、紅黏土、白雲，或稱呼故鄉為母親，諸多典型的「大馬意象」[14]，卻是現實主義的。

雅克‧巴尊（Jacques Barzun）在《古典的、浪漫的、現代的》重新審視「浪漫主義」時，特別提到浪漫主義和現實主義的相通處：

> 浪漫主義的藝術，其實，就通俗的意義來說並不「浪漫」，而且具體的意義上是「現實主義」的，充滿了細節，並且因此適合對歷史和科學的追根究底的精神。[15]

以上引文說明了浪漫主義和現實主義在主重細節上面是相似的。那麼，決定它們不是彼此的差異條件，又是什麼？雅克‧巴尊進一步指出，是「某種程度的理想化」。浪漫主義的理想化，是「朝徹底表現的方向。這讓每個對象在最好的條件下盡可能完全地展露自己」[16]，換而言之，浪漫主義具有理想化的特質，而且在表現方法上顯現個人情感，因此總是跟強烈的情感或情緒產生關聯。對於社會主義現實主義而言，浪漫主義更具有「喚起人們用革命的態度對待現實，即以實際行動改造世界」[17]的作用，既是一種藝術方法，

---

[13] 杜虹：〈我底故鄉〉，收入《新馬華文文學大系‧詩歌》，頁100。

[14] 大馬，即馬來西亞的簡稱，這是一個非常普遍的日常用詞。

[15] 雅克‧巴尊著，侯蓓譯：《古典的、浪漫的、現代的》（南京：江蘇教育，2005），頁70。

[16] 《古典的、浪漫的、現代的》，頁65。

[17] 引文見陳順興：《社會主義現實主義理論在中國的接受與轉化》（合肥：安徽

亦是社會主義現實主義的一種風格。在馬來西亞，浪漫主義其實比現實主義更容易成為創作方法或風格，兩者的界限是可以更改，甚至是統一的。從這個角度去閱讀〈我底故鄉〉這首詩，才能瞭解何以如此「政治正確」的現實主義詩作，卻具有浪漫主義的樣貌。那些典型的「大馬意象」讓我們相信它是現實主義的，可是它的理想化（我愛國家我願意成為灰塵徹底奉獻），在表現方法上的自我沉溺，卻是浪漫主義的。周粲在論及杜虹的第三本詩集《抒情詩集》，認為他擅長歌頌和讚美自由[18]，所謂的「歌頌」和「讚美」，豈非浪漫主義的典型手法？

　　常夫〈我在馬來亞的原野奔馳〉（1962）同樣以膠林、錫礦、白雲、紅土意象，歌頌「流著乳與蜜的／富饒的土地」[19]，歌頌農村

教育，2000），頁 53。根據陳順興的理解，「浪漫主義色彩」實為社會主義現實主義的三大特點之一，在現實主義藝術中，想像的泉源即是浪漫主義，沒有想像，沒有幻想，藝術根本不成其藝術。高爾基甚至把浪漫主義看成現實主義最基本的構成，他在《論文學》提出兩者的關係是：「虛幻就是從客觀現實的總體抽出它的基本意義並用形象體現出來，這樣我們就有了現實主義。但是，如果在從客觀現實中所抽出的意義上面再加上以假想和邏輯推測的東西，以使形象更豐滿，則就有了浪漫主義。這種浪漫主義是神話的基礎，有益於喚起人們用革命的態度對待現實，以實際行動改造世界。」總的來說，高爾基認為浪漫主義和現實主義並不是矛盾的，浪漫主義是對待現實的一種態度，這種態度對於如何「真實的」描寫現實不僅有藝術方法意義上的作用，還有改造世界的政治效果。關於浪漫主義和現實主義的會通及其美學關係，更詳細的討論可參考《社會主義現實主義理論在中國的接受與轉化》頁 51-57。

[18]　周粲：〈導論〉，《新馬華文文學大系・詩歌》，頁 10。

[19]　常夫：〈我在馬來亞的土地奔馳〉，收入《新馬華文文學大系・詩歌》，頁 146。

與城市，三大種族的和諧相處，末了則憧憬美好的未來「我笑著，唱著／眸子發亮——／為了那更光明／更美麗的遠景」[20]，同樣是理想化的、自我沉溺的美好想像，其樣板化手法跟〈我底故鄉〉如出一轍。嚴冬〈故鄉〉亦然，典型的「大馬意象」，頌歌式的句子，充滿理想的結尾：「我為故鄉寫下了誓願／一個理想，一個努力」[21]。老龍的〈寄故鄉〉表現手法亦雷同，大抵不離相像的故土風物，歌頌「平安快樂的土地」，禮讚勞工及苦力的下層百姓，現實的一切都是美好的，結尾「你日夜都在我心上，／故鄉，你好」[22]尤其符合杜虹〈展開愛國主義文學運動〉提出激發人民的愛國精神，加強馬來亞人民國家觀念的精神。這些以故鄉為主題的詩作淺白、樸素、大眾化，當然也概念化，亦毫無例外的，以熾熱強烈的浪漫情感鋪展而成。

　　另一種反映人生痛苦，批判人生的現實主義題材，則圍繞著戰爭和貧困，譬如槐華〈你死在熟悉的鄉土上〉（1961）：

> 你死在熟悉的鄉土上
>
> 敵人射殺你，用美製的機關槍；
>
> 你是死在熟悉的鄉土上呀，兄弟！
>
> 那槍聲還在森林的上空迴響。[23]

這首詩徒具現實主義的形式，其呼喊與口號掏空了現實主義的實質，

---

[20]　《新馬華文文學大系・詩歌》，頁147。

[21]　嚴冬：〈故鄉〉，收入《新馬華文文學大系・詩歌》，頁178。

[22]　老龍：〈寄故鄉〉，收入《新馬華文文學大系・詩歌》，頁187。

[23]　槐華：〈你死在熟悉的鄉土上〉，收入《新馬華文文學大系・詩歌》，頁316。

並不符合現實主義具備「細節」，或者反映社會歷史的背景。創作者對現實主義的公式化理解，使得詩作成為情感的機械性表達。換而言之，作者是以情緒在寫作，並沒有在表現手法或文字技藝上去錘鍊，卻合乎當代對現實主義的粗糙理解或曲解。從六〇年代的文論可知，「依循著現實主義的原則來提高藝術的思想性和藝術性」[24]，是時代對文學的要求，大系的編選在這樣的要求下，意外收入許多浪漫詩歌，形成編者美學觀和入選作品各說各話的情形。

　　浪漫主義作家華茲華斯（William Wordsworth, 1770-1850）認為好詩既有強烈情感的自然流露，亦必然建立在社會的基礎上，把詩人視為容器，詩歌的素材便是詩人液體般的情感。他的《抒情歌謠集》的實驗性就建立在這兩個基礎上[25]。華茲華斯的說法成為浪漫主義詩歌的重要特色。艾布拉姆斯（M.H. Abrams, 1912-2015）在其浪漫主義的名著《鏡與燈》論斷浪漫主義詩歌時，強調兩個使內在之物外化的隱喻，其一是「表現」（expression），乃是其詞根原有「擠出」，也就是內在的東西是在某種外力作用下被擠壓而出；其次，則是「吐露」（uttering forth），亦有擠壓而出之意[26]。這兩個隱喻都指向浪漫

---

[24] 宋丹：〈我國現階段藝術工作的幾個問題〉，收入《新馬華文文學大系・理論》，頁 105。

[25] William Keach. "Romanticism and Language" ed. Stuart Curran, *British Romaticism,* pp.107-108.

[26] M.H.艾布拉姆斯著，酈稚牛等譯：《鏡與燈：浪漫主義文論及批評傳統》（北京：北京大學，2004），頁 54-55。此書英文本出版於一九五八年，台灣與北京均有中文譯本，以下引用譯文為北大出版社譯本。

主義詩歌具有強烈的情感，因此馬華所謂的現實主義詩歌，那些被視為「愛國主義文學」的作品，大多其實大都循著雙軌行進——浪漫主義加上現實主義的書寫模式，這些例子在大系中比比皆是。

浪漫最常被使用的其中一種意義，指的是「人類的天性」，這種天性可能在任何時間任何地點展示出來。蕭艾的詩風便屬於這一類，他擅長寫中下階層的生活，農夫、伐木者、墾荒的人、貧困的印度人，然而所使用的意象都是正面、向上，以及歌頌的，在祖國的懷抱裡一切都是美好帶著歡笑的。〈我們是墾荒者——記一群來自檳島的墾荒者〉（1962）充滿則理想化的浪漫想像：

> 我們站在荊棘上
>
> 站在園地上
>
> 站在祖國的前哨[27]

雅克・巴頓曾指出，浪漫主義只是一個標籤，而不是一種充分的描述[28]。在英語中，「浪漫主義」這個詞由兩個形容詞組成——浪漫的和浪漫主義者。顯然在馬華的浪漫主義偏向前者，一種浪漫的表現方式。詩歌是燈，它投射的形象不是源於世界而是源自詩人，詩人對家國的熱愛，乃是因為詩人把強烈的情感投射出去，如燈般照亮了物件，於是這些詩歌看來既是現實也是浪漫的。

吳岸《盾上的詩篇》（1962）是另一個適於論證「現實主義遮蔽下的浪漫主義」的案例。《盾上的詩篇》不只是高倡砂拉越「本土認

---

[27] 蕭艾：〈我們是墾荒者——記一群來自檳島的墾荒者〉，收入《新馬華文文學大系・詩歌》，頁 342。

[28] 《古典的、浪漫的、現代的》，頁 5-7。

同」的重要詩作[29]，更有符合「提倡和堅持現實主義」、「詩的題材具有鮮明的馬來西亞民族與地方特徵」、「具有強烈的愛國意識」、「對社會與人類的關懷」[30]等四種現實主義寫作的特色，特別是〈血液〉（1957）、〈祖國〉（1957）、〈盾上的詩篇〉[31]都是典型的詩例。

　　自從吳岸把砂拉越喻為海上的盾之後，〈盾上的詩篇〉跟砂拉越便產生不可分割的關係，這個意象不只具有現實感，同時也是國家認同的投射。尤其是詩的結尾：

　　寫吧，詩人，在祖國的土地上

　　以生命寫下最壯麗的詩篇[32]

乃是對砂拉越的土地認同和禮讚，跟〈祖國〉宣誓效忠的民族主義情感，可謂一體之兩面。〈祖國〉表達為祖國獻身，並埋在鄉土的期望。語言直接，淺顯，試圖為自己和新一代的馬來西亞華人找到自身的位置，重新詮釋建國之後，「祖國」的內涵如何產生變化。此外，吳岸編輯的刊物亦命名為《拉讓文藝》（1957年創刊），以砂拉越境內最長的河流拉讓江為命，為的是實現文藝反映現實的信仰。這個具有代表性的作家以他的詩集說明了馬華文學的現實主義傳統從來

---

[29] 吳岸在詩集新版自序裡表示：「我反對青年人『北歸』，主張視砂拉越為家鄉，並為她而獻身。」見吳岸：《盾上的詩篇》（吉隆坡：南風，1988〔1962〕），頁iii。

[30] 甄供：《生命的延續──吳岸及其作品研究》（吉隆坡：新紀元研究中心，2004），頁9。

[31] 原著未註明寫作或發表日期。

[32] 吳岸：〈盾上的詩篇〉，《盾上的詩篇》，頁78。

沒有離開過浪漫主義。無論西馬或東馬，浪漫主義總是被現實主義的巨大身影遮蔽，或誤認，成為歷史的一抹暗影。

二、現代主義：實踐與理解的誤差

　　現代主義降臨馬華文壇的方式，帶著歷史的偶然。根據白垚的說法，馬華第一首現代詩〈麻河靜立〉的出現，起因於當時只有十五歲的冷燕秋（即麥留芳）對文學因襲問題的質問，冷燕秋的「反叛意識」間接催生第一首馬華現代主義作品〈麻河靜立〉[33]。白垚在〈路漫漫其修遠兮——現代詩的起步〉論及〈麻河靜立〉的誕生過程，極富戲劇性和偶然性。引文如下：

> 第二天初夜，我再去麻河，堤邊人不見，波心蕩，冷月無聲。大江流日夜，永恆的宇宙與瞬間的景象，激越回蕩，那種人生逆旅，天地悠悠的感觸，久久不去，幾許低回，寫成一首無韻的小詩：〈麻河靜立〉。一九五九年三月在〈詩之首〉發表，詩寫得不好，但詩心突變，引起冷燕秋和周喚的注意，

---

[33] 馬華第一首現代詩的說法各有不同，陳應德認為第一首現代詩要推前到威北華（魯白野）的〈石獅子〉（1952），溫任平則言是白垚的〈麻河靜立〉（1959）。相關論述可見張錦忠：〈典律與馬華文學論述〉，《南洋論述：馬華文學與文化屬性》（台北：麥田，2003）；溫任平：〈馬華第一首現代詩與典律建構〉（《星洲日報・星洲廣場》，2008/06/08）及白垚：〈路漫漫其修遠兮——現代詩的起步〉，《縷雲起於綠草》等。

蘭言氣類三人行，我們就這樣寫起現代詩來了。[34]

白垚的回顧把現代詩的誕生既是「純屬偶然」，繼而蔚為流派，則是「眾多個人意識的覺醒」[35]，有趣的是，第一首現代詩的誕生過程卻是浪漫的，是一種對不同於當時文學風氣的模糊追尋。所謂歷史的偶然，便是「詩心求變」加上「眾多個人意識的覺醒」，而非一開始便朝「現代主義」走去的成果。

　　無論如何，現代主義的出現使得馬華文壇在現實主義傳統之外，出現第二個與之抗衡的文學思潮。張錦忠認為，馬華現代主義文學運動的發生，主要是想求新求變，乃是作為現實主義的反動勢力[36]。他在〈典律與馬華文學論述〉一文，以及張永修的訪問稿〈馬華文學與現代主義〉概述現代主義在馬華的發展史，跟現代主義始作俑者白垚的《縷雲起於綠草》的回憶錄大抵近似，因此現代主義的出現，論者多半把它視為足以跟現實主義相匹敵的勢力。根據張錦忠的觀察，六〇、七〇年代的馬華文學其實是雙中心的文學建制——現實主義文學與現代主義文學同為主流[37]。

　　溫任平卻不同意「雙中心」觀點，他覺得現實主義始終是中心，現代主義並未形成與現實主義抗衡的同等力量，換而言之，現代主義向來位處邊緣。溫任平主編的《馬華當代文學選》補編兩套大系

---

[34]　白垚：〈路漫漫其修遠兮——現代詩的起步〉，《縷雲起於綠草》，頁86。

[35]　白垚：〈敢違流俗別蹊行——新詩再革命的火苗〉，《縷雲起於綠草》，頁94。

[36]　見張永修訪問張錦忠記錄稿：〈馬華文學與現代主義〉，收入《南洋論述：馬華文學與文化屬性》，頁247。

[37]　張錦忠：〈典律與馬華文學論述〉，《南洋論述：馬華文學與文化屬性》，頁155。

的不足，選入的作品以六〇、七〇年代為限，編選標準則是糾正大系的編輯方針，〈總序〉以現代主義和現實主義對舉，突顯現代主義與現實主義之異。他在《天狼星詩選》序文表示：「如果現實主義堆積了一大堆書目而浸浸乎成了某種文學傳統，我們有勇氣向這傳統挑戰」，因此要「推廣兼容並蓄的現代主義」[38]。從另一個角度推論，如果現代主義不成氣候，這兩者為何可以相提並論？正如張錦忠所言：「缺乏正確的典律認知，或過分強調某套典律的代表性，往往視馬華文學的現實主義／現代主義之爭為中心／邊陲之互動結構，而無從彰顯其雙中心性質。不過，從典律的觀點來看，雙中心建制的各別中心之典律建構者往往以同質者為選取原則，尤其容易流於『以偏概全』。儘管就選集的性質而言，所有的選集都是「以部分代表整體」，但以己方之部分涵蓋『異己』或『他者』的部分而為整體，顯然忽略了文學建制的複系統性（polysystemicity）」[39]。

　　不論選集或大系，現實主義或現代主義，這兩者其實都包含「以己方之部分涵蓋『異己』或『他者』」的部分，在現代主義和現實主義之外（或之內），其實涵蓋了第三個浪漫傳統，只是馬華文學研究一直圍繞著現實和現代兩個系統打轉，因而忽視了第三個可能的存在。其中一個最重要的討論個案便是溫任平，他一直自許為現代主義者，然而其詩和散文，從《風雨飄搖的路》、《無弦琴》、《流放是

---

[38] 溫任平：〈藝術操守與文化理想〉，《天狼星詩選》（安順：天狼星詩社，1979），頁2。

[39] 張錦忠：〈典律與馬華文學論述〉，《南洋論述：馬華文學與文化屬性》，頁155-156。

一種傷》、《眾生的神》，到《黃皮膚的月亮》等，那種師承楊牧的抒
情和浪漫（楊牧的散文、詩，以及他的文論，特別是對浪漫主義詩
人徐志摩的喜愛和評論可以見出他的浪漫精神），對現實的無力和感
傷，其實是馬華「浪漫」傳統的大規模實踐。溫任平組詩社的動力
和信念他自稱是浪漫主義兼理想主義的，「多少有點 youthful,
romantism, idealism」[40]；他大力推動現代主義，同時從楊牧那裡得到
靈感，他的散文觀除了襲自余光中之外，尤多得楊牧的挹注（詳見
《黃皮膚的月亮・自序》）。

　　話說回來，溫任平服膺或認知的「現代主義」，毋寧是一種反抗
的力量，乃是對現實主義傳統的不滿，而試圖另闢的蹊徑。他主編
的《大馬詩選》原書名擬為《大馬現代詩選》，《大馬詩選》的編後記
〈血嬰〉以嫉世憤俗的語調抨擊當權的現實主義是「服膺某種『文
藝政策』的偽現實主義群」[41]，充滿「俗濫陳腐的 poetic diction、空
洞的口號、機械的韻腳、皮相的描繪、粗糙的情緒」[42]。可見溫任
平的現代主義最主要是作為對抗現實主義典律的重要策略。

　　然而，天狼星等人走的究竟是現代主義的路，抑或循著一直存
在的浪漫主義傳統，無意識地前行？換而言之，那只是「非現實主
義」，而不一定是現代主義？張錦忠在〈陳瑞獻、翻譯與馬華現代主
義文學〉指出譯介域外現代主義詩，以及學習台灣現代詩人等是兩

---

[40] 溫任平：〈天狼星詩社與馬華現代文學運動〉，收入《赤道回聲：馬華文學讀
本》，頁 590。

[41] 溫任平：《大馬詩選・血嬰》（安順：天狼星詩社，1973），頁 305。

[42] 《大馬詩選・血嬰》，頁 304。

條引進現代主義的重要路徑[43]。現代主義作為橫的移植，作為舶來品，必須要有生根的土壤以及成長的氣候。六〇、七〇的馬來西亞還是農業或半工業社會，根本不具備現代主義誕生的土壤和條件，亦沒有現代主義所需的城市文明，以及資本主義社會背景，則馬華的「現代主義」詩作從何而來？

按照溫任平的標準，現代主義的本質與精神包括懷疑、主知、重試驗，或者根據艾略特的說法是「泯滅個性」，葉慈的「面具」與「第二身」那種把個性隱藏起來以求美學距離的寫作方式[44]，然而高舉現代主義大旗的《天狼星詩選》，能做到這兩點的其不多，反倒是浪漫主義詩作不少，更多的是無法歸入「主義」的類型。

創作和理論之間難免有實踐的落差，我們固然不必緣木求魚，要求詩選裡的詩作符合現代主義創作教條，可是如果現代主義這術語的挪用，主要作為反擊現實主義，或者建立另一種典律與之抗衡，則「現代主義」就有重新再議的必要了。

從這角度去思考溫任平在（現代）主義與實踐（浪漫詩風）上的落差，或許我們更能清楚看到馬華文學史裡的細部問題。溫任平的散文和詩可視為馬華浪漫主義的代表，第一本詩集《無弦琴》（1969）抒寫青春和愛情，他的詩無論借物抒情，皆熱烈奔放，有時那感情則是蘊藉的，有時則非常熾熱，更多時候則是哀愁和憂傷，

---

[43] 張錦忠：〈陳瑞獻、翻譯與馬華現代主義文學〉，《南洋論述：馬華文學與文化屬性》，頁 177-189。

[44] 溫任平主編：《馬華當代文學選・總序》（吉隆坡：馬來西亞華人文化協會，1981），頁（八）。

〈無弦琴〉可為代表：

> 呵，我的歌哀感而愁傷
>
> 我的心是那無弦琴[45]

這首詩共八行，哀愁是全詩的主題，「破碎」、「抑鬱」、「哀感」、「愁傷」，和「喟息」全都指向低靡的情感，一如另一首詩〈抒情曲〉所言，「心頭啊，有多麼憂鬱」[46]。詩是詩人內心的表現，溫任平把詩視為「感情的宣洩」[47]，早一年出版的散文《風雨飄搖的路》（1968），其風格和調性跟《無弦琴》如出一轍，到了散文集《黃皮膚的月亮》（1977）和詩集《流放是一種傷》（1978），這種一以貫之的風格並沒有太大的改變。抒情的、浪漫的，儘管他在現代詩風大盛時讀過台灣詩人的作品，很明顯的並非沒有從浪漫進入「現代」[48]。

現代主義重主觀表現、藝術想像，以及形式創新的特質，其實跟浪漫主義非常近似。浪漫主義強調情感和想像，艾布拉姆斯在論浪漫主義詩歌跟情緒的關係時特別指出，「想像力本身就足以表達最佳詩歌」，「浪漫主義批評家認為，與一般的描述相比，詩歌的不同之處在於它表現了充滿詩人情感的世界，而不是描繪了普遍性和典型性」[49]，前一段引文說明了浪漫主義跟現代主義非其實頗為相似，

---

[45] 溫任平：〈無弦琴〉，《無弦琴》（檳城：駱駝出版社，1970），頁 33。

[46] 溫任平：〈抒情曲〉，《無弦琴》，頁 38。

[47] 溫任平：〈自序〉，《無弦琴》，頁 2。

[48] 溫任平收入《天狼星詩選》及《馬華七家詩選》的選詩，卻很明顯的離開了浪漫主義時期，朝現代前進了。

[49] 《鏡與燈：浪漫主義文論及批評傳統》，頁 62。

後一段則反擊了現實主義對於典型描寫的藝術要求。浪漫主義大將柯爾律治（Samuel Taylor Coleridge, 1772-1834）把心靈視為內心深處的存在方式，只有通過時間和空間的象徵才能傳達出來[50]，這點其實跟現代主義的重視象徵和隱喻的特點極為類似，如果現實主義是以反映或批判現實作為辨識點，現代和浪漫主義之間則有模糊難以分界之處。

　　主義並非創作者的軌儀或依歸，以白垚而論，跟〈麻河靜立〉同期的詩風，在題材及手法上時有鄭愁予的風格。他擅長挪用古典，句式和情懷都頗為中國，〈長堤路〉、〈四月已逝〉、〈意象〉、〈來年的秋〉等皆是，與其說是現代主義，毋寧說承自浪漫主義——當然，那也是不自覺的——譬如寫愛情的〈永恆〉：

> 假如你要我為你寫一首新詩，
>
> 我寫宇宙的生命怎麼開始，
>
> 我寫不朽的太陽光輝照耀，
>
> 如何發亮，永恆的愛情終古不移。[51]

引詩以永恆譬喻愛情，以太陽象徵愛情的溫暖和光芒，同時「表現」詩人對愛情的想像（永恆如太陽）和熱情。更典型的例子是跟〈麻河靜立〉詩名接近的〈麻河渡〉（1960），全詩使用燈光、江流、輕愁、星斗等意象營造出感傷的情境，徐志摩似的句子「留不住那片雲彩的，／我說怕看你別時的揮手」，「回去小樓聽滿窗風雨，數

---

[50]　《鏡與燈：浪漫主義文論及批評傳統》，頁 63。

[51]　白垚：〈永恆〉，《縷雲起於綠草》，頁 219。

一天星斗」都賦予此詩浪漫的情境。最後兩句「你會帶著祝福的心想念我嗎？美好的事總不能長久」[52]，寫難分難捨的分手，以提問結束，把分手的原因歸咎於命定的安排。此詩具有強烈抒情性，跟〈麻河靜立〉對人生的冷靜叩問風格相去甚遠。

這個例子說明了現代主義作為一種文學史特徵的概括，則名與實之間其實仍有可討論的空間。命名同時也可能是遮蔽，我們並不否認馬華現代主義的存在，陳慧樺《多角城》（1968）探索自我的精神，戰爭和死亡，便充滿現代意識。那是一個從農村社會成長的心靈，到了台北之後所觀察到的現代社會，冷漠而空虛，一如荒原。

李蒼（李有成）在六、七〇代完成的詩作，便有非常濃厚的現代主義色彩，他擅長使用冷意象，對存在和時間的思考偏向虛無，「存在是期待著毀滅」[53]可以窺見《時間》（2006）的現代主義信仰，表面上寫時間，實則指向「時間的標本」。

然而，被視為現代主義旗手之一的李蒼，在《時間》自序〈詩的回憶〉有一段話卻非常值得深思：

> 一九六〇年代的新馬華文文壇不時有所謂現實主義與現代主義之爭——這樣的爭辯至今似乎火苗未熄，餘燼尚溫，只不過燃火的已是另一批人。現代詩常被籠統視為現代主義的產物，而被批評為語言晦澀，脫離現實。這中間顯然誤會太深。文學與現實的關係本來就很複雜，其中還涉及語言符號

---

[52] 白垚：〈麻河渡〉，《縷雲起於綠草》，頁 220。

[53] 李有成：〈我們走著〉，《時間》（台北：書林，2006），頁 37。

的中介、文類成規的規範、真實與虛構的辯證等，原本就不是三言兩語可以道盡。[54]

這段引文指出現代詩和現代主義之間未必能夠劃上等號，換而言之，這必須回到本文最基本的觀點，現代主義的出現，究竟是文學自身求變的結果，抑或是要尋找新勢力跟現實主義相抗衡？歷來對現代主義和現實主義的討論多半建立在二者對立的角度，然而就創作者的層面，現代跟現實是模糊的界線，以此推論，這兩個主義跟浪漫主義亦未必能劃清界線。誠如李有成所言，文學與現實的關係本來就很複雜，信仰與美學是一回事，落實到寫作未必緊跟「主義」。畢竟現代主義不是寫作規範，亦非毛澤東時代的「講話」那麼具有約束力。存在於現代和現實之間／之外的浪漫主義，乃成為不動聲色的安靜存在。

三、「在地化」浪漫主義與個案分析

本文第一節提到，五、六〇年代馬華的現實主義詩歌，那些被視為「愛國主義文學」的作品，其實循著雙軌行進——浪漫主義加上現實主義的書寫模式。「表現」（expression）和「吐露」（uttering forth）的抒發對象是國家和土地；在號稱現代主義大規模湧出的七〇年代，「表現」和「吐露」這兩個隱喻的抒發對象，則指向創作者自身，換而言之，一是外放，因而語言直接；一是內射，故語言曲折。兩者其

---

[54] 李有成：〈詩的回憶——代自序〉，《時間》，頁 17。

實都以本能、感性的情感去回應世界。艾布拉姆斯把「浪漫主義」同時作為一種批評方法兼創作方式，他把浪漫主義詩人華茲華斯的「詩歌是詩人思想感情的流露、傾吐和表現」等說法視為「表現說」──文學是內心世界的外化，激情支配下的創造，是創作者的感受，思想和情感的共同體現──因而浪漫主義是一種表現主義。「心靈是外界事物的反映者」和「把心靈比作發光體，心靈是它所感知的事物的一部分」[55]，這是素樸而直觀的寫作方式其實，以情感驅動創造力，接近創作的初始狀態。溫瑞安張揚個性，訴求直覺的書寫風格，便是最好的浪漫主義典型。

早在成立神州詩社之前，溫瑞安便把他的浪漫詩情投影在中國想像。神州詩社成立之後，溫瑞安實踐浪漫的方式，一是結社，二是練武，兩者均為中國想像的產物，再加上兒女情長，簡而言之，武俠世界的「俠骨柔情」是他的生活寫照[56]，《山河錄》則是中國想像的代表詩作。

《山河錄》十首詩作完成於一九七六年，以長安、江南、長江、黃河、峨嵋、崑崙、少林、武當等典型的中國地理意象為詩題。峨嵋、崑崙、少林、武當是武俠小說不可或缺的地理圖景，具有普遍的象徵意義。溫瑞安藉由「想像」而「創造」了他的「共同體」，這個「想像的共同體」（imagined communities）來自共同的文化根源，也就是文化中國。對文化中國的追尋催生了他的浪漫風格，那種接

---

[55]　《鏡與燈：浪漫主義文論及批評傳統》，頁2。

[56]　詳論見鍾怡雯：〈從追尋到偽裝──馬華散文的中國圖象〉，《無盡的追尋──當代散文的詮釋與批評》（台北：聯合文學，2004），頁196-246。

近屈原的、楚國「巫」風的浪漫傳統[57]，林燿德特別指出溫瑞安完成了「中國抒情文體的大河詩型」：

> 但是《山河錄》所佔據的位置，是七〇年代華文詩的最高成就之一，那龐碩的心象和交響詩的音象首度成功地規模了中國抒情文體的大河詩型，作者雖沒有去過長安、江南、長江或者黃河，但是這種經驗的匱乏反而迫使他進入一組嶄新而富創意的精神領域，他的經驗不在「地點」，而在於一個輻射性的多維空間。[58]

林燿德所謂「經驗的匱乏」對溫瑞安而言是必要的條件，匱乏可以超越現實的限制，充分發揮他的浪漫想像。溫瑞安的生活就是可供分析和討論的文本。這是一個有趣的，恐怕也是空前絕後的個案。連他自己也宣稱「沒有人能忍受我這種貪得無厭的浪漫」[59]，浪漫風格的極致，則是延伸出「為中國做點事」的使命感，此其一；其二，中國想像只有透過象徵符號與歷史連結才能發揮，於是他以文學的磚瓦所建構的中國藍圖，必得避開真實／現實，或至少把真實／現實涵蓋到想像中，才能再造抽象的、個人的中國。

溫瑞安的散文有一個構成「浪漫」的辭庫可供調度使用：血、狂、死亡、苦愁、唯美、輕愁、孤寂（孤獨和寂寞）、雨水（或風雨，

---

[57] 根據周策縱的考證，中國古代的浪漫文學，多受巫的易響和倡導，不只南方的楚文化和《楚辭》，甚至對《詩經》的「六詩」亦起過重大的指導，詳見周策縱：《古巫醫與「六詩」考——中國浪漫文學探源》（台北：聯經，1989）。
[58] 林燿德：〈筆走龍蛇〉，收入溫瑞安：《楚漢》（台北：尚書，1990），頁6。
[59] 引文見〈衣缽〉，收入溫瑞安：《龍哭千里》（台北：時報，1977），頁235。

可能交織著淚水），殘缺的意象（如殘月）等等不一而足[60]；詩的辭庫則是江湖、長劍、寶刀、煙雨、枯燈、琴、白衣、江南等武俠意象，他調動的語言來自古典中國，現實建構在這些語言之上，組成內部場域（internal field），形成烏托邦。因此《山河錄》這組龐大的敘事抒情詩裡，塑造了狂狷書生行走錦繡神州的形象，讀經、練拳，處理江湖世事，具有「小說敘事」的功能；此外，他的詩裡隱藏了傾訴對象「妳」，作為情感的寄託，「妳」的最大功能是讓溫瑞安的浪漫抒情發揮到極致：

> 我是那上京應考而不讀書的書生
>
> 來洛陽是為了求看妳的倒影
>
> 水裡的絕筆，天光裡的遺容
>
> 挽絕妳小小的清瘦
>
> 一瓢飲妳小小的豐滿[61]

此詩的背景是在古代，上京應考而不讀書，指出敘事者的狂傲和自大，以及不流俗。第二句則進一步說明應考而不讀書的原因，乃是為了佳人的「倒影」。「我」其實更接近作者意圖呈現的「理想作者」，「看妳的倒影」同時也讓讀者看到作者的倒影，那自戀自大耽美的敘事者個性。《山河錄》以詩寫俠情，以敘事加抒情實現他的夢想／幻想。有時敘事者則成為旁觀者，憧憬古之俠者，「那一去不復返的

---

[60] 以上論述見鍾怡雯：〈論馬華散文的「浪漫」傳統〉，《國文學報》第 38 期，2005/12，頁 101-120。

[61] 溫瑞安：〈黃河〉，《楚漢》，頁 156。

壯士／姓甚名誰，天下只有你我二人共知」[62]。無論旁觀或敘事，溫瑞安追尋的是一種存在於中國古典的意境或情懷，因此現實的一切都要進入古中國時空，被符號化，才能存在。以下引詩可見「中國」對創作的影響：

　　誰人已舞盡江南柳岸月……

　　寫到這裡，或說我借古典還魂

　　我說不如是借中國吧[63]

現實中國早已赤化，中國想像必得避開真實／現實，或至少把真實／現實涵蓋到想像中，才能再造抽象／個人的中國。溫瑞安所借的其實是他的中國想像。江南柳岸月是柳永〈雨霖鈴〉筆下的風光，古中國的魂成為溫詩的幻影。溫瑞安特別偏愛宋詞，無論是散文或詩都喜歡遁入宋詞再造新境，他那炫才式的，訴諸直覺的強烈情感，攀附在林燿德所說的「大河詩型」的巨篇長製形式，把溫氏浪漫主義發揮得淋漓盡致。

　　另一個值得討論的個案是何棨良。何棨良（1954-）跟溫瑞安同年，風格跟溫瑞安庶幾近之。他唯一的詩集《刻背》（1977），是另一個浪漫主義的典型。溫瑞安的詩即便在憂傷處仍有銳不可挫的霸氣，何棨良相對則溫和柔弱。他的詩篇幅較短，所使用的詞庫卻跟溫瑞安十分相似，憂國、劍、中原、江湖、血、江南、揚眉、蓮、壯士、蝴蝶、月（或跟月相關的月光，明月等）。以中國古典時空為背

---

[62] 溫瑞安：〈少林〉，《楚漢》，頁 177。

[63] 溫瑞安，〈西藏〉：《楚漢》，頁 197。

景（唐宋尤甚），引用中國典籍（《詩經》和宋詞等）。譬如〈如果你的名字是風〉：

> 如果你的名字是風，情人
>
> 來吧來吧吹吹我的青春
>
> 我的髮是你的浪漫
>
> 飄浮在空中
>
> 飄在漢末，飄在南宋
>
> 飄在如夢的後唐[64]

這首詩歌詠青春，意象卻取自古典中國，浪漫的必然條件是遁入古中國，漢或宋，乃至唯美柔靡的後唐。然而，彼時何棨良對流行的「浪漫江湖」的詩風、「禪味看來很濃實則故弄玄虛的詩」，以及「表現年輕人的苦悶、焦慮、煩惱」的作品則是大加撻伐的[65]。溫任平在〈馬華現代文學的意義和未來發展：一個史的回顧與前瞻〉論及現代文學的問題和弊病時，讚同何棨良的識見，卻也指出何自己走的正是這條「浪漫」之路。證諸《刻背》詩作，溫任平所言不假。

　　何棨良跟溫氏兄弟一樣，深受余光中和楊牧影響。余光中早期的詩喜以江南和蓮等意象入詩，馬華詩人亦步亦趨；余、楊的抒情風格到了馬華的創作者手中，常常變成華麗的抒情。對文字的高度信仰，是馬華創作者最重要的特質；對文字的崇敬，等同於對（文化）中國的孺慕，所謂文字修行，靠的便是雕章麗句。證諸溫瑞安

---

[64] 何棨良：〈如果你的名字是風〉，《刻背》（吉隆坡：鼓手文藝，1977），頁57。

[65] 溫任平：〈馬華現代文學的意義和未來發展：一個史的回顧與前瞻〉，溫任平編：《憤怒的回顧》（安順：天狼星，1980），頁82。

跟何棨良詩作，可謂深得箇中三味。《刻背》收錄的「憂國」一輯可
比附《山河錄》，然而「憂國」十一首時空背景在古中國，並不具憂
國（馬來西亞）的時代意義，純粹是個人情感的寄託之辭。特別是
〈楚王楚王〉，除了現代語言，這首詩幾乎是模擬楚王的情緒，既無
託喻之功，復無古題新寫之「新」意。「觀世音」的出現尤顯突兀。
楚王和佛教意象無法產生聯想，作者也沒有埋下可供解讀的線索。
此外，復有鍛字煉句的瑕疵，例如「楚王楚王／把一朵長嘯的淚聲」
[66]，以纖細柔美的「一朵」來修飾楚王之淚頗為不當，特別是「長
嘯」的豪氣干雲跟「一朵」尤顯矛盾，作者藉詩澆自身的塊壘，因而
意象武斷而任性。

　　然而對何棨良而言，「憂國」應是全書的骨幹，後記〈憂憂悲乾
坤〉可以證明：

> 貫穿這本詩集裡的，是一個現代馬來西亞讀書人的感事與撫
> 時，對時代的愴傷、文化的矛盾與苦悶的一種見證。現代馬
> 來西亞社會的文化矛盾是當前的最大題目，亦是詩人提高作
> 品的社會意義的最大題材。從「自我」出發，我欲見證的是
> 華人社會的文化苦悶的隱憂。……但是我最欲達到的境界
> 是透視整個人類和世界……而不是一個民族，一個國，一
> 個家。[67]

我們確實可以在詩裡讀到他對中國文化的追尋，然而文化苦悶和隱

---

[66] 何棨良：〈楚王楚王〉，《刻背》，頁113。

[67] 何棨良：〈憂憂悲乾坤〉，《刻背》，頁138。

憂的見證則未必。浪漫主義在他的詩裡形成了阻礙和干擾，「一個（華社）議題，各自表述」，華社問題向來是馬華創作者的主題，可是當感性太過，理性傾斜，以高度「傾訴性」的書寫方式處理「集體意識」，是否也造成了書寫的窠臼，構成既定的書寫模式，或者成為創作者的因循藉口？因襲既久，「感傷／抒情」表述常常（不自覺）變成模式。感性不斷被挖掘的同時，也不斷耗損，「感時花濺淚，恨別鳥驚心」的時代創傷和人世滄桑，被一而再的書寫，極易變成空洞的符號，動人的內在或許早被耗盡：作者固然一再驅動沉重的文字演繹「感時」和「恨別」，卻收不到「花濺淚」、「鳥驚心」的草木鳥獸同悲效果，那個被包裹在文字和無奈底下的「問題」已經被反覆重寫多次，再也挖掘不出新意。[68]

「感時花濺淚，恨別鳥驚心」的時代主題，到了傳承得《趕在風雨之前》（1988），卻有了全新的視野和不同的詮釋。馬華詩歌的感時憂國傳統，多半攀附在情感的主幹上，大量的中國意象反而使歷史和現實被推延／推遠了。《趕在風雨之前》反倒見證了何棨良所謂的文化苦悶和隱憂，這其中的差別是，《趕在風雨之前》壓抑了情感，正面迎向現實本身，敘事與抒情平衡得恰到好處。壓抑和節制，使得情感蘊含沉鬱和厚度；抒情建立在反抒情上，這種反向操作使得《趕在風雨之前》真正有了「風雨滿樓」的憂鬱。傳承得在〈自序〉表示：

> 這本詩集的催生劇，是八七年年杪華小罷課、巫青集會、阿

---

[68]　相關論點參考鍾怡雯：〈論馬華散文的「浪漫」傳統〉。

> 當槍擊和大逮捕等事件。當時，我身在國都，雖沒躬與會，
> 卻感受漩渦邊緣的高度震盪。於是，我想起八四年學成歸國
> 至今，時局彷彿不曾平靜過：政治、文化、經濟、教育、種
> 族和黨派等課題，頻現危機。這段歲月所累積的情緒是：狐
> 疑、憤懣、失望、擔憂，甚至恐懼。[69]

如果按照自序所說的，則傅承得應該回歸現實主義傳統，那種直面現實，批判現實的方式應該是最有效的支援，也是最直接的方式。然而他把這系列詩作定義為「政治抒情詩」，選擇了浪漫主義之路。道森（P.M.S. Dawson）在〈革命時代的詩〉論述浪漫主義的誕生原來跟現實有密切關係，他特別著重討論浪漫主義詩人參與時代的現實面，他們的入世理想，詩與現實的密不可分，以及身體力行。換而言之，浪漫主義的歌詠自然與愛情固然是特色，但那只是其中一個面向，不是全部[70]。馬來西亞的浪漫主義多半注重表現方法，也就

---

[69] 傅承得：〈自序〉，《趕在風雨之前》（吉隆坡：十方出版社，1988），無頁碼。

[70] 道森認為，浪漫主義的誕生原來跟現實有密切關係，浪漫主義大將柯勒律治在青年代曾幻想到美洲原始森林建立平等社會。華茲華斯曾對法國大革命表示同情。拜倫（George Gordon Byron, 1778-1834），則用他的詩歌號召反對奴役和專制，推翻暴君和寡頭統治，最後獻身希臘獨立戰爭；雪萊（Persy Bysshe Shelley, 1792-1822）則曾到愛爾蘭去宣傳改革社會的主張，他的詩作抨擊專制暴政。跟拜倫一樣，兩人均不見容於英國統治階層，曾先後流亡到瑞士。正如雪萊在《詩與抵抗》所宣稱的那樣，詩人是世界上未被承認的執法者，他們對社會的關注絕不亞於當一位詩人，大眾的事亦是個人的事，個人不會置外於時代之外，這是浪漫主義者的共同特質，引文見 P.M.S. Dawson, "Poetry In An Age of Revolution" ed. Stuart Curran. *British Romaticism,* Shanghai : Shanghai Foreign Language Education

是情感流露的一面，最後變成割裂現實，或者把現實加工變成想像，最終變成中國符號，以至於所有的悲傷都必須回到母體（文化中國）那裡才能得到慰藉和安撫。傅承得的抒情卻建立在馬來西亞的現實上，調用了一套跟前行詩人不同的語言模式，直面現實。

「趕在風雨之前」這輯共有詩十首。「風雨」在馬華文學向來用以隱喻華人的困境，山雨欲來風滿樓，一種不安的政治處境。趕在風雨「之前」，則頗有記取和警惕之意。溫瑞安的《山河錄》遙指他未親臨的中國河山，傅承得的「山河」卻是馬來西亞；溫瑞安使用傾訴體，傅承得亦然。有趣的是，溫的對象「妳」形同他的分身（自戀的自身），「白衣」則是浪漫的替代；傅承得的收話者則是「月如」，一個非常普遍的馬來西亞華　女子名字，也因此加強了詩的現實感。第一首〈為的，是把它交付未來〉形同序曲：

> 月如，我會用我的健筆
>
> 連著心，記錄與珍藏歷史
>
> 為的，是把它交付未來[71]

詩一開始以抒情之筆點出華人面對華人困境的無力感，這困境既是歷史的，亦是當下的，它成為華人無法克服的痛，就一個有使命感的創作者而言，惟一能做的，是留下文字（及傷痛）。這系列抒情詩的基調是浪漫的，但帶著強烈的現實感，並且在現實基礎上催生第二首〈浴火的前身〉：

Press, 2001, pp.49-50.

[71] 傅承得：〈為的，是把它交付未來〉，《趕在風雨之前》，頁4。

> 讓一介草夫，跟前凝視
>
> 直到雙眼皆裂，腸熱心焚
>
> 然後跪下，在衣襟翻紅
>
> 胸口波伏的時候
>
> 靜思社稷的去路[72]

〈浴火的前身〉前半以項羽起首，後半一轉，切入馬華的現實，使得本詩的歷史感有了現實的落腳處。敘事者的前身是項羽，以喻此生的宿命／天命；浴火而生，以喻現實的艱難，風狂雨怒的宿命。在風雨之中，一介草夫仍不免憂心華社的處境。「雙眼皆裂，腸熱心焚／然後跪下，在衣襟翻紅」三句既寫人物的內心，亦寫那種無可奈何的則無語問蒼天的憂鬱形象。緊接著〈浴火的前身〉的三首以「雨」為題的詩，〈山雨欲來〉、〈濠雨歲月〉、〈夜雨〉進一步寫身陷困境的勃鬱，痛心、失望而厭倦的心情。

　　「雨」在馬華文學是困境的集體象徵。〈夜雨〉共分五節，長一百七十二行，以諷喻手法完成，穿梭在抽象與現實之間。旁白和口語的敘事手法成功的把現實織入詩中，政治、政客、華社和選舉全數打盡，而詩意不失，所謂政治和抒情，既在詩內，亦在詩外。批判和諷刺，憤怒和憂傷，加上方言、粗口，模擬政治表演秀，一種近乎巴赫汀（Mikhail Bakhtin, 1895-1975）筆下的嘉年華氣氛。可惜詩的結尾「滌新河山的天氣」[73]那種雨後必有晴天，暗夜之後必有黎明的

72　傅承得：〈浴火的前身〉，《趕在風雨之前》，頁 6。

73　傅承得：〈夜雨〉，《趕在風雨之前》，頁 30。

樂觀，削弱了嘉年華的諷喻功能。

　　傅承得認為自己不是在寫史詩，然而〈刪詩〉和〈驚魂〉卻扣緊史實而作。〈刪詩〉寫於一九八七年九月，〈驚魂〉則寫於一九八七年十月十七日，詩後留下明確的日期，顯然「詩出有因」，也因此這兩詩必須置入當時的歷史背景去解讀[74]。華小事件讓人聯想到一九六九年的五一三的流血事件，「重提，絕非故意／只因歷史，沒教我們忘記」[75]。然而詩人意在抒情兼諷喻，不在重現史實：

> 我是悲憤，月如
>
> 三十年來家國，仍是
>
> 教人透氣艱辛的厚重陰霾
>
> 籠罩生長於斯的上空
>
> 教人想起：一九六九年

---

[74]　一九八七年八月，教育部委派二百名不懂華文的教師到華小任職，引起華社嘩然和反對聲浪，碰觸到華社最敏感的話題，認為政府試圖改變華小的媒介語。乃有十月十一華人政黨和華團在吉隆坡天后宮的協商，受影響的學校罷課。十七日巫青團亦舉行集會，所展示的布條寫上「五一三已經開始」以及「以華人血血染馬來短劍」等字眼。巫統宣布將於默迪卡體育場辦五十萬人的集會，因情勢緊張，首相馬哈迪宣動用內安法，發動大逮捕，在這項「茅草行動」之下，三家報館關閉，九十一人被捕。以上史料，參考林水檺、何國忠、何啟良、賴觀福合編：《馬來西亞華人史新編》（第二冊）（吉隆坡：馬來西亞中華大會堂，1998），頁103，以及《自由媒體》＜http://www.thefreemedia.com/index.php/articles/2262＞。

[75]　傅承得：〈刪詩〉，《趕在風雨之前》，頁34。

記憶猶新啊那場滂沱[76]

不同於溫瑞安和何棨良以濃烈意象和外放情感撞擊讀者的感官，傳承得擅長用短句和口語，以突顯事件為主軸，除了第三句以外，以一行三音節的有力節奏帶出沉重的情感，內斂而壓抑。就情感的發展而言，〈刪詩〉和〈驚魂〉之後，應當接〈因為我們如此深愛〉[77]，「我們熱愛這片山河啊！月如／錫米和腸汁，稻田和椰林／沒有颱風，沒有地震／更無血腥，更無砲聲」[78]。這些赤道物產曾經是五、六○年代被現實主義詩歌寫濫的意象，嵌入〈因為我們如此深愛〉裡，卻效果奇佳，它們反寫頌歌的正面意象（我們如此深愛土地和國家），成為憂傷的抒情（我們如此深愛土地和國家，可是又怎麼樣呢）。山河儘管富庶，而時局動盪，富庶便只能成為反諷。

　　〈長夜未旦〉則進一步深化這種無奈和感傷，華人再如何努力和忠心，最終「只是海市蜃樓的虛幻」[79]。「長夜」象徵黑暗還沒有過去，〈長夜未旦〉作為「趕在風雨之前」系列的終篇，透露詩人的憂心和無力。當然，我們亦可將「長夜未旦」放入《詩經》鄭風的〈女曰雞鳴〉去理解，長夜之後，則「明星有爛」——天上會有明亮的星星照路，如此，則詩以「希望」結尾，雖然，對傳承得而言，這

---

[76] 傳承得：〈驚魂〉，《趕在風雨之前》，頁37。

[77] 〈因為我們如此深愛〉之前是〈寫給將來的兒子〉，在順序上似乎宜放系列詩作的最末，也就是〈長夜未旦〉之後，這首詩的希望和明亮可讓讀者稍稍鬆一口氣。

[78] 傳承得：〈因為我們如此深愛〉，《趕在風雨之前》，頁44。

[79] 傳承得：〈長夜未旦〉，《趕在風雨之前》，頁48。

樣的詮釋，恐怕解脫和安身的意義遠大於改變現實[80]。誠如雅克‧巴尊所說的，其實浪漫主義在具體的意義上是「現實主義」的，充滿了細節，並且因此適合對歷史和科學的追根究底的精神[81]。詩人是世界上未被承認的執法者，他們對社會的關注絕不亞於當一位詩人，個人不會置外於時代之外，這是浪漫主義者的共同特質。

結　語

　　現實主義和現代主義是馬華文學思潮的兩條主線，本文試圖在現實主義和現代主義兩大傳統之外（或之內），重新「發現」被遮蔽的浪漫主義傳統。五〇年代到六〇年代，建國初期的馬華詩歌，在愛國主義和馬華文學土本化的聲浪之下，出現大量「在地視野」和「在地書寫」的詩歌，語言淺白而直接，情感熱烈，甚至口號化。「歌頌」和「讚美」新獨立的祖國，赤道意象和風土人情是最重要的主題，這種反映馬來西亞人民生活和情感的「現實主義」詩歌，非常符合馬華文藝獨特性的訴求，卻也遮蔽了它們「抒發」及「表現」等浪漫主義的特質。詩歌是燈，它投射的形象不是源於世界，而是源自詩人那熱烈的情感和內心世界。詩人把對家國的強烈情感投射出去，如燈般照亮了物件，於是這些詩歌看來既是現實也是浪漫的。馬華所謂的現實主義詩歌，大多其實大都循著雙軌行進——浪

---

[80] 傳承得〈不寫詩的時刻〉認為「寫詩，是一種解脫／可以痛苦，可以歡樂／可以安身，可以惹禍」，《趕在風雨之前》，頁66。

[81] 《古典的、浪漫的、現代的》，頁70。

漫主義加上現實主義的書寫模式。

　　現代主義的出現，則是對浪漫主義的另一種遮蔽。它挑戰主流的姿態，對現實主義的不滿，尋找新的美學信仰等訴求，使得現代主義必須站在現實主義對立面。歷來對現代主義和現實主義的討論，亦多半建立在二者對立的角度。然而就創作者的層面，現代跟現實是模糊的界線，文學與現實的關係本來就很複雜。現代跟現實如何割裂，能不能割裂開來，仍有討論空間。信仰與美學是一回事，落實到創作則未必緊跟「主義」。其次，借林建國的觀點，寫實主義、現代主義的「美學」，或許是個比美學還複雜的問題。這不意味著所謂美感經驗不存在，它們本身根本就是等待解析的「政治文本」[82]。換而言之，主義是特定時空之下的產物，它有侷限性，受制於時間和地點，把現代和現實對立或強硬割裂，是「政治考量」，誠如本文在第二節所論的溫任平，及他所帶領的天狼星那樣，是一種太過低估「美學」的單純方法。事實上，「非現實主義」加上浪漫主義，才是他們努力實踐的美學信仰。浪漫主義因此一直夾在兩個巨大的思潮中間，成為沉默的存在。

　　第三節則以三個重要的個案，論述馬華詩歌與浪漫主義的關係，並指出浪漫主義的在地化，其實跟華人的政治處境／困境有關。傳承得以「政治抒情」改寫馬華詩歌現實主義的教條，示範「反映馬來西亞人的生活」可有另外路徑可行，那是一直被存而不論的「在

---

[82] 林建國：〈現代主義者黃錦樹〉，收入黃錦樹《馬華文學與中國性》（台北：元尊文化出版社，1998），頁 15。

地」浪漫主義，建立在馬來西亞現實（政治），而非想像上。然而到了六字輩的創作者如呂育陶、林健文等手中，所謂的政治議題變成他們調侃和嘲諷的對象，無論是現實主義、現代主義或浪漫主義，早已成為他們的「前行代」主義，主義時代，亦已成為文學（歷）史議題。

[2008]

馬華散文的地誌書寫

一、主題與概念的形成

　　二十世紀初是一個世界局勢相當混亂的大時代，中國南方的海外移民潮象徵著一種動盪，也蘊含了革命和商貿的契機。進入民國之後，中國文人的海外遊歷更是頻繁，尤其東南亞華人社會對他們而言，是一個非常理想的文化探勘地，很多文人懷抱著巨大的好奇與熱忱，到南洋去投入華人的社會建設，以辦學和辦報最為常見。剛剛抵達赤道的中國南來作家，很自然的將英殖民地馬來亞和新加坡視為工作或旅居的異邦，進行短期的教育事業考察，或風土人文遊歷之後，寫下一些「下南洋」的遊記散文或隨筆。在這片現代漢語文學的荒郊，郁達夫（1896-1945）、梁紹文（1896-19??）、許傑（1901-1993）、陳鍊青（1907-1943）等人，理所當然的成為馬華現代文學初始階段的主力。他們筆下的「南洋僑居地」，只是民族情感的背景或

移民故事的舞台，短暫的居住很難對土地產生情感，也比較難產生有系統且大規模的地誌書寫。

梁紹文的《南洋旅行漫記》（1924）考察了東南亞華人社會的教育和實業，以及各種社會現象；許傑的《南洋漫記》（1937）對社會、宗教、政治等社會問題，有較深入的觀察，帶有批判意識的行文已經不是「漫記」所能涵蓋的。不過，他們都是外來者，缺乏土生土長的在地華人對馬來亞風土民情的感受力，第一個對馬來亞進行有系統的「在地化」的書寫，而且達到相當藝術水平的作家，是吳進（1918-2003）。本名杜運燮的吳進，出生於霹靂州實兆遠鎮，念完初中後，回到中國福州就學，畢業於西南聯大外文系，曾任中國遠征軍的翻譯，參加英軍在印度和緬甸的戰爭，是九葉詩派的重要詩人，他在一九四七～一九五〇年間執教於新加坡，寫下著名的散文集《熱帶風光》（香港：學文書店，1951）。吳進對馬來亞有一種南來作家難以企及的土地情感，以及對族群社會的深刻了解，他一方面汲取自身的生活經驗，另一方面也進行了具有學術價值的民俗文化考據，將馬來歷史典故、在地文化資料，以及個人生命經驗鑄合為一，《熱帶風光》遂有了「文化散文」的規格。

從《熱帶風光》的書名來判讀，吳進似有意將此書定位在「在地文化的田野記錄」，向那些對馬來亞本地文化不甚了解的華文讀者，進行全方位的導讀與分析。以今天更細緻的文類觀點來看，他的散文其實更接近知識性散文，抒情少，兼有雜文的議論性，主流散文的抒情，這系列散文多長篇鉅製，架構完備，重在「說明」——一般散文不以說明為重點，然而吳進為了他的「田野記錄」，或者說，

為了重構／記憶他的南洋，（不自覺）選擇了這個書寫角度，跟沈從文離開湘西鳳凰之後，才可能有《湘行散記》、《從文自傳》等自傳散文的情況一樣。寫《熱帶風光》的吳進，當時已在新加坡任教，大概意識到不可能重回故鄉[1]。「回不去」具有地理和時間的雙重意義，正如地理學家 Mike Crang 在《文化地理學》談到地方的文本及文本中的空間時的見解：

> 文學顯然不能解讀為只是描繪這些區域和地方，很多時候，文學協助創造了這些地方。[2]

吳進的散文固然具有文化地理學的意義，然而，「熱帶風光」不可能是單純的描繪和記事，吳進筆下的馬來半島，其實是「鄉愁」的替代品，此書最動人的應該是裡頭蘊藏著的時間之眼。他抽離／壓抑著情感／情緒，以知性之筆，寫下可能回不去的馬來半島。吳進其實是以當下之眼創造／重構昔日的馬來風光。《熱帶風光》是「在地文化」書寫的重要起點。必須強調的是，這只是其中一種詮釋角度，而且，不是唯一的角度。

　　一九五七年馬來西亞獨立，馬華作家將家國意識和土地認同，逐漸轉移到鄉土題材的書寫上。老龍詩集《吉打的人家》（1959）和鍾祺詩集《土地的話》（1959），將吉打、馬六甲等地的生活感受和內容，以及重要地景入詩，地方意識（並非本土意識）逐漸突顯出來。憂草散文集《風雨中的太平》（1960），則是一部以具體的地方文化、

---

[1]　吳進於一九五〇年北上香港，翌年重返中國，直到去世，成為異鄉人。
[2]　Mike Crang 著，王志弘等譯：《文化地理學》（台北：巨流，2003），頁 58。

掌故與地景為對象的散文創作。出生於北馬的憂草，以檳城、華玲、太平等北馬城鎮為首選，寫下充滿「地方感」的城鄉散文。其後，又有慧適散文集《海的召喚》（1963）再度經營檳城和華玲等北馬地區的民俗地誌。再加上魯白野的歷史散文《馬來散記》（1961）對霹靂、柔佛等地的地理、歷史、人文背景的記述，這期間馬華文學在地誌書寫方面，可說是一次具指標意義的豐收。

　　當然，這只是開始。這些作品多半是出自於對土地認同而寫下的鄉土紀事，史筆大於文筆，質勝於文，馬華地誌書寫的開端，是一種「記錄」，史料價值遠勝於文學價值。馬華的地誌書寫，最早是以「地理學」存在，而非貼近經驗生活的人文地理學，或具地誌書寫規格的指標之作。

　　一九七〇年代以降，冰谷、田思、吳岸、薛嘉元、夢羔子、沈慶旺、林春美、潘碧華、鍾可斯、林金城、方路、杜忠全、朱宗賢、辛金順、陳大為、鍾怡雯等人，陸續出版了跟地方、原鄉有關的新詩和散文集[3]；二〇〇一年，陳大為正式引進地誌書寫的概念[4]，再加

---

[3]　書寫地方和原鄉的並不一定構成地誌書寫，可參考陳大為：〈馬華散文的地誌書寫〉，《思考的圓周率：馬華文學的板塊與空間書寫》（吉隆坡：大將，2006）。本文第二及第三節亦會論及。

[4]　馬華最早的地誌書寫評論是陳大為：〈空間釋名與味覺的描定——論林春美的地誌書寫〉，《南洋商報‧南洋文藝》（2001/09/10），此文後來納入鍾可斯與杜忠全的討論，將篇幅擴大，增訂為更完整的學術論文〈空間釋名與味覺的錨定——馬華都市散文的地誌書寫〉（2004）；此外，陳大為另有〈想像與回憶的地誌學——論辛金順詩歌的原鄉書寫〉（2006）也論及地誌書寫。評論可以引領創作，林春美的幾篇小品並非有意識的地誌書寫，亦非有系統的規劃寫作，然

上古蹟文化保護意識抬頭，馬華地誌書寫的能量開始積累[5]。到二〇一八年底為止，以杜忠全的「老檳城系列」成果最豐富，計有《老檳城，老生活》（2008）、《老檳城路志銘》（2009）、《我的老檳城》（2010）、《老檳城的娛樂風華》（2013）、《山水檳城》（2014）、《喬治市卷帙》（2016）等六冊。在這系列散文之前，地誌書寫是因論述所需而被建構、被議題化，雖不失為豐富馬華論述的路徑之一，但是，論述畢竟要建立在論述對象的基礎上，空有論述而無好作品，則無以為繼。杜忠全的老檳城系列是一個座標——標誌著馬華地誌書寫的成形，他是第一個有意識的以地誌書寫的概念，去書寫檳城的馬華作家，因此第二節的杜忠全專論，旨在論述並檢視他的地誌書寫在馬華文

而經由陳大為的詮釋，儼然構成地誌書寫的樣貌。雖然這是一次經由理論形塑出來的創作成果，但地誌書寫的概念自此成形。地誌書寫的觀點提出之後，《蕉風》第 497 期（2007/04）乃有「國境以南：新山地方誌書寫」專輯，歷數年而有杜忠全的老檳城系列散文。

[5] 地誌書寫的研究近十餘年來在台灣學界逐漸普及，無論在古典文學或現代文學的運用，都有不錯的成績，最出色的論文首推吳潛誠〈地誌書寫：楊牧與陳黎〉、曾珍珍〈從神話構思到歷史銘刻：讀楊牧以現代陳黎以後現代詩筆書寫立霧溪〉，顏崑陽〈「後山意識」結構及其在花蓮地方——社會文化發展上的異向作用與調和〉。花蓮文學的地誌元素吸引了詩人的創作，更吸引了學者的論述，進入第四屆的花蓮文學（系列）研討會名為「地誌書寫與城鄉想像：第二屆花蓮文學研討會」，正式使用「地誌書寫」，先後催生了多篇論文。二〇〇八年四月，由文建會獎助出版的選集《閱讀文學地圖》（四卷）在聯合文學出版，是台灣第一套最具規模的地誌文學選集，同時確立了地誌書寫在台灣現代文學的重要性。在馬來西亞，安煥然的地方研究、陳耀威的古蹟保存的文化論述亦逐漸成形。

學史的意義；第三節則論地誌書寫在地化的意義，及其在馬華文學
的可能開展路徑與空間。

二、抒情的可能：杜忠全的「老」檳城

　　杜忠全從二〇〇二年開始他的檳城書寫，至二〇一八年為止，
前後共十六年，共完成六本書。他的散文主題集中，均為檳島紀事，
跟一般馬華作家散彈式的寫法不同[6]。在杜忠全之前的作家或有零星
篇章，或是單本著作，鮮以地誌書寫為志業；杜忠全則專注於他的
島嶼，對地誌書寫也有相當程度的認識，因此形成辨識度極高的個
人特質。辨識度決定作家的位置，當杜忠全被置入這個脈絡，他在
馬華文壇的書寫位置也因此確立。

　　二〇〇八年出版的《老檳城，老生活》，是杜忠全的第一本文集，
但它不是我們認知的「純散文」[7]，這雜糅了報導、口述歷史的（散）
文體值得注意。換而言之，我們必需提問，作者的第一本書為什麼
是以這樣的形態出現？其次，杜忠全採取的寫作策略不是單純的生
活紀事或都市書寫，他的寫作一開始就帶著歷史的景深，目標很明
確，就是「老」檳城──不是現代檳城，甚至現代檳城也要被「老
化」，就像他在第二本書《老檳城路誌銘》所呈現的風格特質，他的
興趣是追溯歷史──路的歷史。杜忠全的檳城書寫其實有很深的、

---

[6]　散彈式寫法也有好處，可以磨練出不同的刀法。

[7]　當然，可算是廣義的散文。

對現代化的焦慮。為什麼？

要回答這兩個問題，必須回到老檳城書寫的最原始。老檳城書寫的誕生地是「他鄉」[8]——台北、新加坡、吉隆坡。最根本的原因其實是對認同的渴望。異鄉之感是書寫的起點，在文字形成之前就已經存在了。跟沈從文或吳進不同的是，杜忠全可以返鄉長住，為馬華文學寫下他的老檳城觀察。他在自序《老檳城，老生活·回家的儀式》裡敘述千禧年返回檳城的理由，乃是因為「台北新加坡不是我的家」的異鄉感。回家一年，他卻又敏銳的感覺到，身體當然是「回家」了，精神上卻仍處於飄泊的無根狀態，因此有以下的反省：

> 回到了島上的家，回到了自己的根的所在地，稍後也開始上班了，但原來我依然繼續著回家的路程，還還沒有讓腳跟回到土地。[9]

這種「我還不算是檳城人」的感覺，其實是對認同的追尋。認同的過程是先產生他者，地理學的角度在界定他者時，牽涉到「我們」、「他們」，空間是關鍵，認同的過程可以由我們「是」誰來界定，也可以用我們「不是」誰來界定[10]，換而言之，杜忠全在這三個城市發現自己「不是他們」。弔詭的是，從他的三本散文集來看，他仍然

---

[8] 林春美認為杜忠全的書寫是懷舊與尋根，陳蝶亦認為那是懷鄉，其實這是第二階段的問題，見林春美序〈路誌，與作為散文的路誌〉和陳蝶序〈忽然懷鄉〉，兩文均收入杜忠全：《老檳城路誌銘》（吉隆坡：大將，2009），頁 3-9、頁 15-18。
[9] 杜忠全：《老檳城，老生活》（吉隆坡：大將，2008），頁 7-8。
[10] Mike Crang 著，王志弘等譯：《文化地理學》（台北：巨流，2004），頁 80-82。

在回鄉的路上，身在檳城，卻努力追尋過往的檳城，或者檳城的古老暗影。回家對他而言雖然是落葉歸根（古老的中國文化傳統），一如他在〈寫給重陽，寫給島〉對華人文化和傳統維護的深厚情感[11]，然而他的使命感卻是追尋「老」檳城，那具有時間景深的老檳城，才有書寫的價值和意義。

　　檳城在杜忠全筆下必須「老」，它是時間的過去式，是時間的「遺」物，或者文學性一些、也更符合老檳城風格的說辭，是「歲月」美化了檳城。因此留下歲月的遺跡成了杜忠全的寫作焦點。檳城是殖民地，同時是華人人口比例相當高的城市，華人佔檳城總人口百分之四十三，在三大種族裡比例最高[12]，開埠歷史早、跟中國革命有密切關係，華人教育興盛。近年來隨著地方研究的興起[13]，書寫老檳城既是趨勢也是優勢。

　　杜忠全試圖透過不同的角度凝視這個成長與生活之城，他寫檳城的風俗、街道、飲食，一種在地人的生活氛圍，並以「口述歷史」重構老檳城生活圖誌，為它打下層疊的歷史暗影。歷史陰影裡的歲月，是杜忠全來不及參與的過去，他可能模糊的感覺到，要有過去才可能有未來，也因此催生了第一本向報導文學傾斜的《老檳城，老生活》，他找「老檳城」謝清祥說故事，為了「保留了很多過去的

---

[11]〈寫給重陽，寫給島〉，《南洋商報》（2005/10/25）。

[12] 見維基百科中的「檳城」辭條。

[13] 檳城的相關研究，中文書籍可參考陳劍虹、黃賢強主編：《檳榔嶼華人研究》（檳城：韓江學院華人文化館，2005）的十四篇論文。

生活記憶」[14]。《老檳城的娛樂風華》即是《老檳城，老生活》的續篇，也可以說是姐妹書，那是前者結集時刻意保留下來的篇章，其中也包含了大量屬於謝清祥的島城記憶。

Mike Crang 談到人文地理學概念時，特別指出文學作品在地方書寫上，「主觀的表達了地方與空間的社會意義……地理學家採用了想像的技術，文學也關注物質性的社會過程。地理學家和文學都是有關地方與空間的書寫。兩者都是表意作用（signification）過程，也就是在社會媒介中賦予地方意義的過程」[15]。杜忠全書寫檳城地景，如〈我的老檳城〉（2003）的社尾萬山、港仔墘、大世界遊樂場、書店街等，試圖重構這些地點的歷史和氛圍，以及過去老檳城的生活，即是 Mike Crang 所說的想像的技術，重新賦予地方新的歷史意義。

〈閒逛小印度〉書寫馬來西亞多元種族和文化的地景，藉由外來朋友的眼睛看到小印度的異文化特色，乃有以下省思：

> 在這裡土生土長的我們，是否已經習慣於對自己身邊的景緻漫不經心，而必得留待外人的激發，才會重新去仔細讀取這些文化信息了呢？[16]

吉隆坡、新加坡都有小印度，可惜的是同時待過這幾個城的杜忠全，似乎沒能看到這些小印度之間的異同。不過這段文字卻可以讓我們回到「他鄉」和「他者」的討論上──在地人的地誌書寫有時候並不是最敏銳的，因為缺少「他者」的眼光──J. Hillis Miller 在《地誌

---

[14] 自序〈回家的儀式〉，《老檳城，老生活》，頁9。

[15] 《文化地理學》，頁58-59。

[16] 杜忠全：〈閒逛小印度〉《星洲日報・文藝春秋》（2004/02/05）。

學》（*Topographies*, 1983）的觀點因此有商榷的餘地，他認為「地景並非先驗性的存在之物（pre-existing thing），它是一個透過在地的生活，被人為地創造出來的富有意義的空間」[17]，在地人既有「洞見」，常常也可能有「不見」，誠如杜忠全所說的，熟悉感可能遮蔽了我們的感覺，因此「在地人」除了深刻了解「在地生活」之外，還得要有敏銳的眼光。

　　整體而言，杜忠全的書寫是立基於「在地人」的優勢上。他以在地人的口述歷史去彌補他對「老」檳城的不足，此其一；其二，他的題材可大可小，筆下的「物」，不論是宏大者如街道歷史的探源、市井的生活圖景，或微小者如對老式避孕套充滿趣味的細節追索，乃至檳城賭博史的知識性敘事，這種文字描繪（word-painting）[18]充滿地方感，形成杜忠全檳城書寫的特色。

　　然則，杜忠全的檳城書寫是地誌書寫的標竿嗎？

　　J. Hillis Miller 在《地誌學》的導論指出，「地誌學」（topography）這個詞結合了希臘文的「地方」（topos）和書寫（graphein）二詞而成，字源的解釋即是「對某個地方的書寫活動」，他依據的是韋氏字典的

---

[17] J. Hillis. Miller, *Topographies*. California: Stanford U.P. (1995), p.21.，同樣的討論也可以用在克利福德・吉爾茲（Clifford Greertz）的「地方性知識」（local knowledge）。

[18] Mike Crang 指出，能帶給讀者真正地方體驗的是文學，不是地理學，「人文主義地理學者也很快了解到，文學裡的陳述替代地方經驗提供了類似洞察。如此一來，我們可以轉而求諸小說，探察其中喚起的地方感，或是所謂地方的文字描繪（word-painting）。」《文化地理學》，頁 60。

三種解釋：（一）對某個地方的書寫活動；（二）對某個地區或區域所進行的鉅細靡遺、精確描繪的藝術或實踐成果；（三）包含河川、湖泊、道路、城市在內的各種立體地形在內的地表輪廓的描繪[19]。

　　如果用這個定義去檢視杜忠全的地誌書寫，我們會發現，他所寫的檳城建立在「緬懷」上，更多的是朝情感層面的傾斜。《老檳城，老生活》這本口述歷史因為得力於老檳城謝清祥的檳城上古史料，且篇幅較長，具有論文的雛形與規模，以及抒情性，整體而言，比《老檳城路誌銘》更有地誌書寫的水準。《老檳城路誌銘》受限於篇幅，短小輕薄，雖經過歷史考證，卻多半停留在點的狀態[20]；《我的老檳城》則收入二十二篇跟檳城書寫有關的長文，同樣是長篇，然而跟《老檳城，老生活》知識性取向所呈現的厚實感和硬度相比，《我的老檳城》以懷舊和感懷為主的風格相對柔軟。這或許比較接近一般讀者認知的散文樣貌。我認為，這種抒情基調才是杜忠全的真正風格，打從第一本起，所有的歷史記事或口述歷史都有帶著柔軟度。這柔軟度來自他對檳城的情感和高度認同。

　　在寫作順序上，第三本應該是第一本，或者第二本。從發表時間看，剛好有一半篇幅是跟第一本重疊。這兩本書近乎孿生了。假設抽離了歷史材料，那麼，杜忠全風格的散文風格，究竟是什麼？或許，我們可以進一步提問，地誌書寫，是否有抒情的可能？

　　《我的老檳城》的主體精神是「老」。「老」是地誌書寫的養分，

---

[19] *Topographies.* pp.3-4.

[20] 見序文〈喬治市的時間維度〉，《老檳城路誌銘》，頁25。

也是杜忠全的美學信仰，同時也是第一到第五本的靈魂，換而言之，作為六字輩末段班的杜忠全，擁有如假包換的老靈魂，上一個世代的檳城記憶在他筆下是一種他嚮往的「舊」。「懷舊」（nostalgia），意味著緬懷過去的美好，它的相對意義是，現實是有缺憾的，乃有追憶逝水年華的抒情之筆。從這個角度理解，我們才能讀出杜忠全的檳城書寫裡，為何總有「老檳城」的回憶。

地理學學者薩克（Robert Sack）在他重要的論述《地理人》（*Homo Geographicus*, 1997）提出，「地方在人類世界裡的角色還要深遠許多，它是一股無法化約為社會、自然或文化的力量。反而是將這些世界匯聚在一起的現象，甚且實際上局部生產了這些世界」[21]，我們可以借薩克的思考進一步推論，因為杜忠全對檳城的情感，進而有了謝清祥的老檳城記憶，以及小檳城和老檳城的對話[22]，共同建構了具有歷史景深的檳城。地方的力量遠遠超乎我們的想像，杜忠全的老檳城書寫匯聚了社會、自然、歷史與文化，是小檳城（杜忠全）生產了謝清祥的老檳城。陳蝶因此有了「年輕者給年長者描繪他們的家鄉」[23]之語；另一位作序的陳耀威，則有「觸摸記憶模糊的老年代」[24]的結論，老檳城「時代過來人」李有成則在《老檳城的娛樂

---

[21] Tim Cresswell 著，徐苔玲、王志弘譯：《地方：記憶、想像與認同》（台北：群學，2006），頁 52-53。

[22] 陳蝶稱同鄉杜忠全為「小檳城」，陳蝶序：〈忽然懷鄉〉，收入《我的老檳城》，頁 15。

[23] 《我的老檳城》，頁 18。

[24] 陳耀威：〈序〉，收入《我的老檳城》，頁 19。

風華》的序文中指出：「這本書傷悼一個時代的過去，而在傷悼，在拼貼檳城華人的集體記憶之餘，他在書中所部署的記憶的政治，一方面為老檳城尋找另一種與華人離散經驗有關的歷史身分，另一方面也間接挑戰了過去二三十年來新的國族論述意圖泯除華人歷史記憶所設定的政治議程」[25]。可見小檳城杜忠全書寫的老檳城是檳城人的集體記憶。不過，這只是「果」，他的老檳城書寫的「因」，恐怕必需追溯他的童年記憶——《我的老檳城》即提供了這條重要的線索——不完整，但是約略可以拼湊出局部輪廓。

海明威說過：不幸的童年是作家的搖籃。這句話卻完全不適用於《我的老檳城》，杜忠全的檳城書寫可以改寫海明威的名言「快樂的童年是作家的搖籃」，譬如以下的例子：

> 掀開那裝載在老城記憶深處的舊影像，喏，那第一次被領著來逛菜市場的雀躍心情，那讓媽媽的大手掌緊緊握著牽著的小手，還有那隨著往來穿梭的人群不停地溜轉的眼珠子，自己當然一直都將它惦記在心底的。
>
> 那讓牽著的小人兒，在無數個日月輪轉之後，如果依然還走進這百年老菜市來，而且，同樣也在手裡牽了另一隻小手的話……生活裡總是這般不斷重複的老情節與老畫面，雖然稚齡的總也一再地換了樂齡，一代新人總也替換了舊人，但這影像都一直地在同樣的老角落裡重疊了後又重疊，以致鋪墊

[25] 李有成：〈島城故事多——讀杜忠全的《老檳城的娛樂風華》〉，收入《老檳城的娛樂風華》（吉隆坡：大將，2013），頁 14-15。

　　　　成了我們老檳城情結的最底層了……[26]

以上這段引文是杜忠全檳城書寫的關鍵語，具有象徵意義。首先，它解釋了為何杜忠全所追憶的逝水年華總是美好，「憶舊」的味道並不苦澀，而是餘韻綿延的甜美；其次，憶舊的底色並不陰暗（如同許多作家創傷的童年），倒反而像是灰濛晨曦中透著希望的水藍微光，也因此決定了杜忠全散文的歡樂基調。第三，以上引文充滿「傳承」和歷史的渴望，再直接一點的用詞，是「尋根」。既有個人書寫的意義，同時為上一代、同輩，乃至下一代留下歷史記憶，檳城書寫因而喚具有起檳城認同的力量。透過書寫，杜忠全創造了他自己的檳城，同時創造了檳城的地方感。以上三點特質，均建立在「抒情」的風格底下，杜忠全以他的抒情之筆，創造了檳城的地誌書寫，因此，我們可以藉杜忠全的地誌書寫，試著修正／補充 J. Hillis Miller 在《地誌學》的邊界——地誌書寫，除了地誌書寫的要素之外，必須有情感作為底蘊。

　　那麼，我們應該回到本節起始的提問，杜忠全的抒情（地）誌，是標杆嗎？

　　《老檳城路誌銘》受限於篇幅，短小輕薄，因此停留在點的狀態；《我的老檳城》則收入二十二篇跟檳城書寫有關的長文，同樣是長篇，然而跟《老檳城，老生活》和《老檳城的娛樂風華》知識性取向所呈現的厚實感相比，《我的老檳城》缺乏史料支撐，以懷舊和感懷為主的寫作方式相對單薄，加上時而駕馭長篇的能力不足，反而

---

[26] 杜忠全：〈告別社尾山，告別老檳城〉，《蕉風》第 496 期，第頁 24。

暴露「我」這個敘事主體的視野侷限。從「我的」角度詮釋的老檳城顯得太輕，深度不足，最新出版的《山水檳城》更為明顯。這問題出在「我」這個敘事主體。因此，下一節擬順著杜忠全的抒情地誌，討論地誌書寫如何在地化，以及可能的開展空間，兼作結論。

三、前景：在地化與開展

　　人文主義地理學者艾蘭・普蘭特（Alan Pred）在〈結構歷程和地方：地方感和感覺結構的形成過程〉一文論及地方感時指出，新人文主義地學者提出「地方」不只是客體，而是主體的客體。段義夫（Tuan, Yi-fu）等學者更進一步延伸這個觀點，使之更周延，「地方」因此是經由記憶積累；經由真實的動人的經驗，以及認同感；經由意象、觀念和符號等形塑而成。雷蒙・威廉斯（Raymond Williams）的「感覺結構」（Structure of Feeling）則指出，在特殊地點和時間之中，一種生活特質的感覺；一種特殊活動的感覺方法，結合成為「思考和生活的方式」，是一種幾乎不必特別去表現的特殊社群經驗，它是一種深刻而廣泛的情感。感覺結構把社會和歷史脈絡納入，討論它對個人經驗的衝擊。因此感覺結構是民族、地方文化形成過程中不可少的思考[27]。雷蒙・威廉斯的觀點兼顧社會和歷史脈絡，較「地方感」更具人文視野。

---

[27] 艾蘭・普蘭特：〈結構歷程和地方：地方感和感覺結構的形成過程〉，收入夏鑄九、王志弘編譯：《空間的文化形式與社會理論讀本》（台北：明文，1994），頁 86-95。

　　如果我們套用上一段的地誌學要求，則馬華的地誌書寫很難有符合或超越之作；就創作者的立場，學術研究可以是啟發，而非限制創作。當然，創作者如果借助學術研究之力，熟諳理論，亦必須有足夠的才情站在制高點上，取優去劣，如此則必然有助於提升創作的深度與廣度。以理論檢視作品，容易削足適履，但理論的思考高度往往可以提升創作視野。

　　創作上如此，學術研究亦然。挪用文化地理學／地誌學的觀點，必需特別關注它的適切性；「在地化」時必需同時考慮到文類差異，社會背景等。Mike Crang 的《文化地理學》所引用的例子都是小說和詩，包括勞倫斯（D.H. Lawrence）、哈代（Thomas Hardy），哥德史密斯（Goldsmith）、布雷克（Blake）、華茲華斯（Wordsworth）、畢翠斯‧珀特（Beatrix Potter）等；這跟西方文學以詩與小說為主要文類的傳統有關。

　　在華語世界，從白話文運動以降，散文跟詩和小說三足鼎立，甚至是文類的大宗（雖然論述成果最弱，整體而言最缺方法論）。古典散文立下的實用／介入功能，使它貼近社會的脈動，可以有很強的社會性，以及一般人以為「容易」寫的特質有關。台灣的現代散文近二十年來發展出的次文類最多，使它迅速擴張成為最巨大的文類類型，例如旅行書寫、自然寫作、飲食書寫等等，地誌書寫顯然頗具次文類的發展潛能；不同於西方以詩和小說為主流的傳統，在華語世界，散文應該是最好的地誌書寫文類。馬華文學的情況跟台灣近似，散文因其便於敘事的特質，亦成為地誌書寫的主文類，我們或許可挪用台灣經驗，反省馬華地誌書寫的問題與困境。

　　台灣地理學者陳其南〈台灣地理空間想像的變貌與後現代人文地理學——一個初步的探索〉一文所提的觀點，值得借鑑與思考。陳其南從自身的地理學背景出發，述及從師大到耶魯的求學過程，從地理學走到人類學，再寫到這二十幾年來台灣地理的變化，以及台灣的價值觀在後現代和全球化社會所面臨的衝擊和潰散。由於熟諳理論，兼俱紮實的地理學訓練，以及對台灣的深厚情感，這篇左右逢源的抒情論文視野恢宏；在情感潤澤之下，硬中帶軟，要說這是最好的文化散文亦未嘗不可。文中述及人類學家李維・斯陀（Claude Lévi-Strauss, 1908-2009）《憂鬱的熱帶》所展現的跨地理學與人類學兩個領域的探索經驗，說明地理學應該具有人類學的意義；其次，李維・斯陀並試圖說明潛意識結構分析法的地質學淵源，這條路徑雖然充滿困難，但也很有樂趣。

　　陳其南深受李維・斯陀啟發，引此說明他山之石的作用，以喻自身的學術研究路徑與轉折：

> 李維史陀的地質學經驗不禁讓人覺得，「結構主義」思想的起源何不是一位地理學者，而是人類學家？是否是因為區域地理學執著於經驗性的事實，使得地理學者在表面適時的觀察中在方法論尚未能跨越知識的極限？是否是因為地理學景觀的複雜性，使得地理學者在荒湮漫草的田野中迷失了知識的路途？[28]

---

[28] 陳其南：〈台灣地理空間想像的變貌與後現代人文地理學——一個初步的探索〉，《師大地理研究報告》第 30 期（1999/05），頁 191。

以上所引文字說明了地理學和人類學的相互滲透，最後成為人文地理學，其關鍵乃在於超越經驗，加入「想像的技術」。地理學如此，地誌書寫亦有相似的發展路徑，因此執著於經驗的地誌描繪，譬如一九六〇年代魯白野的《馬來散記》或《獅城散記》，便偏向史料式的地理學觀察報告，而非建構地方意義的地誌書寫。陳其南的這段文字同時指出，不同的領域之間的相互滲透和交融，往往可以碰撞出不同的火花，囿於一個領域往往是劃地自限、固步自封。馬華文學處在不同人種和語種的交匯之地，兼有多變化的地方特質，先天上具有很好的資源，可以發展出豐富多元的地誌書寫。事實卻是，歷經五十年，馬華地誌書仍然無法累積豐沛的作品，遑論巔峰之作。地誌書寫是後到的理論和觀點，以此緣木求魚固然苛刻，然而另一方面，它其實突顯了馬華創作一直存在的問題與困境：創作者視野不足，缺乏他山之石的經驗，而且沒有意識到自身的不足才是最根本的關鍵，此其一；其二，論述和創作之間往往可以互相彌補。誠如第一節的觀察，杜忠全相對成熟的地誌書寫出現在相關述論之後，即是一例。問題卻是，沒有足夠的好作品，不可能有應創作而生的論述成果[29]。

我們應該回到杜忠全的檳城書寫，以一個較成熟的例子作為討論個案，或許稍可看出馬華地誌書寫的可能開展方向。

現代化是全球化的共同地景，老檳城要如何抵抗全球化進步的

---

[29] 這個觀點也適用於馬華文學研究。論述建立在作品上，如果沒有豐沛的創作能量，也不會有相應的論述成果。

浪潮，它的結局可能是班雅明（Walter Benjamin，1892-1940）筆下的新天使嗎？只能被捲入進步的風暴臉背轉向過去，絕望的往前飛？或者如杜忠全那樣，以口述歷史留下不久前的歷史，以此紀念「老」檳城的風華？除了緬懷之外，有沒有更積極的介入角度／態度？譬如，現代化過程的檳城除了「流失」，是否有其正面意義？

檳城是古老的海峽殖民地，殖民地風華是它最大的資產。檳城的古老建築如今包裹著現代化的內裡，老建築變成現代化的餅鋪、婚紗攝影、小吃中心等。這些其實是地誌書寫必須正視的現實，也是任何一個具有古老歷史背景城市，因應現代化而不得不的改變，那麼，這些改變對一個殖民地城市的意義在哪裡？檳城是一個多元文化和種族構成的馬來西亞老城，杜忠全筆下的檳城卻形同華人城市，懷舊抒情遮蔽了杜忠全，這是「在地人」的不見。缺乏時空的遠距觀察，很難為檳城在地誌書寫找到它最特殊的位置。除了視野之外，檳城的地誌書寫，乃至馬華的地誌書寫，可不可能在書寫技藝上再提昇？

鍾怡雯在《馬華散文史讀本》的序文回答這個提問，或許，「情感的深度」是一個可能的方向：

> 散文是生命經驗的折射，在這個前提下，無論哪一種類型的散文，都不可能「無我」，從歷史文化的抒寫到個人情懷的抒發，無論是批判或抒情，它必須建立在「我」的主觀情感或者觀點下。生命經驗的厚度和思考的深度是構成好散文的重要因素，但是很少人關心情感的深度。情感可以一層層地架設，埋線，充滿隱喻而仍然行雲流水。馬華散文最缺乏的是

這類探索情感深度的散文。[30]

應該以實際例子支持以上的論點。此例是同為檳城人的李有成。在他的詩集自序《時間・詩的回憶》（2006）有一段對一九六○年代老檳城的回憶：

> 這些美國士兵在家鄉也許是親朋戚友眼中的乖孩子，到了檳城卻完全變了樣。我的住所對街就是一家酒吧，專做美軍的生意。酒吧日夜喧鬧，尤其半夜裡，我常被砸酒瓶的刺耳聲音驚——依然清脆可聞。即使隔著一條街，酒瓶忽地爆碎的刺耳聲依然清晰可聞……我還記得路經對街那家快樂酒吧時，偶而會看見一位懷孕的酒吧女，她經常穿著一件艷色的裙子，很詭異地老讓我想起在熱帶烈陽下怒放的木槿花。[31]

李有成並無意於地誌書寫，然而這段回憶文字最動人之處，在於它以意象和節奏層層架設起歷史場景，穿越時空把赤道遺留的殖民地風情帶到讀者眼前：穿艷色裙子的懷孕吧女和木槿花，砸酒瓶的聲音，美軍。這敘述是異國風情的，同時飽含情感的深度——往往卻是無意於檳城紀事而寫下的回憶片段。他的文字兼俱思考的深度和情感的深度。相較之下，杜忠全的甜美抒情缺乏時間的陰影和情感的深度，而口述歷史式的寫法很難兼顧思考的深度，這是文類的先天特質，在杜忠全筆下，則是缺憾。

回到本節的小標，馬華地誌書寫的可能開展方向，仍然離不開

---

[30]　鍾怡雯：〈流傳〉，《馬華散文史讀本 I 》，頁 IV。
[31]　李有成：《時間》（台北：書林，2006），頁 10。

〈流傳〉一文所提的三個條件：生命經驗的厚度、思考的深度以及
情感的深度。好散文的要求，仍然適用於馬華的地誌書寫。誠如本
文所論，馬華文學具有豐富的地誌書寫資源，但相關的創作仍未能
有效而全面的挖掘出它的豐富礦脈；地誌書寫的在地化特色亦可視
為抵抗全球化浪潮之下的有效策略，如此，地誌書寫則必得成為一
門專業技藝，因此不得不在視野和知識上自我要求和提升，在主題
和寫法上持續深掘和探索。

[2010，2018/12]

砂華自然寫作的在地視野與美學建構

一、婆羅洲雨林

　　馬華文壇以外的評論者，慣以「雨林」概括馬華文學的特質，這種粗淺概略印象，大多來自馬華旅台小說，尤其是張貴興的長篇雨林傳奇《群象》（1998）和《猴杯》（2000）在台灣文壇打響了「婆羅洲雨林」的名堂，更讓這種東馬、西馬不分，小說取代全部文類的印象式理解，其實正突顯讀者對馬華文學的刻板印象。

　　西馬的發展速度遠非東馬能所及，馬華的主要文學資源和寫作人口在一九八〇年代後便大量集中於吉隆坡、檳城、怡保、新山等西馬城市，「雨林」其實是西馬作家和讀者的共同想像物，具有真實雨林經驗的人不多，自然寫作在這裡找不到土壤，這裡是都市文學的地盤。位處東馬的砂拉越則相反，進入一九九〇年代後，大量而密集的出現以散文、詩和報導文學完成的雨林題材，加上來自砂拉

越的雨林小說始祖張貴興，實踐了一種虛構性的雨林書寫，也算不上自然寫作。反倒是，東馬作家兼評論者田思在二〇〇二年提出的「書寫婆羅洲」構想，無形中為自然寫作開闢了一條道路，接脈於前人的成果。有關婆羅洲「雨林」的自然寫作，在砂拉越萌芽。

砂拉越（Sarawak）位於世界第三大島嶼婆羅洲，是馬來西亞十三州裡最大的一州，佔全馬總面積的百分之三十七點五，幾乎等於西馬十一州的面積總和，人口卻只有二百萬左右，是一個不折不扣、名實相符的「熱帶雨林」。它跟西馬隔著南中國海，與西馬截然不同的歷史背景、自然地景以及人口比例，即使說是另一個國度也不為過。砂華作家阿沙曼便表示：「談及砂華文學，大家都肯定它的獨特性。惟這獨特性究竟為何？事實上，除了多元化民族而構成的特殊人文社會外，經由長期的殖民主義統治，直至民族主義思潮產生巨大衝擊，最終導致社會經由量變（抗日、反讓渡、反人頭稅、反麥米倫教育白皮書、反大馬）至質變，地方議會直接選舉，加入大馬之社會變革的整個歷史蛻變過程，應該是這個獨特性的重要方面」[1]，這段文字清楚的交待了砂拉越的歷史和社會背景。

砂拉越原是由英國人拉惹（Rajah，即統治者）布洛克（Brooke）家族所統治，一九四六年才把政權讓渡給英國政府，結束百年統治。布洛克家族統治期間，西馬是英國殖民地。政治背景之外，砂拉越的歷史、社會及人口組成跟西馬迥然不同，這種先決條件影響了東

---

[1] 阿沙曼：〈璀璨年代文學的滄桑——拉讓文學活動的回顧與探討〉，收入陳大為、鍾怡雯、胡金倫編：《馬華文學讀本Ⅱ：赤道回聲》（台北：萬卷樓，2004），頁645。

馬的文學特質。根據沈慶旺（1957-2012）的觀察，「九〇年代以後，
砂華的文學作品逐漸顯現本鄉色彩，寫作人從本鄉地理環境、歷史、
多元種族社會的結構、社會背景發掘大量的創作題材，這些作品的
特殊題材造就了砂華文學的獨特性」[2]。所謂的「本鄉色彩」，亦即
艾蘭・普瑞德（Allan Pred）所謂的「感覺結構」（structure of feeling），
指的是來自週遭環境的整體經驗形塑而成的書寫風格，是特定社會
及歷史脈絡下的產物。雨林是建構砂華文學的最好資源，也連帶催
生相關評論。

　　西方學者曾以「砂拉越是一片沒有歷史的土地」來描述其原始
和落後[3]。事實卻是，砂拉越擁有一份創刊自一八七〇年，發行迄今
一百三十五年歷史（一千五百多期）的英文雜誌《砂拉越公報》
（*Sarawak Gazette*），所刊論文或田夥調查涵蓋社會、文化、藝術、種
族各種面向，這份厚達二百頁的雜誌如今仍然每年不定期出刊，是
砂拉越研究的珍貴文獻。

　　西馬最大族群是馬來人，在砂拉越他們卻是第三大族群，原住
民伊班人（Iban）佔人口比例一半以上，華人次之。伊班人和華人互

---

[2] 沈慶旺：〈砂華文學的迴響〉，收入《馬華文學讀本 II：赤道回聲》，頁 609。

[3] 一九五八年蒙乃（P. Mooney）在《砂拉越憲報》寫了一篇文章，指出「砂拉
越是一處沒有歷史的地方，沒有古跡史實，唯一能夠推源溯流的，只有近代史
跡以及尋獲的史前殘骸而已。」引文原出自 Tom Harrison：〈尼亞岩洞發掘史〉，
收入王伯人編譯：《婆羅洲四萬年》（古晉：ABC 出版社），頁 257。本文轉引自
林青青：《砂拉越伊班族的民俗、說唱藝術及其華族文化色彩》（詩巫：砂拉越
華族文化協會，2005），13-14。

動頻繁，且二者文化交互影響之處甚多[4]，因此不難理解為何伊班人、伊班食物、長屋等成為砂華文學的重要題材，這是砂華雨林書寫[5]與台灣的自然寫作迥然相異之處。沈慶旺甚至以各族原住民為主題，完成主題式詩集《哭鄉的圖騰》，是為馬華文學第一部華人書寫原住民的詩作。根據沈慶旺長期的田野調查，砂拉越原住民包括本南（Penan）、肯雅（Kenya）、普南（Punan）、達蘭烏山（Telang Usan）在內，竟有四十族之多[6]。此外，有愈來愈多華人學者投入伊班文化的社會學研究，數量直追華人社會史。

　　一九九〇年代以後，隨著雨林開發，接踵而來的破壞和污染催生砂華作家的環保意識，比較特殊的是，台灣的環保文學使用的文類多為散文或報導文學，砂華的卻是以詩和散文齊下。吳明益論述台灣的自然寫作時把詩排除在外[7]，環保詩卻恰好是砂華的最重要特色。本論文第一節首先「正名」——以台灣為主要參照系的自然寫作定義，檢討自然寫作在砂拉越的可能，究竟砂華的「婆羅洲書寫」是原鄉書寫，抑或自然寫作？可不可能是二者的混合，正好突顯砂華的文學特色？第二節則論述書寫婆羅洲的工程是如何、以哪一種

---

[4] 詳細資料可參考林青青《砂拉越伊班族的民俗、說唱藝術及其華族文化色彩》。

[5] 為了方便論述，在正名之前，先以「雨林書寫」名之，雨林書寫相對而言是一個較寬泛的名詞，涵括自然寫作，有自然寫作的地方未必有雨林，有雨林的地方自然而然的會催生自然寫作。

[6] 四十族的族群名稱，詳見林慶旺：《蛻變的山林・序》（吉隆坡：大將，2007），頁 11-12。

[7] 見吳明益：《以書寫解放自然——台灣現代自然書寫的探索（1980~2002）》（台北：大安，2004），頁 26-27。

方式進行，簡而言之，即砂華作家如何以文字重構雨林。第三節則專論砂華的環保文學，論述文類包括散文和詩，並援引報導文學以為輔助資料。第二和第三節同時將導引出砂華自然寫作的美學建構。

二、變動中的義界：自然寫作，或原鄉／在地書寫？

　　台灣的自然寫作經過四十年實踐，已經逐漸發展到理論建構的層次。自然寫作是一種跨文類的知性寫作，在主觀感情和經驗上加入大量的知識元素，因此它是文學「創作」與報導文學的混合體。例如劉克襄便表示「割捨本質的憂鬱和感性。割捨詩」[8]、「讓渡給自然科學家做主」[9]，他的「小綠山系列對比砂華的雨林書寫」長期觀察住家附近的生態，以知性美學為訴求，盡量不以個人情感干預自然，他希望這系列觀察成果可以成為下一代的生態教育。

　　劉克襄是當代台灣自然寫作的重要作者，主編多部自然寫作選集，同時兼有自然寫作的論述，「小綠山系列」從創作者的角度展示結合自然史與自然科學的「區域自然誌」寫作方式，然而割捨憂鬱和感性，並非完全摒棄文學之筆，他毋寧想傳達的是，盡量避免「詩」的、抽象的、象徵的、想像的主觀特質，以免掩蓋了自然給人的啟發，成為主觀的抒情，因為自然寫作本是以「自然」抒／書寫的次文類。雖然如此，自然寫作亦非純粹記錄和報導的自然導覽，這種

---

[8]　劉克襄：《小綠山之歌》（台北：時報，1995），頁9。

[9]　《小綠山之歌》，頁12。

雜糅文學創作和報導文學的自然寫作觀，十分具有參考價值。

　　吳明益在二〇〇四年出版《以書寫解放自然——台灣現代自然書寫的探索》，厚達六百三十七頁，無論在深度或厚度上，都是一本重要的台灣當代自然論述成果，是目前為止立論最完善，最值得參考的本地學術鉅著。他定義自然寫作時，歸納出六個特質：（一）以「自然」與人的互動描寫的主軸——並非所有涵有「自然」元素的作品皆可稱為自然書寫；（二）注視、觀察、記錄、探索與發現等「非虛構」的經驗——實際的田野體驗是作者創作過程中的必要歷程；（三）自然知識符碼的運用，與客觀上的知性理解成為行文的肌理；（四）是一種以個人敘述（personal narrative）為主的書寫；（五）已逐漸發展成以文學糅合史學、生物科學、生態學、倫理學、民族學、民俗學的獨特文類；（六）覺醒與尊重——呈現出不同時期人類對待環境的意識。吳明益並且特別強調「覺醒人類的生存與自然的生存其實是一個共同體」以及「尊重自然萬物在地球上的生存權利」。[10]

　　台灣的自然寫作經過三十年摸索，投入大量寫作人力和論述才出現的成果，不必然是在荒野，在都市的邊緣或鄉鎮，亦能觀察到自然的脈動，稱之為成熟的自然寫作也不為過。自然寫作在台灣是一種獨特的文類，由一支品牌鮮明的寫作隊伍所組成，換而言之，他們建立了一套完整的寫作規範：知識／知性絕對凌駕感性；實地觀察之外，尚須有一定的自然科學知識可供調度、援引；生態中心的思考超越人本中心；且大部分的自然寫作者以繪圖或攝影作為自

---

[10] 《以書寫解放自然》，頁 19-25。

然寫作的必要輔助，這也說明了客觀書寫和記錄之必要，「觀察而不介入」、「理解卻不佔有」[11]是基本態度。

雖然如此，吳明益仍然強調「文學性自然寫作」、「感性的自然地誌」，自然寫作仍然需要文學性的文字表達和情感投入。他也承認，文學家要跨界自然科學需要相當長久的時間，要求獲得自然科學的研究成果無疑是高要求，「但一定程度的知識是絕對必要，且是寫作時的『基礎』，否則很難深入自然事物之中」[12]，吳明益的兩本自然寫作《迷蝶誌》和《蝶道》便是他投入大量時間和心力長期觀察、記錄蝴蝶的成果，我以為這兩本書實踐了他所謂「有詩人心靈的科學家；或有科學知識的文學家」的自然寫作律求。

自然知識符碼的運用，糅合史學、生物科學、生態學、倫理學、民族學、民俗學，以及客觀知性理解等，近於「博物學者」的高要求，砂華的雨林書寫無疑很難面面俱到。我在〈憂鬱的浮雕──論當代馬華散文的雨林書寫〉一文中，嘗試指出：「潘雨桐的雨林書寫雖是首航，卻示範了一套繁複的美學，開拓混合環保、旅遊以及專業訓練的一種散文類型，乃至某種程度的小說性」[13]，在深度和廣度上都為馬華散文開闢了一扇新的窗口，可視為雨林散文的拓荒者，稱之為「雨林書寫」而非「自然書寫／寫作」，主要是〈東谷紀事〉（1995）和〈大地浮雕〉（1996）擁有頗強的故事性，具情節設計、

---

[11] 《以書寫解放自然》，頁 21。

[12] 《以書寫解放自然》，頁 62。

[13] 鍾怡雯：〈憂鬱的浮雕──論當代馬華散文的雨林書寫〉，《無盡的追尋──當代散文的詮釋與批評》（台北：聯合文學，2004），頁 176-177。

感染力的文學語言，對沒有雨林經驗的讀者／評論者而言，那確實是雨林「傳奇」，混雜了感性／抒情以及博物學式的寫作方式。

　　然而，那可不可能是另一種類型的「自然寫作」？吳明益以台灣為場域、以漢族作品為討論對象為前提的義界，值得商榷。尤其台灣的原住民世居大自然，原住民文學中有許多自然寫作的豐富礦藏，且原住民作者著述頗豐，不討論原住民非常可惜[14]。砂華的原住民由於教育程度不高，多半不諳漢文，目前未見以華文創作的原住民文學。不過，原住民卻是砂華雨林書寫中極為重要的一部分；在台灣，以漢文創作的原住民有夏曼・藍波安、田雅客、瓦歷斯・諾幹、亞榮隆・撒可努等，他們為台灣的自然寫作累積了豐碩的成果。

　　自然寫作仍在不斷的書寫，隨時可能更改其文類義界，如果吳明益的定義是「暫時性停影」[15]，且是以「台灣為中心」、「漢族為中心」的「暫時性停影」，則砂華的雨林書寫便有討論的空間。混合環保、旅遊、原鄉／在地書寫以及專業知識的雨林書寫，乃至某種程度的小說性[16]，沒有提供鉅細靡遺的物種細節、缺乏（不夠）客觀、想當然爾的書寫方式，以及大量原住民題材，反而是另外一種

---

[14] 吳明益亦表示，台灣的原住民長期與自然相處，他們對野地的態度和漢族不同，不論是因為「討論原住民的作品，有必要對各族的文化、歷史與生活習慣深入瞭解，而我目前並不具備這些專業知識」、「應該對各族的傳說、神話等文化脈絡中理出頭緒，再論及台灣文學的互動文疊」（《以書寫解放自然》，頁 26）。

[15] 《以書寫解放自然》，頁 32。

[16] 對沒有雨林經驗的讀者而言，打獵和獵人頭是不折不扣的蠻荒傳奇，如同拉美的魔幻寫實的「魔幻」對在地人而言是寫實多於魔幻，對文明世界的讀者而言卻是魔幻多於寫實。

對照。此外，還有「詩」——劉克襄的自然寫作禁忌，然而，焉知不
可？砂華的環保詩或許是很好的義界反思，另一種自然寫作的可能
性——自然寫作不是散文或報導文學的專利，詩亦大有可為。因此
我大膽論定，把雨林書寫視為廣義的自然寫作，它可以擴展、改寫、
延伸乃至挑戰自然寫作的內涵。砂華某些粗疏或有缺失文本或許是
自然寫作的胚胎，相當於台灣早期的自然寫作，這亦是不爭的事實。
放諸華文文學而皆準，而不是狹隘的排他性區域寫作，如此，自然
寫作的義界將更周延，更具包容性[17]。

三、以文字重構雨林：「在地」式的自然寫作

　　《憂鬱的熱帶》是李維・史特勞斯（Claude Levi-Strauss，或譯李
維・斯陀）一九五五年完成的作品，原是他在亞馬遜森林做的人類
學調查。這本著作橫跨人類學和文學，帶著強烈個人特質，糅合史
學、生物科學、生態學、倫理學、民族學、民俗學，兼有環保和旅遊
等要素，要視之為旅遊文學亦可。雖然李維・史特勞斯一開始就說：
「我討厭旅行，我恨探險家」[18]。《憂鬱的熱帶》精彩之處在於作者
結合洞識和想像，示範了散文和知識整合的可能，它是文學的，同

---

[17] 這不禁令人想起華文文學最大的書寫區域中國大陸，那地大物博之地似乎應
該孕育出質量更為可觀的自然寫作，相較之下，彈丸之地新加坡反倒努力建構
起自身的環保文學，這一文學現象似乎是一個值得探討的華文文學議題，留待
他日撰文再論。
[18] 李維・史特勞斯著，王志明譯：《憂鬱的熱帶》（台北：聯經，1999），頁1。

時也是知識的，與當代的自然寫作殊幾近之，雖然《憂鬱的熱帶》原初並非以文學為出發點，更與「自然寫作」無涉。

　　砂華的自然寫作和《憂鬱的熱帶》所呈現的特質頗為相近；砂華文學最早起始於「原鄉書寫」，一種素樸的寫作目的，卻因為砂拉越的自然地理環境，讓文學與自然順勢接軌，在評論與寫作交互影響下，逐漸出現自然寫作的隊伍[19]。田思在〈書寫婆羅洲〉表示：「書寫婆羅洲的最大資源是熱帶雨林自然環境與多元文化的社會背景」[20]，田思的觀點同時也解釋了為何砂華自然寫作中的雨林探險，以及原住民題材佔了極為重要的比例。砂華的自然寫作是在雨林書寫當中成長起來的，砂華的文學著作大多出版於一九九〇年代以後，它正在慢慢形塑一種以「在地」知識加上「在地」作者，屬於婆羅洲的自然寫作。

　　對在地（砂拉越）作者而言，砂拉越這「地方」（place）不只是一個客體，而「一個動人心的，有感情附著的焦點；一個令人感覺到充滿意義的地方」[21]，當代空間理論學者艾蘭‧普瑞德（Allan Pred）

---

[19] 除了文學以外，砂華的報導文學成果亦頗為可觀，包括詩巫記者黃孟禮的《24甲──尋訪拉讓江、伊干江福州人村落》和《情繫拉讓江》，記者李振源的古晉系列報導《後巷投影》，蔡增聰《伊班族歷史與民俗》等均是瞭解砂華的重要作品。

[20] 田思：〈書寫婆羅洲〉，《沙貝的迴響》（吉隆坡：南大教育與研究基金會，2003），頁179。

[21] 艾蘭‧普瑞德（Allan Pred）著，許坤榮譯：〈結構歷程和地方：地方感和感覺結構的形成過程〉，收入夏鑄九、王志弘編：《空間的文化形式與社會理論讀本》（台北：明文，1994），頁86。

如此定義了「地方」。段義孚（Tuan, Yi-Fu）、瑞夫（Relph）等則強調，「經由人的住居，以及某地經常性活動的涉入；經由親密性及記憶的積累過程；經由意象、觀念及符號等等意義的給予；經由充滿意義的『真實的』經驗或動人事件，以及個體或社區的認同感、安全感及關懷（concern）的建立；空間及其實質特徵於是被動員並轉形為『地方』」[22]，地方於是具有「地方感」，書寫婆羅洲（砂拉越）最大的意義便在這裡——雨林、動物、植物、人（以原住民和華人為主）、土地、水（拉讓江）這些「高度可意象性」（imagability）之物所構成的土地社群（land community），加上漁獵活動，使得砂華的自然寫作充分體現「地方感」，成就高辨識度的雨林傳奇。

（一）地方感：以在地知識獵釣雨林

楊藝雄（又有筆名雨田、田石）的散文集《獵釣婆羅洲》便是「書寫婆羅洲」的一次豐收。他擅長處理人和大自然之間的關係，對野生動物著墨尤多，不只見證雨林帶血的生猛生活，更為好奇的讀者打開一扇窗。楊藝雄生於砂拉越拉讓江口的布拉歪村，曾因反英殖民地政府而身陷囹圄，當過報館工人，亦曾經商，經營農牧和養殖業，並且常常入山打獵，豐富的人生經歷使他的自然寫作融合「環保文學」、「生態文學」以及獵野傳奇等特質。經由這種經常性活動的涉入，充滿意義的「真實的」經驗，楊藝雄把雨林從「地方」轉變成「地方感」，他在《星洲日報・星雲》版的專欄名為「山野奇

---

[22] 《空間的文化形式與社會理論讀本》，頁 86。

談」，所謂「奇談」者，乃以讀者的角度觀之，是謂誇大奇誕的鄉野傳奇；對於長期生活在雨林的說故事者而言，卻是平常無比的生活。

「山野奇談」後來結集成《獵釣婆羅洲》，這本充滿野性的「生猛」散文，以文字和照片為我們展示「殘酷的美感」。獵釣者在大自然中與野獸水族搏鬥；長期與野豬、野牛、猴子、四腳蛇（大蜥蜴）、鱷魚、蛇等為伍，楊藝雄為讀者打開百科全書式的雨林經驗，書寫人性與獸性的纏鬥。旅遊文學當以此為鑑，方可知旅人和在地人的視野相比其差何止千里。楊藝雄下筆常帶「情感」，例如母鱷、母野豬性雖兇殘，他卻特別著眼於牠們的護幼母性。大自然把飛禽走獸供人類食用，而人的智慧當貢獻於保護自然的完整和生物鏈的延續，例如他不釣小魚，因為那是對大自然的詛咒。雨林傳奇成了楊藝雄的獨門絕技，〈穩快準狠〉、〈牽豬找老公〉、〈摸熟豬性〉充分掌握「豬性」、〈上當的四腳蛇〉和〈引鱉上當〉的人獸交戰，或是〈引鱉出穴〉對鱉的習性之詳細觀察，都是極為精彩的自然觀察：

> 泥碳地縱橫交錯的川溪也是泥鰍、小鰻和細蝦的生息地，這些含高白質的魚蝦，給河鱉補充營養與鈣質。沼澤長草，也是努鱉的搖籃。再加蔭爽和陽光充足，河鱉生機旺盛。只是大鱉平時深潛溪床或河岸洞穴，對噪音與水溫十分敏感。靜夜裡，水溫達二十七八度它最為活躍，食慾也大增。釣鱉講究初汐和久旱逢雨之後，那時溪岸經雨水沖刷，陸上野果傾注川溪，鱉便在靜水之中大快朵頤。[23]

---

[23] 楊藝雄：〈引鱉出穴〉，《獵釣婆羅洲》（吉隆坡：大將，2003），頁131。

這段敘述交代了鱉的食物和生態環境，以不涉感情的客觀筆法傳達鱉的生態史，若非經過長期的追蹤和觀察，實不可能有如此詳盡的細節，從鱉的食物，鱉對溫度和聲音的喜好等描寫，充分展示楊藝雄豐富的自然科學知識積累，以及長期涉入雨林，與環境互動的成果。他的散文令我們深信，唯有具備一定自然科學知識的文學家，才能深刻探觸到事物的核心。

　　順子（黃順柳）刊於《星洲日報》的「清澈的砂隆系列」跟楊藝雄一樣，同屬雨林傳奇，然而寫作時間更早（一九九二），所寫題材亦頗為相似。譬如〈鱉〉、〈養鱉和「加雷」〉、〈「攔魚」〉、〈毒魚〉、〈「搖艣」上灘〉等均屬千字小品，或許受限於字數，或許順子預設的「隱藏讀者」（implied reader）是對雨林全然陌生的局外人，因而他的書寫方式偏向白描，感性減少，知性（報導性）增加，譬如刺鱉的工具和訣竅是：「這種魚叉又尖又利，形似鐵鉤，而且它只是套在木柄上，不曾用鐵釘加以釘住。一旦刺中鱉，魚叉就脫離木柄。魚叉上繫有長十幾二十呎的細藤，藤會浮水，所以不管鱉將魚叉帶往何處，刺鱉的人只要找到細藤，慢慢的將藤收回，到最後鱉想逃也逃不掉」[24]，捕鱉的知識源自不斷積累的生活經驗，跟楊藝雄一樣，順子的自然寫作建立在自然科學上，以及對地方的熟悉和瞭解，誠如艾蘭·普瑞德指出，「地方具有『真實感』（authentic and inauthentic）有深沉的象徵意義，一序列被深深感動的意義，建立在對象、背景環境、事件，以及日常實踐與被視為理所當然的生活的基本特殊性

---

[24]　順子：〈鱉〉，《星洲日報》（1992/08/19）。

的性質之上」[25]，楊藝雄和順子的真實感來自對雨林的熟悉，這使得他們的自然寫作充滿地方感。

（二）紀實與觀照：原住民的文化思維

原住民主題是砂華自然寫作的一大特色，特別是和華人來往較密切的伊班人，伊班人住長屋，民風驃悍，以獵人頭聞名，在西方人眼裡常被視為「野蠻民族」，布洛克家族曾經禁止，不果。能夠成功獵取人頭象徵伊型男人成年，人頭愈多，表示男人社會地位愈高，處理人頭尚且有一套慎重的禮儀。頭顱是伊班人的重要祖產，凡有重要祭祀便會取出重新祭拜一番，他們認為善待人頭便會獲得庇佑。這種奇特的民族性成為砂華作家重要的題材，梁放在〈長屋〉一開頭便說：「和犀鳥一樣，長屋也成為砂拉越的標誌」[26]，這篇散文是一篇伊班人的風俗誌，從伊班人的禁忌到生活習慣，乃至喪葬都有詳盡的敘述。以下引文可以見出梁放對伊班人獵人頭的習俗既有文學性描寫，亦有人類學考察：

> 人頭擁有人數決定一個人的財富與勇敢。少女們也以人頭的多少為擇偶條件哩。長屋與長屋之間曾有許許多多的糾紛，互相殘殺中以收集敵人的頭顱為能。不過話又說回來，一個若得到他們愛戴與崇拜的人的頭也不能倖免，因為他們相信只有這樣才能永遠保住心目中的偶像。每逢祭鬼的日子一到，這些歷史的陳品一個個的排列出來，伊班同胞們給它們

---

[25] 《空間的文化形式與社會理論讀本》，頁87。
[26] 梁放：〈長屋〉，《遠山夢回》（北京：文化藝術，2002），頁97。

> 餵糯米飯，灑米酒，間中還涕淚俱全地大聲哭號，無不讓旁
> 觀者毛骨悚然。[27]

這段文字特別指出，伊班人所獵的人頭不一定是仇敵，有時是至愛的友人。林青青在論文裡指出：「這些人頭對他們來說，比稻米或其他財產更加珍貴」，「他們（伊班人）的後代通常會盡全力保護先人的頭顱，即便是砍下先人的頭顱，將頭顱和軀體分開埋葬也在所不惜」[28]。長屋是許多讀者／遊客對砂拉越的第一印象，然而梁放並未停留在浮光掠影的層次，他把長屋這個高度可意象性的空間過渡到文化層次，轉而去寫長屋文化，經由真正的「生活經驗」去呈現其「感覺結構」（structure of feeling），也就是「在特殊地點和時間之中，一種生活特質的感覺；一種特殊活動的感覺方法所形的思考和生活的方式」[29]。或許對「文明人」最不可思議的事情是，伊班人對待最愛（至親至愛）和最恨（仇敵）的人如出一徹（獵其人頭），〈長屋〉成功的把握住這種「感覺結構」，寫出他進出雨林長期與伊班人接觸的經驗。

　　田思〈寶刀的故事〉則以伊班人常使的利器寶刀作為主意象：

> 這真是一把古樸而精緻的寶刀啊！從刀柄到整個刀身約長
> 二尺，刀型微彎，像日本刀；刀柄是銅製的，雕鏤著密紋精
> 工的花飾，其末端呈陀螺狀，繫以一束人髮。刀鞘異常美麗，
> 鑲著雕紋的銀箔，還串著許多珠貝和幾個古老的小銅鈴。抽

---

[27] 《遠山夢回》，頁 98。

[28] 《砂拉越伊班族的民俗、說唱藝術及其華族文化色彩》，頁 32。

[29] 《空間的文化形式與社會理論讀本》，頁 91。

> 刀出鞘，一股幽幽的冷光教人悚然想起那獵取人頭的杳遠史
> 實。[30]

寶刀象徵權力和勇氣，寶刀的第一代主人曾經用它砍死日軍，第二代主人則是現代長屋酋長，第一代主人的二兒子。老主人在選擇繼承人時，由於二兒子的夢境符合領袖特質，故傳之。伊班人常以夢境做為重大決定的判決要素，這也極不符合「文明人」的處事原則。田思以寶刀為切入點，寫出身為大自然一分子的伊班人的生活風俗，特別強調寶刀的飾品是「一束人髮」，點出特殊地域的文化經驗。

〈加帛鎮之晨〉和〈長屋裡的魔術師〉則分別為讀者提供東馬的雨林圖景。加帛是拉讓江中游的一個小鎮，田思用寫意的筆法點染加帛的日常生活，華人和伊班人混雜而居，彼此相安無事。華人賣豬肉，伊班人賣鹿肉；街道上的「土著」臂上紋花耳上穿洞，亦有穿著入時的年輕人；華人的傳統建築和原住民的房舍相映。這些混血的圖象很可能成為旅遊文學大書特書的題材，對於一個「在地者」，這些卻是再尋常不過的景象。〈長屋裡的魔術師〉也同樣呈現「華人和達雅人本來就是好朋友」[31]的種族融和視角。亞武是華人，入贅而成達雅女婿。他是魔術師，以魔術娛眾為樂，同時亦可視為懂得兩族（華人和達雅人）和睦共處的魔術。亞武在晚會中跳舞，博得眾人喝采，那喝采亦可視為不分種族的掌聲。

跟楊藝雄和順子相較，梁嬌芳等人所合寫的《林中傳奇》則粗

---

[30] 田思：《田思散文小說選》（古晉：砂勝越華文作家協會，1996），頁 36。
[31] 《田思散文小說選》，24

疏得多。這本書大部分篇章完成於一九九〇年左右，共分兩輯，輯一以自然生態為主，輯二則是林中漁獵。

如果把這本書和楊藝雄的《獵釣婆羅洲》視為同樣「路數」之作，那麼《林中傳奇》可說是《獵釣婆羅洲》的胚胎。特別是輯二，二書所處理的動物意象包括野豬、野牛、猴子、四腳蛇（大蜥蜴）、鱷魚、蛇等幾乎相同，然而後者往往點到即止，抒情成分高，知識羅列少；可觀之處是對少數原住民的貼身觀察，譬如〈森林之子〉寫柏南族（Penan）的語言、風俗、舞蹈、打獵等文化與風俗，抽離主觀敘述，糅合民族學和民俗學的知識，以近乎報導的方式細筆摹寫，其地方感的呈現來自敘述者對（包含人事物）的關懷領域（fields of care），以及空間和環境認同——柏南族和敘述者因為共同出入相同場所（雨林）所形成的好奇，作者表示：「雖然已見過不少已定居的柏南族，但對於那據說是現今世上僅有的、最原始的遊獵民族——沒有從事任何土耕的土柏南，還是帶著強烈的好奇心。」[32]

雨田（即楊藝雄）在〈肯雅人的獵犬〉則以他豐富的雨林經驗錨定（anchoring）肯雅人（orang Kenya）的獵釣生活，作者以一段融合地理位置和人文視野的開頭標明他獨特的觀察：

> 拉讓江上游加帛（Kapit）鎮附近的大支流巴厘河（Batang Baleh）河長流量大，早年河水澄碧冰涼，儼然唐山美玉。由加帛出發，上溯河源，二十五匹馬力舷外艇，得花三天兩夜方可抵達肯雅部落聚居的 Long Singut，是河源上最後一座

---

[32] 梁嬌芳等著：《林中獵奇》（詩巫：詩巫友誼協會，2000），頁34。

> 長屋。長屋座落在大片平原上,倚山面水,遠處翠峰環抱,
> 水聲遙傳,偶然的猿啼系哨雉鳴,宛然人間仙境。平原上土
> 地肥沃,種植的蕃薯、花生聞名遐邇,只因交通不便,因此
> 多數人只聞盛名而難免向隅。[33]

此文令人想起《憂鬱的熱帶》,李維·史特勞斯造訪亞馬遜流域和巴
西高地森林,尋訪那原始的人類社會;《憂鬱的熱帶》的成就除了是
人類學的,尚因為外人「罕」至,或者因為外人「無法」至,雨田此
文亦然。尋訪該部落得花三天兩夜,「只因交通不便,因此多數人只
聞盛名而難免向隅」,於是在地人雨田遂以其在地知識/優勢為讀者
提供一篇糅合地理、生態、環境、動植物的自然觀察,知性筆法乾
靜俐落,它代表的是砂華自然寫作的典型──入得了雨林,提得起
筆──「在地」知識加上「在地」作者,建構出獨特的砂華自然寫作
美學。同樣寫肯雅人,沈慶旺的〈自然界的預言──鳥兆〉則從人
類文化學的角度單純記錄肯雅人如何解讀「鳥的叫聲」。他們深信一
種叫「伊夕」的尖嘴鳥和雜毛啄木鳥鳴聲皆為不祥預兆,一種叫「貢」
的鳥鳴宛如大笑,是他們深感畏懼的「死鳥」,表示隨時會遭遇不測。
肯雅人的耕作、狩獵都由鳥兆決定。這系列散文提供一個「在地」
的觀察角度。

然而沈慶旺最具開創性的自然寫作不是散文,而是詩。《哭鄉的
圖騰》以原住民為題材,三十首詩為一系列結構,詩集中並穿插多
幀作者所拍攝的照片。我以為這些照片必需視為詩的一部分,而非

---

[33] 雨田:〈肯雅人的獵犬〉,《國際時報》(2005/08/15)。

附錄，因為對原住民一無所知的讀者，以詩的方式進入原住民的世界必然十分困難。詩的創作要在現實基礎上剔肉取骨，沈慶旺其實是選擇了一種難度較高的表達形式，處理高難度，且又是華文世界陌生的主題，以照片作為詩的互文，正好註釋詩所使用的高度象徵和概括性語言，同時幫助讀者更快進入詩。

　　沈慶旺在寫這部詩集之前，曾深入原住民世界多年。他獵取的是原住民的生活與文化，時而化身為原住民，以第一人稱的視角書寫原住民所觀察到的世界和文明，正因為如此，一種以原住民為出發點的視野，使得他的切入角度迥異於當代的砂華作者，例如〈萎縮的部落〉：「老師是從很遠很遠很遠的城市中流放來的／語言不通／無所謂／反正用國語[34]教學／反正不教原住民文化／反正上課下課」，[35]原住民文化跟雨林一樣，正被文明和現代化沖刷，新一代的原住民不止將失去山林，也面臨喪失母語的窘境。他們的傳統亦然，〈年青過的傳統〉便指出原住民身上的圖騰是「文明的詛咒者」[36]。面對故鄉，他們只能「哭鄉」，沈慶旺《哭鄉的圖騰》以「傷逝」的態度為原住民發聲，他彷彿在暗示，那些建立在民族學、民俗學或人類學的田野調查資料，或許有朝一日，將不幸的成為「考古學」材料。

　　砂華的自然寫作偶爾呈現出原住民的大自然哲學，例如林離在〈獵〉中跟隨加央（Kayan）族老人可彬出獵，可彬的一番話充分表

---

[34] 國語即馬來語。

[35] 沈慶旺：《哭鄉的圖騰》（詩巫：詩巫中華文藝社，1994），頁112。

[36] 《哭鄉的圖騰》，頁73。

現出原住民的哲學:「一切來自大自然,一切也歸於大自然,這是我
父親告訴我的,取於斯、歸於斯,如果有多餘的也只是浪費」[37],
狩獵是原住民賴以生存的方式,然而狩獵不是濫殺,大自然供給人
類食物,享用供給時人類必需同時照顧到生物鏈的連續和自然的完
整,否則將造成物種的消耗和滅絕,形成災難而影響生態系統,因
此可彬「限度取用」的環境價值觀(environmental values)雖然簡單,
卻是維持生態平衡的自然法則,同時也符合「我們只有一個地球」
的環保議題。

四、我們只有一個婆羅洲

　　砂拉越境內百分之八十左右是森林,河流縱橫交錯。自古以來
河流是砂拉越的命脈,其中全長五百六十三公里長的拉讓江(Batang
Rajang)是主要的交通要道,它亦是全東南亞第一大河。可是隨著現
代化(濫砍、建壩以作水力發電之用、開發用作耕地等)而來的生
態污染,卻成為砂拉越生態最大的致命傷。田思在〈草木堪憐,山
水何辜──談砂拉越的環保詩〉中指出,砂拉越詩人的環保題材始
於一九九〇年代,是砂州在政治經濟開始大幅度發展之時[38]。一九
九〇年代動工的巴貢水壩(Bakun Dam)是全東南亞的最大水壩,於
二〇一一年啟用,成為世界上最高的水壩之一。「近年來,砂拉越州

---

[37] 林離:《水印》(詩巫:砂拉越華族文化協會,1996)。
[38] 《沙貝的迴響》,頁26。

政府與砂拉越能源公司正在開展『砂拉越再生能源走廊（SCORE）』計畫，將在當地修建共十二座水壩。……工程的修建將造成三萬四千公頃熱帶森林被淹—面積等同於半個新加坡，數萬土著居民將被迫遷徙異地，很多傳統民居長屋（longhouse）將被毀」[39]，而且馬來西亞出口的熱帶樹木乃全球之冠[40]，雨林的噩夢未能終了，任何的開發對大自然而言都是一場災難，動植物生態受影響之外，世居的原住民亦勢必被迫遷移，古老的傳統文化因而消失。對抗壞毀，成為書寫的動力，楊藝雄在〈悵望河海興嘆〉一文便對現代化發出沉痛的批判：

> 一九七零年代，德國和日本製造的鏈鋸及大型機械湧入砂拉越州，千萬年來一直存在著的原始雨林，就再也不能倖免於難。經過二三十年來無遠弗屆的開山伐林和在高峰深壑闢路造橋，結果山泥崩瀉，覆蓋了川溪，也污染了河流。在擎天老樹崩倒的同時，帶起了的周邊行業：拖排、機械修理廠、木材加工廠、造船和運輸業的興旺，油脂和化學藥劑更使河川壓力加劇，脆弱的水生物哪堪摧殘？終於一一消失了。有

---

[39] 子川：〈聚焦砂拉越：大壩爭議與油氣產業〉，《BBC 中文網》（2015/05/29）＜http://www.bbc.com/zhongwen/trad/world/2015/05/150529_malaysia_sarawak_2＞

[40] 根據 Tapang rain forest，烏舜安呷編譯：〈馬來西亞非法出口木材為全球最高〉的報導：「今年 5 月 24 日出爐的最新調查報告顯示，馬來西亞在 2013 年共出口 345 萬 5000 立方米熱帶木，為全球最高的出口國」。詳見：《達邦樹‧無聲的吶喊／ The Silent Scream of TAPANG TREE》（2016/06/04）＜https://tapangrainforest.org/2016/06/04/馬來西亞非法出口木材為全球最高＞。

些河魚，如 Empulau、Tengalak、Semah 和 Kolong 等熱帶雨林珍貴的魚種，從當年每斤兩元，暴升至如今每公斤百多兩百多元。[41]

所謂的現代化是資本主義一連串無限度需索大自然的結果，必將消耗和滅絕物種，形成災難，破壞生態系統，如今已成開發中國家的全球化議題，五十年前，李維・史特勞斯便說，他希望能活在真正的旅行時代，「能夠真正看到沒有被破壞，沒有被污染，沒有被弄亂的奇觀異景其原本面貌」[42]。彼時破壞已經進行，「沒有破壞和污染」的想望根本是烏托邦，世界永在壞頹中，當人類意識到環保，恆是破壞和污染經已開始之時，正如李維・史特勞斯所揭櫫的：「我在抱怨永遠只能看到過去的真相的一些影子時，我可能對目前正在成形的真實無感無覺，因為我還沒有達到有可能看見目前的真象發展的地步。幾百年以後，就在目前這個地點，會有另外一個旅行者，其絕望的程度和我不相上下，會對那些我應該可以看見但卻沒有能看見的現象的消失，而深深哀悼」[43]。這番話奇異的預言了環保意識的寫作者所書寫的現象，不必等到幾百年，五十年後，楊藝雄這段話便呼應了李維・史特勞斯的觀察。

　詩巫（Sibu）資深記者黃孟禮曾實地走訪拉讓江，輔以一百八十張照片，就人文、地理、歷史和人類學各方面寫成的報導文學《情繫拉讓江》，是迄今為止瞭解拉讓江的最完整資料，他在自序裡表示：

---

[41]　《獵釣婆羅洲》，頁 200。

[42]　《憂鬱的熱帶》，頁 39。

[43]　《憂鬱的熱帶》，頁 40。

「拉讓江因為是全馬最長河流，又是許多詩人與作家的筆下題材、
靈感的來源，一直是中區人民的母親河……童年泅泳的天然浴場，
現在成為連腳都不敢伸下去的黃泥江。尤其在這條河的上下游巡禮
數次，童年的那條江已消失了，心中的起伏如江水滔滔滾」[44]。拉
讓江無論就現實面或精神面，均被視為母親河，每天最少養活五十
萬名散居，亦是作家的精神母親。污染催生一批以拉讓江為主題的
環保文學，砂華的環保主題不僅出之於散文，亦出之於詩，這是砂
華環保文學異於台灣自然寫作之處。

　　沈慶旺於二〇〇一年發表系列小品，地標便鎖定拉讓江。〈在我
們那個年代的魚〉描寫拉讓江的部落老人們，如今只能回憶他們那
個美好的年代：

> 每年樹杞成熟時，也是魚兒最肥美的時刻，一群群的魚兒，趁
> 著月光追逐飄浮在水面的杞實，含高脂肪的樹杞果實，把這些
> 魚兒一條條養得肥潤可口；清澈的江水清可見底，只要看看魚
> 兒在哪就在哪下網，包管滿載而歸；每年十一、二月雨季來臨，
> 河水可暴漲至河岸上甚至淹沒長屋二樓曬台。[45]

這段文字可解讀成雨林的訃文，也是失去的桃花源和烏托邦，而今
拉讓江遭濫伐，殘餘農藥流入河流，幼魚暴死，以及土石流。今昔
形成強烈對比，亦同時掠奪原住民的生活資源，影響他們的居住環
境。「在我們那個年代」指的是一九五〇、六〇年代，也是《憂鬱的

[44] 黃孟禮：《情繫拉讓江》（詩巫：砂拉越基督徒寫作人協會，2002），頁7。
[45] 沈慶旺：〈在我們那個年代的魚〉，《星洲日報・星雲》（2001/10/24）。

熱帶》完成的年代。五、六十年後,熱帶不止憂鬱,甚且是令人憂慮的。這篇散文沒有控訴,只有老人們對那已經瓦解的,舊的好東西的懷念。

　　沈慶旺〈都市與叢林〉有此一問:「如果至今人類還留在那叢林裡,這世界將會是甚麼樣子?是仍然荒涼?還是依舊自然?還是早已不復存在呢?」[46]沈慶旺的提問是每一位自然書寫書所面對的問題,亦是一個具有道德意識主體的提問。人與自然的關係是互動,不是佔有,一旦以人類為本體的中心思考,必將導致「生態殖民」──結果則是「江河日下」──被蹂躪過的大自然無法回溯,如同司徒一在〈那條河〉所說的,也許有一天拉讓江終將從河而變溝,而終於自地圖消失,成為考古學的地理名詞,「像考古學家一樣,唯一發現它曾經是河的寶貴痕跡,是分別在它兩端的林曼橋與浮羅比巴橋,兩條橋是這條河滄桑的見證」[47]。

　　李維‧史特勞斯《憂鬱的熱帶》在一九五五年的警告:「在新世界,土地被虐待,被毀滅。一種強取豪奪式的農業,在一塊土地上取走可以取走的東西以後,便移到另一塊土地去奪取一些利益」[48],這段話不幸言中,砂拉越許多土地正被開發,大量種植更具經濟價值的油棕,或蓋大型水壩賣電給外國,所有砂華作家都知道,沈慶旺在《蛻變的山林》(2007)裡用報導文學筆觸記述下來的──部落結構、階級制度、宗教信仰、風俗習慣、藝術創作、生存技能與思維

---

[46]　沈慶旺:〈都市與叢林〉,《星洲日報‧星雲》(2001/07/12)。

[47]　司徒一:〈那條「河」〉,《國際時報》(1999/07/04)

[48]　《憂鬱的熱帶》,112。

方式——原住民圖象，終將隨雨林的現代化一併消失，「我們只有一個婆羅洲」的批判和反思，只是雨林的輓歌，亦是對現實無力的一擊。

本文論述砂拉越自然寫作，指出其特色乃以「在地」知識加上「在地」作者，建構出異於台灣、屬於砂華的自然寫作美學——混合環保、旅遊、原鄉／在地書寫以及專業知識，經由真正的生活經驗而呈現的「感覺結構」。原住民的文化思維，以及他們對大自然的觀點是砂華文學的重要寫作素材。雨林、動物、植物、人（以原住民和華人為主）、土地、水（拉讓江）這些「高度可意象性」之物所構成的土地社群，加上漁獵活動，使得砂華的自然寫作充分體現「地方感」。書寫婆羅洲（砂拉越）最大的意義便在這裡：在特殊地點和時間之中，一種特殊活動的感覺方法所形的思考和生活的方式，正在慢慢成形；再加上環保詩，這幾個特色將改寫、更動自然寫作的義界。

[2006]

沉浸在雨水或淚水裡的魚
——感傷主義者方路

前　言

在六字輩的馬華創作中，方路（1964-）是一位罕見的「感傷」主義者。他主要寫詩和散文，小說創作量較小，著有詩集《傷心的隱喻》（2003）、散文集《單向道》（2005），另有一部詩、散文和小說的合集《魚》（1996）[1]。把方路稱為「感傷」主義者，乃是因為「前六字輩」[2]創作者中大都步入中年期，有的早在開始創作時便有意識

---

[1] 《魚》（吉隆坡：馬來西亞潮洲公會聯合會，1996）的部分散文和詩後來重新再收入《傷心的隱喻》（吉隆坡：有人，2006）和《單向道》（吉隆坡：有人，2006）。

[2] 「六字輩」為一九六〇至一九六九年出生的馬華作家，其中又可以區分成「前六字輩」（1960-1964）與「後六字輩」（1965-1969），其他字輩亦如此類推。

的選擇反省歷史和批判現實作為創作主軸，創作量豐沛的可能歷經風格的轉折和蛻變，「感傷」或者是年少時的遺跡，或者是刻意地被壓縮成為零星的點綴，不會持續並放大地發展成為風格。感傷，尤其是抒「小我」之情的感傷模式，在馬華創作者身上，總有那麼一點「為賦新詞強說愁」的風花雪月意味，很容易被貼上忽略現實的民族主義標籤[3]。感傷是抽象的感覺形容，它跟讀者之間的關係是一種情感上的呼應，理論通常使不上力，評論缺席是這類作品的存在狀態。[4]

　　方路從一九九二年起發表作品，他的散文和詩的主軸通常不是事件，而是高密度的情感，死亡和離別，物傷其類是他最常處理的主題。至於收入《魚》的五篇小說，基本上並沒有逸出詩和散文的範疇。他在《單向道》的自序〈單純地回鄉〉說：「散文，對我來說是一種傷逝的文體」[5]。《單向道》前有題辭「給亡兄李成財」，《傷心的隱喻》的題辭則為「給亡母陳蘇女」。散文和詩對方路而言皆是

---

[3] 方路對此似乎有點警覺，少數的回應時局之作，〈煙花〉、〈遙遠的鄰人〉等詩，或者〈日頭雨〉〈我和我的戰爭日誌〉可視為歧出。不過，無論是政治／歷史，或地方誌的書寫，大抵皆籠罩在傷心或憂傷的表述底下。

[4] 方路的相關評論，主要有陳雪風：〈方路的詩路──評〈詩八首〉〉；除此以外，較多是作為主題式和文學群體綜論中的對象之一，倒是有同行以拼貼（方路）詩的方式表達他熱愛方路的創作，詩名即為〈我愛方路〉，詩末作者表示：「喜愛方路的文學創作，《傷心的隱喻》這本詩集陪同我流落異鄉，不定期地漂泊。而漂流的最終去向，僅是從一座陌生機場，到另一座陌生機場」（無花：〈我愛方路〉，《南洋商報・南洋文藝》・2006/04/15）

[5] 《單向道》，頁 X。

悼亡之書，書寫是祭悼，向過往凝視，張望，是傷逝的結果。「單向道」意味著「無法逆反的時間之流」，姿態因此勢必是「傷心」的。「傷心」是一種生命情調，也是內容，既是情緒，也是風格。

　　方路的散文、詩和小說反覆書寫死亡、貧窮、病痛、對文學單純的追求，這些「事件」全都被壓縮在憂傷的「情緒」裡，事件是背景，情緒是核心，抽象的抒情營造出低靡的氛圍，雨則成為方反覆出現的主意象。實際上，雨在方路筆下並非單純的景，而是情感的外化，即情之所托，正如王國維說的「一切景語皆情語」。

　　本文第一節處理「雨」這外在客體如何被方路內化為內在客體，有時甚至內外不分的狀況。其次，「感傷的內容」，那在情感底下的「潛文本」，必須浮出水面，事件的還原，有助於理解方路感傷之必要，本文第二節因此以感傷底下的潛文本為討論焦點，論述寫作對方路的意義。論述取樣以散文和詩為主，小說則因為量少，僅為輔助說明之用。作為創作主力的七十首詩，以及四十篇散文，其實是互文——靠著散文的註釋，或詩的註釋，感傷才能找到合理的解釋——散文是詩的完形（gestalt）要件，詩之於散文亦然。

一、潮濕的內心圖景

　　「雨」是方路最常使用的主意象，有時出現在題目，有時成為詩／文的背景。如果感傷是主題（theme），則雨是一種顯現（epiphany），反覆出現的自然景觀必有其內在的意義，因此雨顯現的是方路的內心圖景，折射出他的內心情感。雨對於方路而言，不

是單純意象或形象，而是有所寄托的「感象」[6]，高友工在其〈文學研究的美學問題（下）：經驗材料的意義與解釋〉特別提到「感象」一詞，他指出形象（image）是狹義的「感象」，是指此一「刺激」及「感受」透過其他的生理和心理因素，所形成的印象。形象指的是專指個別的「簡單印象」（simple image），是一個未形成有內在結構的複體（complex）[7]。借高友工的概念，雨是具有「內在結構的複體」。固然雨可以是實體的景，卻不可視為客觀的存在，它同時指向作者的內心狀態。

中國古典文論自魏晉以後拈出「抒情的自我」（lyric self），到清末王國維《人間詞話》「以我觀物，故物著我之色彩」這一抒情傳統，都強調「情景交融」[8]。景物是創作者有意識地選擇之後出現的內心圖景，乃情之所托，是內在情感的投射，那麼，這「內在結構的複體」所指為何？方路第一次離鄉、返鄉再離鄉都是雨天，〈鄉關有雨〉和〈七月鄉雨〉兩篇散文都籠罩在雨裡：「雨勢，時密時疏，在睡意

---

[6]　意象或形象在英文都是 image，高友工則以為創作者在擷取意象時，必先經過創作主體的選擇，也就是有從「物象」到「心象」的階段，不是客觀的物我二分，是以稱之為「感象」。見高友工：〈文學研究的美學問題（下）：經驗材料的意義與解釋〉，《中國美典與文學研究論文集》（台北：台灣大學，2004），頁52-55。

[7]　《中國美典與文學研究論文集》，頁53。

[8]　情景交融或抒情傳統主要相關論述可參見《中國美典與文學研究論文集》，頁104-164；蔡英俊：《比興物色與情景交融》（台北：大安，1990），黃錦樹：〈抒情傳統與現代性：傳統之發明，或創造性的轉化〉，《中外文學》（2005/07）第34卷第2期，頁157-187。

或清醒中感覺這場雨落出自己曾經擁有過的最和諧的雨聲。鄉下的雨，太久沒有聆聽了……，聽起來，感覺中的雨滴帶有些感傷」[9]，「有些感傷。有雨做證」[10]。彌漫在方路散文中的雨，主要內容大體包括孤獨、寂寞、鄉愁，這些抽象名詞便是構成「感傷」的主要成分。他彷彿就是一尾沉浸在雨水裡的魚，在濕漉的敘述中沉溺不能自拔。

　　方路以抽象感覺書寫抽象，事件不是敘事主體，感覺才是。於是書寫往往成為「感傷」的載體，因為一旦有「雨」，雨的內涵：孤獨、寂寞、鄉愁等抽象符號立刻被召喚出來，這是一套內在的「語言典式」（code）[11]，幾乎成為書寫的自動反射。雨是感傷的外化，感傷是雨的內容。方路寫得最精彩的幾篇散文如〈哀愁〉、〈鄉關有雨〉、〈揹雨山丘〉、〈七月鄉雨〉，詩如〈母音階〉、〈舊雨〉、〈鳳凰木〉都浸潤在感傷／雨裡。〈鳳凰木〉便是一個十分獨特的例子：

　　　我在你的組屋前站成一場雨

　　　鳳凰木漫不經心開出五月花

　　　紅色的絮語

　　　在雨中

　　　盛住了濕意很濃的火焰

　　　像你的臉頰

---

[9]　〈七月鄉雨〉，《單向道》，頁 24。

[10]　〈鄉關有雨〉，《單向道》，頁 43。

[11]　《中國美典與文學研究論文集》，頁 56。

曬成那場太陽雨[12]

鳳凰木的火焰意象應該是炎熱無比的，在此正好象徵青春年少的狂熱愛情，這一樹不經心開放的五月鳳凰，即是彼此內心燃燒的火焰。如果僅僅如此，我們只能說它意象雖準確，但手法呆板。方路卻在火焰裡狠狠下了場太陽雨，讓枝頭上熊熊燃燒的花火，在空中邂逅一場浪漫的雨勢，水火相融，竟融鑄成「濕意很濃的火焰」。在剛柔（水火）並濟的情境敘述中，有效營造出新意。方路對雨景的偏執，在此一覽無遺。

方路特別喜歡透過綿綿的雨勢，跟自己和讀者對話，一旦脫離這個情境，敘事便無所附著，例如〈東禪午後〉、〈十七區‧雅典‧茉莉花〉、〈直涼初旅〉、〈新山與我〉等散文純屬記事之作，寫來便有些手足無措。

這套「語言典式」的形成或許跟方路的散文觀有關，他在散文集自序〈單純地回鄉〉中如此描述自己嚮往的散文風格：「可能是一種純散文，一種能在長篇敘述又不失駕馭文采的張力，嘗試在小說和詩歌明顯的定位中，尋求另一種自己能真實感動和安身立命的散文語言」[13]。另一方面，他在詩集自序〈單純地刨木〉中表示：「未找到自己的詩學觀點前，詩於我，只處在一種單純的書寫狀態」[14]，所以他借用 Paul Celan 的話：「詩人在詩歌真正存在之時，就要立即再次離再他的初衷……詩歌是孤獨的。它孤獨地走在路上。誰要寫

---

[12]　《傷心的隱喻》，頁 82。

[13]　《單向道》，頁 viii。

[14]　《傷心的隱喻》頁 2。

詩就與它一樣……」[15]。如果把「真實感動」、「安身立命」和「孤獨」作為書寫的理由，那麼，「抒情」往往成為以上理由的整體呈現。

　　中國的抒情傳統往往跟寫作者的生命情調和教養結合為一，這一脈的抒情傳統嚴格說來是以抒情詩為主，高友工把這一表現形式視為中國傳統思想和文化，在文學的實踐成果[16]。在方路那裡，則是以「感傷」作為「抒情」的全體，生活成為「詩意」的存在，而詩意必須依附象徵（雨）方有所表現，一旦離開這個象徵（系統），缺少醞釀孤獨的情境或心境，便無法因「真實感動」而得以「安身立命」。〈哀愁〉有一段話便是很好的例子：

> 我的悲傷往往是由於那些與我無關的事件迫使我思考。思考的結果，我與那些事件仍然無關。唯此悲傷，算是和那些與我無關的事件有過接觸了。這是木心說的。可是那時的心情，這麼貼近這種感覺。相思樹，本與我無關，但砍木外勞的舉動讓我心裡浮上很深的感傷。……雨繼續紛落下來，在鏡子外纏綿。[17]

表面上看起來，哀愁似乎是因為相思樹被砍所勾起的。哀愁一起，則必有「雨」（引文最後兩句：「雨繼續紛落下來，在鏡子外纏綿」）。再往下讀，看似因砍樹而起的哀愁，實則別有所指，概而言之，不外乎孤獨：「在房裡養痛，接到友人撥電問候，弄醒我時，雨仍滴滴

---

[15]　《傷心的隱喻》，頁 2。

[16]　《中國美典與文學研究論文集》，頁 104-164。

[17]　《單向道》，頁 63。

答答落下，房裡照舊一個人，永遠的一個人」[18]。這「永遠的一個人」是讓他「心裡浮上很深的感傷」最主要因素，感傷情緒既已開始，已經停了的雨遂又紛落。

　　必須注意的是，「永遠的一個人」和「雨」始終如影相隨，這篇散文從頭到尾其實都在下雨，雨究竟是「造境」抑或「實景」，已經很難辨識。要而言之，感傷可以是「感物」（有感於外境的雨而產生）的情緒，因雨而催生的感傷，也就是中國文論始祖的陸機在〈文賦〉說的「瞻萬物而思紛」。在結尾處，他忍不住感嘆「而人生，是否也得感受一輩子的哀愁」[19]，就在等雨停的情境之中劃下文章的句點。哀愁被封鎖在散文裡，在現實中，它被「懸置」（suspending）或「括弧起來」（bracketing），方路因此得以在他「真實感動」的散文裡「安身立命」，也可以說，書寫結束，哀愁得到「抒發」；就創作者而言，他的哀愁同時也得到「紓解」。〈鄉關有雨〉以離鄉做結：

> 午夜，在等最後一趟長途巴士時，仍有微雨落下，加深了夜的寒意。母親在門口送我時說：「這次回去，大概要等到新年才回來了吧。」「有時間會回來。」我回答的時候，仍是好多年前第一次離鄉的感覺，有些傷感。有雨做證。[20]

文章以雨和感傷並舉，可見二者的關係。感傷畢竟是抽象感覺，因此必須有物象（雨）來象徵心象（感傷），這兩者形成一種呼應、比照，雨並此營造出低迷的氛圍，宜於感傷或抒情。〈舊雨〉一詩的雨

---

[18]　《單向道》，頁64。

[19]　《單向道》，頁67。

[20]　《單向道》，頁43。

便和「抽泣」、「孤寂」和「壓抑情緒」等串連在一起：

> 以為有人在外頭暗暗抽泣
>
> 打開窗時　原來是一場剛剛
>
> 落下的雨聲
>
> ……………
>
> 多少年了
>
> 離開舊居
>
> 這些打疼過我名字和記憶
>
> 的雨珠　低鬱的雨聲也因為
>
> 放逐而把它回音淡忘[21]

「舊雨」即有老朋友之意，這首詩的題目實是雙關，作為老朋友的雨和熟悉的感傷結伴而來雨的意義既外又內，作為內心潮濕圖景的意義確實是「不言而喻」（不直言而使用象徵）。從窗外的誤聽（以為有人在外頭暗暗抽泣），到記憶的內層，雨聲帶動詩人的思緒，沉又不鬱，哀而不傷，確實有一種來自聽覺深處的淒美味道。當然，一再寫雨，免不了踏進「大師的雨區」。此詩的第二段：「落在椰樹上　晾衣竿上／石榴樹　花盆　生鏽的鋅板／落在哥哥舊車頂上」，很明顯來自余光中〈鬼雨〉和〈聽聽那冷雨〉的獨創技法。盡管它還是能夠在創意的陰影中，產生本文所需的意義和視覺效果，但高度的模仿性，卻讓讀者的閱讀焦點自此歧出，歧到原典裡去。

　　在方路詩文創作中，雨同時成為舞台、背景、配樂，甚至成為

---

[21] 《傷心的隱喻》，頁44。

一個無所不在的隱形角色。它籠罩著方路的三本文集，形成一個統一的敘事氛圍。但細讀之下，其中不免常有重覆的路數，畢竟雨勢有限，心境卻無窮。這是方路在未來創作時，應當深思的策略。

二、克服感傷：寫作的意義

寫作，不論詩或散文（小說更是，散文被他視為往小說的過渡），均被方路視為「單純」的存在：《單向道》的自序題為「單純地書寫」，《傷心的隱喻》自序則為「單純地刨木」。詩序和散文序均以單純為題，決非偶然。「刨木」是「書寫」的詩化說法，「詩於我，只處在一種單純的書寫狀態，如初學木工，單純地刨木，未能形成傢俱，還沒資格當師傅，稱詩人」[22]，寫詩是「在不十分確定的生活狀態和憧憬下，一種自我安穩內心和慰藉的藥品吧」[23]，書寫是存在的證明，或者僅是精神的寄託，別無他（名利）求，他希望在散文中真實地生活，對散文的期許是「找不到書寫的野心」、「人和文融為一體，抒情的，些許感傷的，淡淡敘述他目擊了的時光的流逝」[24]，說明了方路是自覺的走上感傷一途。然而方路的感傷裡有一種奇特的「鎮定」，照理說，感傷應是陷溺的，方路卻很努力地自我節制。如前文所喻，他如同一尾沉浸在雨水（感傷）裡的魚。節制的感傷

---

[22]　〈單純地刨木・自序〉，《傷心的隱喻》，頁 2。

[23]　〈今晨雨大不大〉，《單向道》，頁 162。

[24]　〈單純地回鄉・自序〉，《單向道》，頁 viii。這兩段引文是他論自己欣賞的作者何潮，大抵可以見出方路的創作觀。

是經過「知性」處理過的，因此是有意為之的「感傷」，換而言之，方路自覺的選擇了「感傷」作為面對世界，以及書寫的方式。〈傷心的隱喻〉是一首只有六行的短詩：

> 你。在夜間臥成垂直的橋。時光流過臉頰。長成
> 兩岸淺淺石苔。你站在潮水漲過的欄杆
>
> 「過橋嗎。」
> 「就今夜。」
>
> 你從自己掌心看到斷掌。如站在剛退水的河心。
> 划過淺淺的夜。你。傷心的隱喻。[25]

這是一首寫給自己，或寫自己的詩。詩中無雨，但漲潮的水勢背後便是一場大雨；詩人在水勢中沉思生命的去向（過橋嗎？），然而詩中卻有一種默然垂首，對命運俯首認命的姿態。消極的意念，划過淺淺的夜。至於「斷掌」這一意象是「感傷」的最好象徵——民間說法，斷掌者命運乖違——一切都是天生註定，無可違逆的命運安排，除了感傷，還能怎樣？因為第二人稱「你」拉開的安全距離，以及詩的隱喻效果，方路坦然揭露自己對命運逆來順受的態度。另一首詩〈那年〉的最後一句「你在我掌上卻看到一些不十分順暢的感情線」[26]，則和以上〈傷心的隱喻〉引文異曲同工，顯然方路把生命

---

[25] 《傷心的隱喻》，頁 90。

[26] 《傷心的隱喻》，頁 105。

的挫折歸諸命運，而且「認命」。認命，不是批判或違逆，那是狂者的態度，方路則選擇了感傷以對。

　　方路的詩／散文以感性見長，他的序倒寫得頗撥雲見月，陳述「為何寫作」條理分明，特別有助於理解寫作對他的意義。他提到楊牧的詩觀：「填補並且彌縫一些美學的和倫理的破綻」[27]，「填補和彌縫」對方路而言具有非凡的意義，寫作是彌補生命裂縫和生活缺口的方式，因此，「感傷」除了消極的認命之外，還有與「斷掌」相抗衡的積極意義。換而言之，以感傷的寫作克服現實的感傷，竟意外為方路找到書寫的動力。

　　那麼，現實的感傷，即那在文本底下的潛文本，究竟是怎麼回事？〈三十九歲的童年〉這篇散文，或許是了解方路最好的切入點之一。此文敘述三十九歲的方路返鄉，在昔日的舊場景中，穿過時光隧道回到被方路形容為「一片無光淺景」[28]的童年，那赤貧的拾荒時光：

> 除了撿菜和踏在滿地腥味水漬的魚市場撿爛魚，我和弟弟在童年時光中，尚常穿竄在長街短巷的垃圾堆，甚至躍身爬進大型垃圾桶，為了撿拾丟棄的牛奶空罐，一個個撿拾回家給母親洗刷清潔晾乾疊好再載到火車路後村專門收罐子的神料商，掙些錢買包米或白糖。家裡小小的米缸印象中不曾盛滿，經常空見缸底，因為缺米，家裡很少煮出白飯，很多時

---

[27]　〈單純地刨木・自序〉，《傷心的隱喻》，頁2。
[28]　《單向道》，頁15。

　　候都是一碗碗稀水粥。有時連粥都煮不出，只有清炒撿回來
　　的菜和壞掉半邊的魚填飽肚子。[29]

本文摘引這一個完整的童年生活敘述片段，是因為它陳述了方路生
命中一段無法忘懷的貧窮與苦難。絕境中掙扎求存，匱乏的物質條
件，長年累月地在方路內心積累成一層又一層的感傷厚土，漸漸成
為面對現實世界的一種態度。雖然我們無法論斷童年對創作者的影
響有多大，甚少可視之為作者人格和創作風格塑成的重要原因之一。

　　童年是方路的主要題材，〈三十九歲的童年〉之外，〈遊樂場〉
亦是張望童年的姿態：「這次回家，兌現了侄兒的心願，兌現自己從
小熱衷，卻因為家貧長輩無法經常帶進遊樂場漫遊的情意結」[30]，
書寫在姿態上是回首凝視；在心態上，或潛意識裡，則是縫補（以
前的經驗缺口）。進遊樂場是生活經驗，創作是生活經驗的再經驗，
在這再經驗的過程中，方路找到了情感的出口，寫作的入口。《傷心
的隱喻》有一輯題為「鄉愁」，有三首寫父親的詩〈鄉愁〉、〈父親〉
和〈沉默〉，跟散文中較少出現的父親正好互補。方路散文寫母親者
頗多，父親卻較少出現，比較完整的片段是〈七月鄉雨〉和〈記憶的
請柬〉，前者寫父親因為帶鴉片被警察抓到，差一點在警局自盡成功，
然而那是很小的片段。〈記憶的請柬〉其中有一輯「煙館」寫父親在
不捕魚時便窩在煙館抽大煙（鴉片）。三首詩和兩小片段的散文建構
出來一個沉默、疲累，抽鴉片的父親形象，僅僅如此，卻彷彿已經

---

[29]　《單向道》，頁 15。

[30]　《單向道》，頁 121。

為讀者說明他和父親之間「無法多說」的原因。〈鄉愁〉裡的父親形象是從孩子的視角切入：「我的童年累積成很深的眼袋」[31]，童年經驗對於方路的重要性不言而喻。

　　童年之外，親人和鄉土是方路的另外一個主題，「似乎用半輩子時光，用文字描摹原鄉一景一物」[32]、「感覺自己回鄉，似乎是返回書寫的場合，一花一草，一石鳥，都可能入筆」[33]，親人和鄉土同時也是感傷的來源。方路的詩和散文拼湊出貧病交迫的家族歷史：捕魚的父親抽鴉片，二哥上吊，三哥在感化院，四哥工作不順利，時有斷炊的危機；弟弟則沒有固定工作。至於為病痛所折磨的母親，是方路散文的重要主題，她同時是鄉愁的來源：「母親漸漸化為另一種鄉愁，鄉愁又潛藏成為圖騰，遠遠牽掛」[34]，回鄉最大的意義是探望母親，以及跟「記憶重逢」[35]。順著鄉土和親人的主題，那麼，離鄉，必然是憂傷的，「在城市，我自己也像一條狗，經常自行到藥鋪找藥吃。」[36]雖然如此，我們讀完方路的散文，留下印象的不是這些事件，卻是由事件渲染出的氛圍，一種刻意被壓抑的憂愁，在文字裡流竄。

　　〈夜已深夜已淺〉一文對母親和二哥的逝世，有這樣的概括性

---

[31]　《傷心的隱喻》，頁6。

[32]　〈春天〉，《單向道》，頁112。

[33]　〈單純地回鄉‧自序〉，《單向道》，頁 vii。

[34]　〈今晨雨大不大〉，《單向道》，頁161。

[35]　〈七月鄉雨〉，《單向道》，頁30。

[36]　〈鄉關有雨〉，《單向道》，頁42。

的幾句：「我經歷了兩回葬禮，百里相忘，披星趕路，先後為母親和二哥帶香送葬。身邊的儲蓄也如秋天落葉樹，枝上綠葉只剩三兩天。」[37]，這些事件的重要性在於他們是感傷的現實基礎，如此我們才能理解為何方路的重點往往不是「敘事」，而是抒情：事件／細節被跳過，意象性語言概括了事情的發生，縫補了現實的缺憾，克服感傷，同時也再一次告訴讀者：感傷有理，人生，畢竟是「傷心的隱喻」。

結　語

　　方路年過四十，從一九九二年創作迄今總共十四年，得一文一詩一合集，不算多產。方路的文學夥伴多為七字輩創作者，而他的創作裡一以貫之的感傷，總讓人誤以為他一直處在青春期，似乎屬於七字輩或更小的八字輩。不過，方路的作品裡有一種罕見的沉穩，則是七字輩所不見。他擅長象徵，喜歡繁複的寫法，反覆從不同角度訴說他的哀愁。他的詩文節奏緩慢，以抒情式的感傷見長，寫法也是楊牧式的，讀者必須從方路的潮濕雨景進入他的感傷世界，以感覺印證感覺。

　　我必須很不學術的說，方路的作品總給人「純淨透明」的整體印象。這印象式的說法倒是比較貼近方路的風格，艱辛的經驗被他的「感傷」過濾和昇華之後，成為「單純」的存在，或許，這也是感

---

[37] 《單向道》，頁161。

傷主義者方路在單純的書寫中，沒有預料到的。

［2006］

歷史的反面與裂縫
——馬共書寫的問題研究

前 言

　　自從馬共領袖陳平（1924-2013）[1]簽署《1989 年和平協議》，馬共繳械走出森林，不再武裝抗爭，馬共成為歷史之後，馬共故事陸續面世。這些著作以中、英或馬來文寫成，多半集中在三〇年代到八〇年代的歷史事件，主要以自傳、口述歷史、歷

---

[1]　本論文的論述對象其出生年可查獲者，一律標明。無法確定者，則一律標上本人根據各種史料推算的出生年，並加上問號。譬如張佐的回憶錄，乃採取歷史事件作為分期和寫作順序，只能從他寫作的年紀大約估算他的年齡。陳平在官方的資料裡均標示他是一九二二年生，他在《我方的歷史》裡透露，那是謊報以便提早加入馬共。方壯璧等出生年亦只能推算。本文發表時陳平尚健在，收入此書時修訂其卒年。

史事件回憶錄、個人回憶錄等紀實文學為主。除了為馬共「重新定位」，同時也形成跟官方歷史的對話／對抗，大有重寫馬來（西）亞獨立史的意味。馬來（西）亞的官方歷史，始終把馬共視為阻礙國家發展、妨礙獨立的絆腳石，同時形塑馬共為殺人如麻的恐怖份子。

在諸多出版品當中，最具歷史意義的是馬共領袖陳平口述的《我方的歷史》[2]，它標誌著馬共的「解禁」，沉默的過去如今得以成為公開的論述。昔日被視為最神秘的馬共頭子和馬共歷史隨著《我方的歷史》出版而掀開神秘的面紗，此書出版後，他的華人戰友張佐（1924-1997）的《我的半世紀：張佐回憶錄》（2005），馬來戰友拉昔‧邁丁（1917-2006）的《從武裝鬥爭到和平：馬共中央委員拉昔‧邁丁回憶錄》（2006）亦跟著付梓，二〇〇六年以後的出版品至今未歇，馬共的另一種歷史陸續浮出檯面。

從「我方」視角書寫的歷史，既是屬於家國民族的大歷史，亦是由眾多「個人」生命史建構而成，這些「故」事都有記錄自身參與馬共的歷史，以及宣示「我方」的使命和立場的共同主題。馬共書寫的湧現意義有二：（一）他們希望有生之年寫下自身的理想和奮鬥；（二）重寫馬來（西）亞獨立史的歷史焦慮。這兩者背後，其實隱藏著生命將盡的死亡陰影，因此試圖以「人民歷史」跟「國家歷史」對話，呈現不同的「史實」。

---

[2] 英文版出版於二〇〇三年，中文譯本出版於二〇〇四年。

其實，任何歷史都只是一種論述，歷史固然是事實，但是要在敘述，也就是文本化之後才能被理解。在新歷史主義大將海登‧懷特（Hayden White）那裡，歷史文本化，不可避免的必然用到譬喻語言。這些特質模糊了歷史和文學之間的界線。因此口述歷史、自傳和回憶錄等「故」事（past event），本身便是「故事」（story）；馬共書寫的紀實文學書寫類型，其實後設的印證了歷史和文學並非涇渭分明。

歷史不應該只是單一的對史實的記載，亦不是對過去僅就單一事件的記述或敘述，誠如過去馬來（西）亞官方的霸權歷史。這些馬共書寫，可視為眾多的「個人歷史」，另一種來自「我方」的聲音和觀點，乃至 her-story，提供跟官方歷史，也就是「大歷史」對話／對抗的可能。海登‧懷特的「元歷史」（metahistory）觀點提醒我們，歷史是語詞建構起來的文本，是透過「歷史的詩意想像」和「合理的虛構」而成；把歷史事實和對歷史事實的敘述混為一體，通過賦予歷史一種想像的詩性結構，把歷史詩學化。歷史再現的過程是「詩性過程」（poetic process），「史學」變成了「詩學」，「歷史詩學」因此可能。雖然如此，馬共書寫其實亦極易落入民族主義的窠臼：一種以民族主義、民族國家為集體想像的理想訴求；以紀實文學作為書寫策略的模式，尤其突出他們希望以「邊緣」跟主流對抗的願望。

然而，歷史如果是一種被詮釋過和編織過的敘述，則口述歷史、散文、傳記、回憶錄等，又何嘗不是？連陳平對自身的

歷史也必須作事後的追索和填補，「為了更瞭解那場犧牲了我四、五千名同志的戰爭」，而到英國去查閱馬來亞緊急狀態的文件[3]。

因此本論文希望透過馬共書寫，討論「我方」的歷史如何被敘述，並書寫策略及目的，以及「她們」如何以後來者、女性的身分參與馬來西亞獨立史的書寫／重寫論述範圍則包括：以華文、英文和馬來文不同語種書寫的馬共主題[4]。

---

[3]　陳平口述，伊恩沃德、諾瑪米拉佛洛爾著，方山等譯《我方的歷史》（新加坡：Media Masters，2004），頁3。

[4]　經核對，以目前蒐集到的出版品而言，英文和馬來文的馬共書寫都已翻譯成中文。至於非中文語種書寫的馬共經歷，則作為參考之用。這個現象其實突顯了一個問題：為何非中文書寫幾乎都立即譯成中文？而且經常是由一個筆名叫「阿凡提」的譯者所譯，從譯者序判斷，阿凡提亦是馬共，華人，精通至少華巫兩種語文。一個最直接而合理的推測是，馬共最早以華人族群為主。華人族群是馬共的支持者，在種族情感上，他們或許認為華文讀者會重視這來自邊緣的聲音。這個提問其實亦是充滿種族色彩的，一如我們對馬共的刻板印象。問題之二，為何以中文書寫的馬共主題在比例上反而比較少，英文次之，馬來文反而佔多數？答案仍然不免（難免）是種族主義的：馬來人是當權者，馬來文是國語，所以更有發言的正當性，書寫者／發聲者因此較有安全感（？）。即便是華人學者採訪華裔馬共的書寫，仍然以他語書寫而成，總而言之，華人對這個主題似乎仍有禁忌，顯見華社對馬共議題仍心存忌憚，國家意識型態機器塑造「馬共是恐怖分子」的形象奏效。

一、自傳：跟（大）歷史抗衡的敘事形式

馬共書寫以口述歷史、回憶錄、自傳、傳記以及散文等紀實文類為主要書寫形式，其目的不言而喻：以另一種堪跟「歷史」匹敵的書寫類型來重寫馬來（西）亞的獨立史。這樣的觀點主要建立在歷史是事實，可以如實的表現過去的認知和觀念上。他們認為官方的馬來（西）亞獨立史，必須藉由「人民歷史」發聲，去重新調整視野和角度，因此勢必以「跟歷史相等」，或至少接近的書寫類型來完成。對他們而言，這些「故」事（past event）都是信而可徵的，他們的「故事」（story）都具有歷史的意義和價值，因此口述歷史、回憶錄、自傳、傳記以及散文等書寫形式，都有形式作為內容，形式就是內容的意義，換而言之，他們選擇的敘述形式，皆可歸入「自傳」的大範疇[5]。

然而，自傳（autobiography）其實就是一個繁複、界定困難的書寫範疇[6]，傳統上的自傳價值在於它所呈現的真相，它

---

[5] 自傳主要依據事實與資料寫成，亦可根據作者個人的回憶為主。懺悔錄、回憶錄、日記、家族歷史等具可歸入自傳範疇，詳見 http://en.wikipedia.org/wiki/Autobiography。本文有關自傳的觀點主要參考 Philippe Lejeune. *On Autobiography* 以及 Paul John Eakin. *Fictions in Autobiography: Studies in the Art of Self-Invention*，相關討論可亦可參考李有成〈自傳與文學系統〉和〈巴特論巴特的文本結構〉，二文均收入《在理論的年代》（台北：允晨，2006）。

[6] 傳統的自傳定義在進入後現代的概念之後，變成了「自傳本身可能根本抗拒任何定義」，因而變成了不斷被修改，等待被定義的概念。這是

是另一種相對真實的書寫模式，因此不難理解，為何馬共書寫採用的形式，都指向廣義的自傳，指向自傳可以企及的真相／真實。這些敘述形式往往也可以滿足他們「重寫」和「彌補歷史空白」的作用。法國研究自傳的學者樂俊（Phillippe Lejeune, 1938-）卻指出：「我們怎麼可以認為自傳文本是由過去的生活所構成？究其實，是文本生產了（作者過去的）生活」[7]。樂俊的見解建立在以子之矛，攻子之盾的基礎上。

　　自傳（autobiography）的希臘詞源乃是指作者「書寫」（graphia）「自己」（autos）「生平」（bios）[8]，這個詞本身充分顯示作者實身兼讀者和傳主兩個身分，作者書寫（或講述）自己的過去，同時也在閱讀自己的過去，因此自傳其實膠合了過去和現在的我，現在的我評價過去的我這兩個特質。既然如此，自傳就不可能成為過去的客觀紀錄，而是自身歷史的評論者。樂俊甚至直接了當的表示，自傳寫作根本就是一種目的性明確的寫作模式：

　　　　寫作時，一個人通常等同於好幾個人，即使只有作者，即使寫的是他自己的生活。那並不是因為「我」分裂成

後現代最可議之處：抗拒定義容易，顛覆不難，惟定義實難。然而，這年頭後現代成了顯學，成了中心，實際上落入以後現代為中心的思考模式，根本違背了後現代去中心的精神。

[7] Philippe Lejeune *On Autobiography* Trans. Katherine Leary. Minneapolis: U. of Minnesota, 1989. p.131。

[8] 引自 http://en.wikipedia.org/wiki/Autobiography。

> 數個的私密對話，而是寫作本來就是由不同階段的姿
> 態組合而成，寫作因此同時聯接了作者和文本，以及作
> 者想要達到的需求。[9]

以上的引文說明了其實是自傳衍生生平，而非紀錄生平的概念，此其一；其二，自傳寫作既是一種「意圖」十分明確的寫作類型，這些書寫者／說話者，必然有預定讀者／收話者，正如《我方的歷史》前言所說：「本書既非自誇，亦非道歉。本書邀請讀者理解信仰如何形成，以及衝突又是怎樣開始並僵持著。同時，它也讓讀者透視和平如何得以實現」[10]。這段文字辯稱「我方」（共產黨）的立場，其實是尋求和平，武裝鬥爭是不得不的手段；最重要的是，這本口述歷史訴求「還原歷史真相」。陳平設定的讀者／收話者包含馬來西亞官方，英國殖民者，馬來西亞人，誠如封面醒目的標明，這是「一分重要的歷史文獻」，引文亦特別強調「真正的歷史」，必須參考「我方」的歷史，才是完整的，換而言之，它試圖講述另一種被遮蔽的「我國」歷史；至於馬共，則是一個「合法的民族主義團體，尋找結束殖民統治」[11]，立書目的明確而清楚。

　　馬來西亞的官方歷史，始終把馬共形塑為殺人如麻的恐怖份子。陳平的辯解正面回應了官方對馬共的負面敘述。由此觀之，自傳除了敘事，同時還具有論述和詮釋的功能，李有成在

---

[9]　*On Autobiography*, p.188。

[10]　《我方的歷史》，頁5。

[11]　《我方的歷史》，頁460。

〈自傳與文學系統〉的見解可資說明：

> 自傳應被視為詮釋的產物；而任何詮釋基本上都是指
> 涉性的，尤其指涉詮釋者的歷史時空。自傳既是詮釋的
> 產物，自然也不例外。換言之，自傳作者所選擇、詮釋
> 的材料對他／她在書寫當時的歷史時空必然具有意
> 義。[12]

這段引文指出「書寫的歷史時空」的重要性，換而言之，每一
位書寫者都無法擺脫自身的歷史性，其詮釋觀點也就不可能超
越歷史時空，此其一。其二，歷史事件已經轉譯為敘事事件，
史實已成史筆，詮釋於焉產生。馬共的自傳書寫自然不可能是
單純而客觀的敘事，「自傳文本雖屬歷史敘事，在形式上仍具
有論述的功能」[13]。《我方的歷史》敘述和論述合一的寫作模
式，顯示敘事的背後隱藏了一個最重要的辯解對象：被誤解的
歷史。陳平開宗明義的說：

> 我讀過很多有關緊急狀態的書。很多被視為歷史的資
> 料都是些滔滔雄辯的推測和猜想。一些歷史學家早在
> 同志們真正倒下之前把他們殺死了。宣傳家們宣稱我
> 以無辜平民為射殺目標。不確實。有報導說，我甚至把
> 非馬共黨員驅逐出去；下令處決那些反對我的人。又是
> 毫無根據。我想，我應當呈現我這一面的歷史，來平衡

---

[12] 李有成〈自傳與文學系統〉，《在理論的年代》（台北：允晨，2006），
頁41。

[13] 〈自傳與文學系統〉，頁42。

> 一邊倒的文檔。我遲遲沒有行動，因為我需要培養洞察
> 力。我被隔絕在森林裡，後來到中國去。我必須集中思
> 路，經過篩選，明察秋毫又言之有物。[14]

這些觀點很顯然懷有說服讀者（聽話者）的意圖，然而一般讀者只能就敘述者所及接受敘述，那種個人經驗完全無法介入，或者辯駁，因為敘述本身即是價值；其次，時間和歷史早已糾結，留下的只有文字和敘事，馬共書寫充滿跟時間對抗的焦慮：被遺忘的焦慮，被誤解的焦慮，以及歷史詮釋權的焦慮。

　　為了「重寫歷史」，陳平還特別到英國去查閱馬來亞緊急狀態的資料，顯見「現在」才是最重要的決定性時刻。其實，早在合艾協議簽定之時，便有人遊說陳平出書，然而他覺得時機未到，必逮「文件佐證」，讓歷史檔案證實他的分析和觀點，因此有了一九九八年的倫敦資料蒐證之旅。此書的撰述則起於二〇〇〇年，歷經三年而成。換而言之，這本書並非偶然起意，而是跟歷史撰述一樣，亦經考證和資料蒐集而成，因此跟歷史一樣信而可徵。

　　從另一個角度來看，我們也可以說，是《我方的歷史》的書寫計畫衍生了陳平的口述歷史。「故」事成為故事的過程中，必須經過縫補、修正，甚至省略，因此《我方的歷史》以陳平的生平和馬共的歷史編年而成，呈現「我方」，而非只是「我」的故事，敘述角度則「我方」詳盡，而「我」則著墨較少，甚

---

[14] 《我方的歷史》，頁461。

至略去個人情感，顯見陳平寫史的強烈意圖。此書由著名且經驗豐富的戰地記者撰寫完成，遂又更具歷史的正當性。《我》書的封面猶不忘提醒讀者，這是「一位在馬來亞森林裡領導反英反殖民的游擊隊領袖的回憶」，以強調「史」（真實）的說服力。[15]

　　口述歷史、回憶錄、傳記等書寫形式本身就宣告了書寫者寄寓的目標：這些文類是真實，非虛構的，跟歷史同樣真實。澤爾尼克（Stephen Zelnick）曾經就形式本身提出精闢見解：

> 意識形態被構築成一個可允許的敘述（constructed as a permissive narrative），即是說，它是一種控制經驗的方式，用以提供經驗被掌握的感覺。意識形態不是一組推演性的陳述，它最好被理解為一個複雜的，延展於整個敘述中的文本，或者更簡單地說，是一種說故事的方式。[16]

以上引文說明「說故事的方式」就是一種有意識的選擇，無論是敘述視角、轉述語、時間鏈或者情節結構，這些敘述條件其實超越了它的表面指涉：它的形式本身就是內容，宣告了敘述主體的權威，敘述的可靠，個人經驗的真實，以及「故」事即

---

[15] 當然這樣的說法實可再討論，包括回憶是否可靠，是否選擇性書寫等。

[16] 轉引趙毅衡〈敘述形式的文化意義〉，《必要的孤獨：文學的形式文化學研究》（台北：麥田，1997），頁 93。原文出自 Stephen Zelnick "Ideology as Narrative" ed. Harry Garvin, *Narrative and Ideology.* London, 1982. p.281。

故事,歷史即真實的信念。陳平的《我方的歷史》的敘述視角,即在「我方」(共產黨)「我」(陳平自身),以及馬來(西)亞三個視角之間轉換;弔詭的是,當《我方的歷史》出現在「現在」,它卻已經彌封,徹底成為歷史,失去了參與馬來西亞獨立史的能力,無力再改寫現在的任何時刻;甚至對沒有歷史感的讀者而言,它就只是故事,因為真實而精彩,故更具吸引力。

　　拉昔・邁丁(Rashid Maidin, 1917-2006),是馬共第一個馬來黨員,他在回憶錄《從武裝鬥爭到和平》裡的前言宣稱:「我相信它對補充我國的歷史是有好處的」[17];馬共中央政治委員阿成(單汝洪)則表示:「一路走來,馬來亞共產黨是馬來亞人民在民族、民主和國內革命鬥爭中一盞引航的明燈」[18];《從戰場到茶場》的編者則認為「回憶錄的真正價值,在於通過當事人的回憶,讓歷史事件的真相,重新浮現在後人眼前,以填補官方或傳統歷史文獻的不足」[19],此書集結眾多前馬共成員回憶錄,其用意由此可見。這些看來是故事的個人史,其實是具有「故」事(history)企圖的家國歷史。第十支隊的創立者和領導人,阿都拉・西・迪(Abdullah CD, 1923-2013)則更直

---

[17] 拉昔・邁丁著、阿凡提譯《從武裝鬥爭到和平:馬共中央委員拉昔・邁丁回憶錄》(吉隆坡:21世紀,2006),前言,無編碼。

[18] 阿成(單汝洪)《從「八擴」到抗英戰爭:馬共中央政治委員阿成回憶錄之三》(吉隆坡:21世紀,2006),頁157。

[19] 詳見證叢書編委會編《從戰場到茶場》(香港:香港見證,2006),頁 ix。

接表示：

> 希望這本回憶錄能夠對重寫我國歷史的事業做出更多
> 或少的貢獻。我也希望，它能使還有空白的歷史不留空
> 白，至少也將幫助學生和歷史研究者從另一種或者說
> 正面的觀察角度來思考，我也希望他們能夠對左派陣
> 營內和馬來亞共產黨內的反殖鬥士作出更加合理的詮
> 釋。[20]

阿都拉・西・迪的回憶錄其實比《我方的歷史》更具「重寫歷史」的強烈意圖，更多史料及照片圖檔，書後所附的馬共成員個照，為隊友留名／正名的意味濃厚。阿都拉・西・迪的回憶錄預計有三本，目前已出版上、中兩冊，從時間編年順序來看，「重寫我國歷史」之外，尚有「重新詮釋馬共歷史」的作用。除了反殖鬥爭之外[21]，他特別辯駁兩個為官方所誤導的認知：首先，要求獨立的左派人士打入巫統，大力促成馬來西亞的獨立，因此不能忽視馬共對獨立建國的貢獻；其次，證明陳平對領導馬來人解決民族問題，和農民運動的貢獻。第二點特別有助於淡化華人等於共產黨的刻板印象。

　　阿都拉・西・迪回憶錄第一冊始於出生年，而終於一九四八。一九四八年六月英國人宣布馬來亞進入緊急狀態，並大肆

---

[20] 阿都拉・西・迪著，阿凡提譯《馬共主席阿都拉・西・迪回憶錄（上），序》（吉隆坡：21世紀，2007），引文出自序言，無編碼。

[21] 書中舉證英國的殖民暴行，包括摧毀了一個已存在一百年的老新村甘榜勿隆，見回憶錄第二冊，頁252-254。

逮捕馬共成員，特別是馬來人，因而這個時間的切割具有特殊意義，「可說是全部馬來領導人都已被捕」[22]，連阿都拉・西・迪也入獄。逃獄之後，乃有一九四九年成立的馬來亞民族解放軍第十支隊，第二冊遂以第十支隊的建立作為重點。嚴格來說，阿都拉・西・迪的回憶錄更接近馬共的發展史，質勝於文，特別是尚未出版的第三冊，預定終結於合艾協議，如果陳平的《我方的歷史》是從華人視角出發的華人馬共歷史，則阿都拉・西・迪的回憶錄則可視為代表馬來左翼運動發展史。

　　張佐《我的半世紀：張佐回憶錄》完成於一九八八年，卻遲至七年後才出版[23]，換而言之，在合艾的《1989 年和平協議》之前他就有意識地為自身的生命留下文字，「我只能將自己仍可記憶的點滴史實，以粗拙的文字，簡俗的語言，累積起來，獻給親愛的祖國，獻給我們親愛的黨」[24]，質樸的文字具有奇異的穿透力量，跟《我方的歷史》之條理嚴謹，架構密實，以及陳平為自身和馬共辯護的強勢作風相比，這本書顯得相對簡單而無所求，流露出老實說故事的動人風采。雖則採取編年

---

[22]　阿都拉・西・迪著，阿凡提譯《馬共主席阿都拉・西・迪回憶錄（中），序》（吉隆坡：21 世紀，2008），頁Ⅶ。

[23]　可想而知，那時合艾和平協議未簽，根本就不可能出版，然而寫作人卻有再不寫，就來不及的恐懼，他被不得不寫的正義感驅動：「為了揭發日本鬼子所幹下的種種強暴罪行；暴露英殖民主義者對我國人民的控制和瘋狂掠奪的行徑」（《我的半世紀：張佐回憶錄》，頁 XVII）。

[24]　《我的半世紀：張佐回憶錄》，頁 XIX-XX。

史的寫法，以反殖起始，而終於祈求和平，其實更接近個人的
生命紀事，故事性更強，野史的意義更濃，細節更多，包括如
何拿下話望生（Gua Musang），這個唯一被馬共佔領過的地區。
誠如《我的半世紀》書名所言，那是「我（張佐個人）的半世
紀」，而前言則具頗有概括性：

> 為了祖國獨立、民族解放，我在這半個世紀裡，就有四
> 十三個春秋，只是在祖國的深山密林中渡過。在這些歲
> 月裡，我遠離城鎮，告別至親的家人，可總沒有離棄過
> 親密的戰友，放下了手中的武器，解除了小腿上緊蹦纏
> 著的腳綁。這便是我一生的戎馬生涯。[25]

以上所引文字，實乃是馬共書寫的通則：以建國反殖為目的，
而後在鬥爭過程中以深山密林為家，隱姓埋名。《我的半世紀：
張佐回憶錄》的筆觸總是帶著深情，對生活的細節，以及事件
的情節著墨甚多[26]，因此顯得更有說服力。這跟《我方的歷史》
的滔滔雄辯和詮釋，乃至反駁官方說辭的書寫策略相去甚遠。
《我方的歷史》雖則長篇巨製，卻總是「恰到好處」的處理說
話者想說的，也「恰到好處」的省略了不該說，或者不能說的，
非常專業而準確的設計好了「我方」的歷史。同樣以「我」為

---

[25]　《我的半世紀：張佐回憶錄》，頁 XIX。
[26]　包括飲食的內容、生活習慣、同志相處的情況等不一而足。情節和對
話豐富，特別是對戰爭的刻劃記述甚詳，以近乎小說的細膩筆法，編年
史的方式架構而成。「故」事以故事的呈現方式，反而提供了更多的想像
空間和細節，陳平論述式的書寫策略反而效果沒有如此震撼。

第一人稱的「口供」，那種以「無血的殺戮」輕描淡寫戰爭的冷靜筆法，跟張佐「有血有肉」的敘事比較起來，真實與虛構立判。由此可見，論述和敘事的消長，對自傳的「真實性」有頗大的影響，敘事顯然更能接近真實，論述反而干擾閱讀，把真實推遠。

　　方壯璧（1924-2004）的《方壯璧回憶錄》則是因應《李光耀回憶錄》而生[27]；當然，作為回憶錄，此書也是方壯璧個人的生命史，從生平中擷取材料，從出生到入黨，按照時間的順序編年，朝向「最終為了成為反殖鬥士」的主線，以個人歷史對照大歷史，詮釋自身，賦予意義[28]。然而，最重要的目的仍然是批判李光耀對歷史的詮釋，此書一開始便開宗明義指出：「但我作為鬥爭的當事人，如果完全沒有機會說話，那歷史家們又怎樣去發現歷史事實呢？如果歷史家們無從發現真正歷史事實，他們又怎樣能夠對歷史作出真實，公正的判斷呢？」[29]他的回憶錄站在馬共立場發言，而李光耀代表的是「反共」，

---

[27]　一九九八年《李光耀回憶錄》英文版上冊出版，如今居住在泰南勿洞的馬來亞共產黨「全權代表」方壯璧接受《星洲日報》採訪時表示，他本人也正準備撰寫一部回憶錄，「以便向新馬的新生代交代一些歷史事實，及纠正李光耀《李光耀回憶錄》對歷史的主觀與單方面詮釋。」〈方壯璧擬寫回憶錄以交代一些歷史事實〉《星洲日報》（1998/09/25）。

[28]　方壯璧曾為朋友的新加坡的反殖民主義鬥爭小說寫序。他把這些故事當成是真實的，「有血有肉的故事。它是歷史的一個見證。它也是歷史」，見《方壯璧回憶錄》，頁 xii。

[29]　方壯璧《方壯璧回憶錄》（八打靈：策略資訊研究中心，2007），頁

此書的滔滔雄辯夾著對中文／中華的民族情感，以此對比李光耀並未離開大英帝國的思考；更企圖以「人民立場」對比李的「精英思考」。相對於李光耀，他的發言位置無論在地理上，或政治舞台上都是邊緣的。可想而知，此書出版後的市場回應，跟《李光耀回憶錄》何啻天壤[30]。就作者的立場而言，他要寫出「人下人」（廣大人民）的歷史，以此突顯李光耀的「人上人」經驗，以「反殖」對比李光耀對反殖的「陽奉陰違」。由此可知，自傳跟書寫的歷史時空密不可分，我們甚至可以說，是《李光耀回憶錄》催生了這本書，同時決定了這本書的書寫角度。

二、差異：書寫的意義

以紀實文類為書寫形式，本身就預設了讀者和史家的未來詮釋，這似乎透露了馬共跟官方歷史相抗衡，以及自我定位的立場。這些馬共耆老所說的個人歷史，固然具有強烈的還原歷史「真相」意圖，然而誠如第一節所揭示的，自傳寫作實乃敘事和論述合一的寫作模式，它不可能是客觀的「記述」，此其一；其二，自傳寫作必須依靠記憶，再現記憶則意味著書寫的

---

xiii。

[30] 《李光耀回憶錄》除了中譯本，尚有馬來文、日文、韓文、阿拉伯文、俄羅斯文、越南文、高棉文、希伯來文、匈牙利文、葡萄牙文等不同語言。

秩序和連貫性，換而言之，它跟小說寫作一樣，必須以想像去縫補和連綴。因此，接下來我們必須提問，記憶和想像在自傳寫作裡究竟如何暗渡陳倉，糾葛不清？我們又如何能夠辨別何者為記憶，何者為想像？

艾金（Paul John Eakin）在《傳記的虛構性》（*Fictions in Autobiography*）指出，記憶和想像這兩者在自傳寫作的流動和運作，有時甚至連傳主自身都無法分辨[31]。換而言之，即使書寫者一心一意再現（客觀）歷史，究竟仍無法免於「想像性的建構」（constructive imagination）。誠如歷史學家在努力使支離破碎和不完整的歷史材料產生意義時，必須要借用「建構的想像力」，自傳、口述歷史、回憶錄等紀實文類，亦不能自外於想像的作用。「故事」（story）成為「故」事（history）的過程中，必須經過層層的縫補，正如《我方的歷史》必須由記憶和資料蒐證拼湊而成。這些形同小歷史的馬共書寫，其實同時在拼湊馬共自身的大歷史，馬共的歷史其實也說明了英國在馬來西亞的殖民史，同時也是另一種馬來（西）亞的建國史，換言之，自我與異己的歷史其實是互相糾結、彼此界定的。

陳平把馬共歷史跟英國的帝國主義視為一體之兩面：「我必定是一個解放戰士。假如你住在馬來亞的鄉村地區如實兆遠，眼看著一九三〇年代英國殖民主義者怎樣瞧不起我們的同

---

[31] Paul John Eakin. *Fictions in Autobiography: Studies in the Art of Self-Invention,* Princeton: U. of Princeton, 1985. p.6.

胞，你就會瞭解馬共的號召力了。我的參與不是由於我個人的
原因，而是客觀觀察和多年發自內心的反省。」[32]他把馬共鬥
爭歸入時代不得不的選擇，是英帝國殖民下的必然行動。阿都
拉・西・迪則把馬來（西）亞的獨立視為另一種殖民的形式：
「一九四八年，在馬來亞聯邦計畫遭到失敗後，英帝勾結巫統
當權派，迫使馬來統治者在馬來亞聯邦計畫上簽字，這是一個
新的殖民主義計畫」[33]，這番話跟陳平、拉昔・邁丁、張佐、
方壯璧等當初成為馬共，反殖和反帝的初衷一致，這也解釋或
回應了馬共為何在獨立後，仍然探取武裝革命的原因。

　　然而，馬共書寫最吸引人之處不同它們書寫的類同，而在
差異。正是這些差異，說明了經驗的特殊性，以及「編織情節」
（emplotment）之需要。海登・懷特認為歷史乃是從時間順序
裡取出事實，再進行編碼的過程[34]。一個歷史學家首先得是一
個說故事者，從事實中編出一個可信的故事。歷史事件在價值
判斷上是中立的，歷史學家把具體的情節和他所賦予意義的歷
史事件結合，這個編碼策略基本上和文學寫作並無不同。編碼
是由敘事構成的，敘事不是記錄「發生了什麼」，而是「重新
描寫事件系列」，歷史因而是重新編碼的結果。換而言之，海

[32]《我方的歷史》，頁456。

[33] 阿都拉・西・迪著，阿凡提譯《馬共主席阿都拉・西・迪回憶錄（中），序》（吉隆坡：21世紀，2008），頁VI。

[34] Hayden White "Historical Text as Literary Artifact" *Tropics of Discourse: Essays in Cultural Criticism,* Baltimore & London: John Hopkins UP.1985, p.83

登・懷特認為一切都是「闡釋」——對事件的描寫已經構成了對事件本質的解釋，而歷史都是利用同一事件，卻從不同的角度來書寫的結果——歷史敘事並非「再生產」（reproduce）已經發生的事件，而是把史料剪裁成一個故事的形式[35]。海登・懷特借用李維・斯陀「總和諧性」（overall coherence）的觀點指稱，歷史敘事其實是保留某些事實，又放棄了某些事實的結果，因此歷史正確的寫法應該是「眾多的歷史事件」（histories）[36]。

「總和諧性」出現在不同政治立場的書寫固屬必然，《方壯璧回憶錄》跟《李光耀回憶錄》的對話，他們各執一方的歷史，顯然都具有「總和諧性」的考量，特別是對李光耀而言，新馬合併這議題至今敏感，書寫避重就輕，方壯璧則特別放長篇幅援引資料詳細駁斥，從歷史的角度評量，他在有生之年完成的回憶錄，對新加坡的獨立史確實具有補白之功[37]。新馬合

---

[35]　"Historical Text as Literary Artifact." p.91

[36]　海登・懷特（Hayden White）於一九七三年完成了新歷史主義鉅著《史元：十九世紀歐洲的歷史意象》（*Metahistory: The Historical Imagination in Nineteenth-Century Europe*），這篇 "Historical Text as Literary Artifact"（〈作為文學虛構的歷史文本〉，篇名從張京媛譯）則完成於一九八七年，乃是把《史元》西方詩學中的喻法理論（Theory of Tropes）作應用上的濃縮和整理，並續有闡發。

[37]　方壯璧認為，李光耀跟英國人關係密切，李接受英國人大馬來西亞計畫的合併建議，乃是李光耀認為，合併可以打擊新加坡的左派，人民行動黨可以藉此打入巫統主流，取代巫統的領導地位，純粹出於為自己的政治前途著想。新共反對匆促合併，主要是極可能因此產生種族暴動。

併這史料在李光耀和方壯璧那裡產生的敘事差異，正印證了海登・懷特所說的，歷史敘事並非再生產已經發生的事件，而是把史料剪裁成一個故事的形式。

　　小歷史的浮現似乎無助於鬆動官方的霸權歷史，儘管一九八九年的合艾協議之後，共產威脅解除，馬共成為公開議題，華文第一大報《星洲日報》甚至在一九九八年刊載馬共系列報導，表面看起來馬共似乎不再是禁忌，不過，從最近馬來西亞政府駁回陳平返馬定居，以及禁演馬來導演阿米爾莫哈末（Amir Mohammad）《最後的馬共》（*The Last Communist of Malaysia*）[38]，顯見要承認馬共是獨立建國功臣的夢想遙遙無

果然，一九六四年七月二十一日及九月三日接連暴亂，方的解釋是：新加坡是不得不獨立，是被「踢出」馬來亞的。

[38]　這些報導後來結集為劉鑑詮編《青山不老：馬共的歷程》（吉隆坡：星洲日報，2004）。馬來西亞官方對馬共的尺度並非無限，譬如二〇〇八年六月，馬來西亞政府駁回陳平返馬定居的要求，此舉很明確的否定了馬共抗日反殖的貢獻，說明馬共不可能在官方歷史獲得「平反」。二零零五年三月四日，陳平申請返回大馬故土安享餘年，他發表十點聲明，表露「生於斯、死於斯」的心願，要求大馬政府履行一九八九年十二月二日的合艾協定，讓他與其他前馬共成員返馬及定居。二〇〇五年五月二十五日，檳城第一高庭首度開庭審理陳平申請回國案件，逾四百名馬國退休軍人和退休警員於當天聚集法庭外，反對馬共總書記陳平回國。他們高舉大字報，譴責陳平是「賣國賊」、「反叛者」及「罪犯」等。馬國前警員協會主席拿督曼梭在接受傳媒訪問時表示，國父東姑阿都拉曼曾說過，馬國人民不能與共產黨人在一起生活，「希望人民謹記馬共的歷史事件，因為馬共事件不但犧牲了許多軍人和警員，不少無辜百姓也身

期，更顯示馬共書寫自我定位的重要，以及迫切性。

在馬共書寫內部，「總和諧性」亦是必然的結果。至於差異，體現在敘事的詮釋上，以及對同一件事產生不同、甚至相抵觸的見解。這些往事的錯位，不只讓官方歷史和小歷史之間成了迷霧，甚至在小歷史與小歷史之間，也充分印證歷史敘事受到「總和諧性」的影響。譬如陳平宣稱馬共其實沒有受莫斯科和北京的指揮，那是英國妖魔化的宣傳：

> 我們從未接受過蘇聯的經濟援助；莫斯科也沒有指示過我們該走哪一條道路。直到當鬥爭採取跟毛澤東對世界革命的解讀一致路線的一九六一年，我們從中國獲得的就是肺結核病人的醫藥援助。[39]

受其害，陳平必須對此負責。」二零零六年十二月，馬來西亞森美蘭州政府還下令拆除華人墓園中的抗日紀念碑，原因是「抗日的主力共產黨是國家的大敵」。堅持拆除的馬國新聞部長引用來自陳平的說法，說抗日的主力就是馬共，他說：「我知道誰支持共產黨身為新聞部長……，我也是歷史的一部分。」這個案件最後的裁示是，陳平必須在十四天內出示出生證明及公民權證件，證明他是馬來西亞公民，才能繼續他起訴馬來西亞政府的訴訟。最終陳平無法提供文件，遂駁回其回國申請。詳見《大紀元》週刊第七十九期，前引資料見 http://www.epochtimes.com/b5/8/8/26/n2241580.htm。整個處理過程傳達的訊息十分清楚：馬共的歷史罪名，不可能摘除。他們繳械之後，依然不得返國，如今安置在泰南種植和開墾，形同被政府遺棄。馬來西亞政府對馬共仍心存恐懼的第二具體事件是，禁演馬來導演阿米爾莫哈末（Amir Mohammad）的紀錄片《最後的馬共 The Last Communist of Malaysia》（Red Films Sdn. Bhd., 2006）。

[39] 《我方的歷史》，頁461。實際的情況是，一九六九年十一月馬共在湖

這段引文對馬共中央政治局委員阿成的回憶錄，卻出現不同的版本：

> 紅色政權的中國和偉大的中國共產黨，已成她們（東南亞）的強大後方和最可信賴的支持者。[40]
>
> 五十年代初期那段時間裡，我能代表我們黨出席一些國際活動，尤其是委派我黨代表團參加多項國際活動，努力擴大我黨領導的武裝的鬥爭在國際上的影響所進行的一些工作，都是<u>在中共的幫助、指導和他們黨內的老前輩們的教誨下</u>開展起來的。[41]

　　根據阿成的說法，他多次代表馬共出席世界各地的大會，跟中共的關係匪淺。對比陳平輕描淡寫，四兩撥千斤的寫法，相去甚遠。阿成的回憶錄並引述一九六一年十月，暫居北京的陳平給他的一封信。陳平表示，他跟毛澤東研究之後，毛指示應該「積極堅持武裝鬥爭」這路線。然而馬共領導層內部有人持相反意見，對下屬的異議，「陳平不滿意」[42]。對比《我方的歷史》和阿成的回憶錄，顯示說故事者決定了如何敘述故事，

南成立馬來亞革命之聲廣播電台，直接對馬共進行遠距指揮，直到一九八一年六月三十日電台關閉。因此，馬共跟中共關係其實十分親密。其實，不只是馬共，泰國、越南、老撾（寮國）等地均有共產黨，他們均與中共有密切連繫，彼此也互相支援。

[40]　阿成（單汝洪）《我肩負的使命：馬共中央政治委員阿成回憶錄之四》（吉隆坡：21 世紀，2006），頁 76。

[41]　《我肩負的使命：馬共中央政治委員阿成回憶錄之四》，頁 79。

[42]　《我肩負的使命：馬共中央政治委員阿成回憶錄之四》，頁 166-167。

以及「故」事的內容。馬共書寫的意義本是以小歷史讓歷史的結論逸出大歷史，或者顛覆大歷史，然而也可能讓小歷史之間互相取消和彼此解構，譬如馬共跟中共的關係，陳平的說法跟阿成的說法彼此矛盾，乃是兩人對同一事件進行重新編碼之後，得出不同的結果，顯見歷史書寫既內在於文本，又外在於文本的特色。馬共書寫因此不是對「前文本的」世界和「歷史」的反映，它是重新塑造歷史的力量。

　　為了使陳平的故事得以完整，而且符合作者和口述者兩造的理念[43]，《我方的歷史》必須不斷「縫補」歷史的裂縫。誠如本身第一節所言，我、我黨以及我國的不同敘事角度的轉換，有助於彌平敘事的裂縫。譬如，當陳平以「我」的角度自我評價時，便有如下的辯解：「因為它《我方的歷史》並不是馬來亞共產黨的歷史。我也沒有聲稱它是陳述緊急狀態的一項接近全面的記錄。本書只不過記載了一個選擇走不同道路的人為他理想中的祖國奮鬥的歷程」[44]、「我選擇暗中領導，避免引人

---

[43] 《我方的歷史》寫作過程是陳平和伊恩沃德等協商的結果。伊恩沃德等對馬共歷史並不感興趣，他們有興趣的是緊急狀態（The Malayan Emergency, 1948.6-1960.7），特別是未曾被報導的情節。伊恩沃德的記者立場十分鮮明，他要的是有價值的新聞。所謂有價值，指的是前人未曾發現過的、報導過的秘辛；其次陳平曾獲大英帝國的勛章，那是抗日有功的鐵證。然而日軍戰敗離開，馬共卻成了英軍殲滅的目標。緊急狀態便是英國為了打擊馬共而發起的十二年戰爭。

[44] 《我方的歷史》，頁 5。

注目」[45]，這樣的後見評論，從「我」的角度出發，可為資料或記憶的可能錯誤先行開解；同時，它預設了將會有更多不同「我方的歷史」一起箋注大歷史。當陳平以我黨的身分說話時，則訴諸感性陳述：「但你需要對你的夢想付出代價，我們確實付出了我們的代價。我們當中，有很多人被驅逐出境」[46]。當然，這些被「被驅逐出境」包括有些遭逮捕的共產黨員，有些遞解到中國，有些則是抱著回歸祖國的心態回去。

　　馬來西亞華人本來就跟中國的關係十分密切，早期南來華人常被中國視為另一個「祖國」來看待。南洋華人的仇日情結固然跟日軍在馬來亞的殺戮有關，然而實可上溯中日戰爭[47]，馬共跟華人的聯結，更利於英國人跟馬來西亞政府的族群政策運作。關於馬來亞華人與中國的關係，《從戰場到茶場》便有幾個實例，其中鄭溫〈相煎何太急——懷念艾力烈士〉寫的便

---

[45]　《我方的歷史》，頁 460。

[46]　《我方的歷史》，頁 3。

[47]　華人跟中國剪不斷的關係論述及發展可參考陳松沾〈日治時期的華人（1942-1945）〉，收入林水檺、何國忠、何啟良、賴觀福編《馬來西亞華人史新編（第一冊）》（吉隆坡：馬來西亞中華大會堂，1998），頁 77-135。至於華人馬共的發展，最完整的論述詳 C.F.Yong. *The Origins of Malayan Communism*. Singapore: South Seas Society, 1997。此外，Lee Ting Hui. *The Open United Front: The Communist Struggle in Singapore (1954-1966)*. Singapore: South Seas Society, 1996，雖為學術研究論述，實則糅合了自身參與馬共的經歷書寫而成，對馬共的作戰策略，內部結構等的分析格外獨到。

是典型例子。艾力（李耀光，1932-1969）幼年時就讀華僑學校，遇上中國抗日救國熱潮。當時華人在馬來亞共產黨組織下，成立了「抗敵後援會」。艾力很小便參加抗日兒童團。成年後，基於對中國的感情，或者認同，便很自然的加入馬來亞共產黨。

第二例，楊秋蓮〈我的祖母劉新招〉則可以清楚看到南來華人的情感流向，對祖國／中國的情感如何順理成章轉化成抗日，再轉化成反資本主義的共產思想。隻身南來的劉新招在錫礦場當琉瑯女工，備受資本主義的壓榨，因而同情並支持共產黨。劉新招的兒子是馬共重要的幹部楊海，諷刺的是，他卻死於黨內的肅反運動，而非敵人手裡，連媳婦亦被暗殺。作者因此和祖母回到中國，如今定居廣州。

這兩個例子並非個案，而是那時代支持共產黨的華人命運的縮影，他們的個人歷史亦是華人的歷史，敘事本身已經構成了解釋和立場；同時，這兩個案例乃由第三者所記述，出於悼念或追憶，以散文的形式，遂更有彌縫歷史的作用。至於肅反，則進一步證實馬共跟中共的關係。中國文化革命開始，馬共則有肅反運動，肅反並造成馬共分裂為三派[48]。拉昔・邁丁則指出，華人由於被視為馬共的支持者，為了生存不得不成為共軍，

---

[48] 即中央派、馬列派和革命派。陳平領導中央派，張忠民領導馬列派，一江領導革命派。馬列派和革命派後來合成一派，在一九八七年向泰國投誠。他們分裂的最主要原因，據張忠民的說法是，對肅反處理方式的分歧，見〈馬列派領導人張忠民〉，收入劉鑑全編《青山不老：馬共的歷程》（吉隆坡：星洲日報，2004），頁161-167。

否則便被強迫送到中國。他亦親眼目睹英國人把馬來甘榜和華人村落燒光，屠殺百姓，乃至砍頭示眾[49]。英國人為了打擊馬共，於一九五〇年祭出的殺手鐧是——「畢格里斯計畫」（The Briggs Plan），也就是新村計畫，形同集中營，管制村民的出入，有效地切斷馬共來自華人的糧食供應，陳平認為這個計畫成了擊中馬共的致命弱點[50]。因此，不論是出於自願或被迫，華人的命運跟中國始終難以切割。從目前出版的馬共書寫可知，華人社會的共產主義運動受中國影響，馬來人的左翼運動卻在同時，大約一九二〇年中期，深受印尼反殖民的啟發。印共和馬共的聯繫其實十分密切，一度打算跟馬來半島一起建立大印尼西亞[51]，同時馬共部分成員譬如方壯璧、黃信芳等的回憶錄亦

---

[49] 《從武裝鬥爭到和平：馬共中央委員拉昔・邁丁回憶錄》，頁 42。

[50] 《我方的歷史》，頁 240-242。英國為了斷絕馬共的糧供，採用畢格里斯爵士的新村計劃，通過重新安頓和搬遷來管理村民，新村村民出入要經過檢查，以防止村民支援馬共。更深入和生動的對新村管制描述，見邱依虹著、黎紹珍等譯《生命如河流：新、馬、泰十六位女性的生命故事》（吉隆坡：策略資訊研究中心，2004）。根據統計，一九五四年新村最多的是霹靂州，有一二九個；其次是柔佛州，八十四；彭亨第三，五十五，吉打和森美蘭同為三十三個。這個統計數字可反推馬共的活動和勢力範圍。引用資料參考林廷輝、宋婉瑩著《馬來西亞華人新村 50 年》（吉隆坡：華社研究中心，2002），頁 20-21；以及林廷輝、方天養《馬來西亞新村邁向新旅程》（吉隆坡：策略分析與政策研究所，2005），頁 27-32。

[51] Mohamed Salleh Lamry 著，謝麗玲譯《馬來左翼運動史》（吉隆坡：策略資訊研究中心，2006），頁 31-38。

記載曾接受印共的襄助避難印尼。這部分是《我方的歷史》所略，馬共敘事的差異，正好彌補其不足。

當書寫者欲再現歷史，或者把客觀現實被轉譯成另一種敘事，除了「想像性的建構」構成書寫差異，詮釋亦可能出現偏差，乃形成小歷史不同的面貌。誠如黃信芳（1934-）所言：「記憶有時是很模糊的。在那個時代，像我這樣的人沒有可能寫日記，或聊作備忘，哪怕是些少的文字記錄，甚至保留文件、照片。因為這樣的做法，一旦落入敵手，帶來殺身之禍。因此，時到如今不可能參閱什麼『有關檔案』來幫助我追憶往事或印證所有事情的經過」[52]。既然沒有書面資料作為回憶錄寫作的輔助，遂益加需要「想像性的建構」。此書以「歷史的補白」為目的，以「一個逃亡的新加坡立法議員」的身分見證個人和時代的歷史。然而所謂的「眾多的歷史事件」（histories）積極而正面的效果是：如何達到大歷史的超越，而不僅是取代，甚至淪為箋注？

誠如拉昔・邁丁的反思：在和平協議之後，英國的殖民並沒有徹底鏟除，英國殖民地時代制定的內部安全法令（內安法）仍在，這法令原是用來撲滅馬共，如今卻用來對付「進步人士、開明人士、維護正義的人士」[53]。這是反思最重要的意義，新歷史主義認為歷史和文學都不是思維活動的結果，而是不斷變

---

[52]　黃信芳《歷史的補白：黃信芳回憶錄》（吉隆坡：朝花企業，2007），頁 xv。

[53]　《從武裝鬥爭到和平：馬共中央委員拉昔・邁丁回憶錄》，頁 83。

化的思維和認識活動本身，這些反思的力量，如何填補歷史的縫隙，並且因此而得以改變「現在」，才是馬共書寫最有價值之處。

三、微歷史：她們的故事（her-stories）

如果我們仔細耙梳馬共書寫，相對於男性的馬共歷史（history），她的歷史（her-story），即女性的馬共書寫，比例明顯偏低。從（男性的）馬共書寫資料顯示，女性在馬共部隊的擔綱的角色和責任決不在男性之下，地位不亞於男性。至少第十支隊，就有一半女性[54]。雖然至今沒有統計數字顯示男女馬共的百分比，然而比較這幾年來出版的馬共書寫，女性的顯然不成正比。順著女性主義的思維推演，可得出以下結論：「馬共歷史主要是他的歷史，是男性的歷史；女性的歷史仍然是馬共歷史的邊緣聲音。」或許我們無法迴避這樣可成立的預期觀點，然而本論文嘗試以「微」歷史（micro histories）的論述角度，突顯女性的馬共書寫跟男性的馬共歷史的不同，兩者是平等的，而非箋注之用。

女性馬共跟男性馬共的歷史在馬來（西）亞歷史上，同樣具有邊緣化、對抗主流、重寫我方歷史的特質，同樣反帝國主義與反殖民主義等特質，如果馬共歷史的存在是建立在差異

---

[54] 《生命如河流》，頁 346。

（跟主流歷史的差異）和裂縫上，以「重新發現」或「重新書寫」作為論述的立足點，則女性的馬共歷史意義，亦必然建立在這個思考層次上。換而言之，我們應該發現（馬共書寫的）內部差異。順著這樣的思維，我們可以發現單邊論述的不足和缺陷，最好的例子是邱依虹著、黎紹珍等譯《生命如河流：新、馬、泰十六位女性的生命故事》一書，從女性的角度以及自身的身世出發，她耗費五年的時間「追尋歷史另一面的真相」[55]，過程是艱辛的，女性的馬共書寫其實迥異於男性，可惜結論沒有特別突顯和強調這個特質。邱依虹是新加坡學者，就讀曼徹斯特大學時鑽研亞洲女性口述歷史。她深入泰南採訪十六位華人女性，她們曾經加入馬共從事抗日和反殖民鬥爭，和平協議之後，走出森林。長久從事抗爭活動，她們有的至今單身、有的在戰爭中身心重創、有些人曾經遣返中國，這些女性如今跟男性馬共一樣，大部分安置在泰南的和平村種植和開墾。

　　誠如邱依虹的觀察，她們的歷史亦是馬來（西）亞歷史的一部分，「她們細說自己承受過的痛苦、她們的抉擇和理想，充分展現了她們的生命力與愛。她們的故事就是『人民歷史』很重要的一部分，而這段歷史一直是受到我們所謂的『國家歷

---

[55]　《生命如河流》，頁 38。邱依虹十分用心且投入女性馬共的世界，從她的口述歷史可以充分感受到她對女性馬共的同情和感同身受，或許，這優點同時也是缺點以及侷限，因此得出的結論是「同」，即跟男性馬共書寫的結論是一樣的，頗為可惜。然而，她對女性馬共書寫的貢獻仍然具有開先河的意義，同時也讓女性馬共的歷史浮出地表。

史』所壓抑和埋沒的；國家的歷史只談及『官方』或審查過的主流歷史。而這本書的女性就屬於被主流和官方歷史所壓制的人，她們在主流社會上發不了聲，一直都被逼沉默無言，她們是馬來西亞、新加坡和泰國的另一面歷史」[56]。邱依虹強調女性馬共的特質，其實是本文第二節所論述的男性馬共的特質，她的口述歷史其實呈現的是異質性，然而從引文的結論可知，仍然無法看出她們的故事如何跟男性的馬共書寫有所區隔。馬共書寫其實面對了「再現危機」（crisis of representation）[57]，也就是類似的寫作模式一而再的重複，「他」成了「他們」：他們相信歷史可以反映現實，然而反映現實的同時，也很可能遮蔽了現實。後來者以前行者作為書寫的參考模式，因此極易成為「類像」，而不斷增值，不斷重複，失去自傳書寫個人歷史的意義。

　　馬共歷史一直受到主流歷史的扭曲和空白處理，馬共書寫最大的意義除了填補這些空白之外，應該具有書寫自己的獨特意義，而非箋注歷史。女性的馬共歷史，在內部歷史裡彌補了

---

[56]　《生命如河流》，頁 33。

[57]　這個觀點本是尚・布希亞（Jean Baudrillard 1929-1977）對後現代的批判，他認為後現代陷入了不斷重覆的「表徵危機」（critic representation）。這裡把 representation 作另一文義引申，乃譯為再現危機，以切合新歷史主義對文字再現現實的討論。以下，使用尚・布希亞的「類像」（simulacrum）、「重複」（repetition）概念時同，純為文字的表面意義挪用，無關本意。

男性的馬共書寫的不足,也應該同時跳脫箋注男性馬共歷史的價值。除了邱依虹的口述歷史之外,另有四本新近出版的女性馬共書寫,大體上,除了《應敏欽回憶錄》之外,女性的馬共書寫充分體現了女性書寫的特質。

應敏欽(1924-)跟陳平、賴來福(杜龍山)原為實兆遠南華中學同班同學,後來跟賴來福結婚。賴於一九四三年,二十二歲時被日本人槍決,應敏欽在一九五五年嫁給阿都拉·西·迪,而更名為蘇麗雅妮·阿都拉,她是馬共的核心幹部。《應敏欽回憶錄》的致謝辭裡自言此書得力於阿都拉·西·迪的「鼓勵、幫助和合作以及對許多歷史事件的回憶」[58],或許是受阿都拉·西·迪的影響,以及她身為馬共核心幹部的身分和地位,此書努力突出她在馬共歷史和馬來西亞獨立史所作出的貢獻,頌歌式的寫作方式在馬共書寫裡可謂最明顯的,包括對她的讚揚及組織對她的重視,第十支隊(她是領導人之一)對馬來西亞獨立絕不可抹滅的貢獻,以及類似以下的讚詞:

> 作為第十支隊的一名成員和她的領導機構成員之一,我能夠為祖國獨立的偉大貢獻作出些許貢獻,感到光榮與自豪。十支的業績將永遠成為歷史的一頁!我向那些傑出的領導者們和那些為人楷模的同志們致以最高的敬意!英雄的部隊,我向你敬禮。[59]

[58] 應敏欽《應敏欽回憶錄:戰鬥的半個世紀》(八打靈:策略資訊研究中心,2007),頁 XXI。
[59] 《應敏欽回憶錄:戰鬥的半個世紀》,頁 134。

引文中強調自己的重要性話語在回憶錄裡處處可見，包括引用上層問候信的體面話，正面歌頌馬共對民眾的體貼，如何受民眾的愛戴等等。其中最重要的一點是，她流露的馬來民族意識型態，比起馬來人有過之而無不及，「第十支隊是民族和祖國的驕傲，尤其是馬來民族的驕傲」[60]，她在另一訪談裡論及馬來西亞的文化「應該以馬來文化為首要的形式，而其他民族的主要文化形式，不應加以排斥」[61]，可以看到她揚棄華人之徹底，馬來化之徹底。

　　她藉回憶錄自己宣示對馬共的忠貞，以及皈依馬來文化之徹底。作為回憶錄，它是失敗的，除了開頭回顧自己出生自富裕家庭，以及簡單的求學經過切合具備個人特質之外，對馬共理念的密集宣揚幾乎成了本書的骨幹。其中由富家女到馬共黨員的心理轉折和經過沒有絲毫著墨，隱去細節，書寫平面的歷史。此書毋寧更像是意識型態的傳聲筒，樣板化的概念宣傳，包括使用的照片意在突顯自己的領導地位。當然，它確實符合共產主義式的頌歌與獨白寫作。

　　大部分女性馬共書寫往往回歸到生活細節，寫下戰爭中人性和生活化的一面，譬如在叢林中如何取得食物、烹調、洗澡、打獵、學習醫術、擔任電報解讀員、荷槍實彈作戰，面對同志死亡的傷痛，以及死裡逃生等等，女性天生具有關注細節和瑣

---

[60]　《應敏欽回憶錄：戰鬥的半個世紀》，頁 134。
[61]　《生命如河流》，頁 349。

事的特質，反而讓她們的故事更加吸引人。她們跟男性一樣必須揹負重物，比男性忍受更多的不便，例如懷孕的時候照常工作，同時必須承擔生產的風險。孩子一出生，為了不妨礙鬥爭，往往忍痛把孩子送人撫養。她們擔任的職務或許不如男性重要，然而這些巾幗鬚眉的堅韌和勇氣委實異於常人，同時也豐富了馬共歷史。

　　姍西婭‧法姬（Shamsiah Fakeh, 1924-2008）在《姍西婭‧法姬回憶錄》裡敘述她生產後一個半月便遇到槍戰。在飢寒交迫之下，她抱著孩子在森林裡生活了四天三夜。回到營區之後，孩子不得不按上級的命令送人撫養。雖然萬般不捨，她仍然必須以革命為重。事隔三年她被告知，小孩並未送養，卻是被三個革命同志在中央領導的默許之下殺死。對於這樣駭人的結局，她的反應異於常人：

> 由於我仍然忠於黨和革命，我以平靜的心情接受馬共的決定。無論如何，我孩子已死了，已經死去的不可能復活。我認為，一切都是命中註定和真主的安排。[62]

我們其實很難判斷這樣平靜無波瀾的反常敘事，究竟是因為時間沖淡了傷痛，或者是訓練成功，以致於黨和理想崇高得足以凌駕母子情深。可以確定的是，這段文字是姍西婭閱讀自己的過去，自我評價的結果。然而馬共書寫的研究價值，或許就在

---

[62] 姍西婭‧法姬著，林雁譯《姍西婭‧法姬回憶錄》（八打靈：策略資訊研究中心，2007），頁 71。

這種異於常人的應對和情緒，在革命的大前提下，人性顯得微不足道，包括肅反時處決被疑為敵人的妻子。肅反和鬥爭導致馬共元氣大傷，姍西亞被開除黨籍，她指責「這一切都是在陳平眼皮底下發生的」[63]。跟應敏欽歌頌陳平的立場相反，她從被肅反的一方出發，敘述了背叛的故事，為馬共書寫補充了我方中的「她方」書寫，為馬共書寫的反帝反殖等相對而言的「崇高」書寫，注入個人化色彩。

　　她方的書寫中注入更多情感，以及被馬共（男性的）歷史忽略的細節，因此所謂的馬共書寫，並非預期的僅有反主流敘述，而是更接近「故事」，也就是海登・懷特所說的，把史料剪裁成一個故事的形式，而非再現已經發生的事件。姍西亞的回憶錄因此以情節／細節說服讀者，而非口號式宣傳和概念。不論歷史的真相如何，這些散落的歷史碎片，就是「微歷史」，把馬共歷史刺繡得更細密。

　　惠斌（生卒與原名均不詳）〈我怎樣在敵人的刺刀下生活〉（1946-47）是如今唯一僅見的，以華文書寫的女性馬共散文。此文長達二萬餘字，敘述如何抗日，打游擊戰的過程，以及如何在霹靂州錫礦場和膠林從事秘密活動，面臨同志的陣亡、背叛，此外，並揭開女性走上抗日的社會背景。女性馬共大部分出自貧窮人家，受的教育不高，對貧富不均感同身受，也因此更容易為革命的浪漫和熱情所煽動；少部分出自富裕人家的女

---

[63]　《姍西婭・法姬回憶錄》，頁 121。

性，亦在同儕的鼓勵之下，帶著革命的憧憬出走。抗日勝利後，她們走上反抗英殖民之路，同時也象徵走上不歸路。惠斌此文原來發表於《新婦女》[64]，這篇散文因此隱喻了「新」婦女異於傳統婦女的選擇。

此文披露女性從事革命最艱難的部分，是在情感的割捨。女性天生的細膩和敏感，往往構成革命最大的考驗，革命的艱辛跟離家的掙扎，以及親情的呼喚同等巨大：

> 為了後一代的父母和後一代的子女，我們還必須貢獻出自己作為犧牲。然而，我害怕會感動他們熱愛的感情，我不能夠和他們長篇大論，也不能夠坦白掏出我的心。[65]

> 我想念著家，我也回到了家，然而拒絕雙親的「苦肉計」，拒絕家庭幸福的誘惑，是和敵人在火線上搏鬥一樣的痛苦，雖然我有必勝的信心。[66]

抗日勝利後，惠斌回家跟父母匆匆一聚，又得再回返森林，在她的筆下，掙扎、犧牲、革命成了慣用語匯。要走上革命之途，首先面臨的是家庭革命；國家獨立的前提是，自己必須先成為獨立的個體。〈我怎樣在敵人的刺刀下生活〉要說的毋寧是：「我如何過自己的生活」，在那樣的時代氛圍下，抗日和反殖

---

[64] 惠斌〈我怎樣在敵人的刺刀下生活〉，收入鍾怡雯、陳大為編《馬華散文讀本（卷三）》（台北：萬卷樓，2007），頁 297。

[65] 《馬華散文讀本（卷三）》，頁 337。

[66] 《馬華散文讀本（卷三）》，頁 337。

成了新女性的不二選擇。

　　這篇散文迥異於其他馬共書寫之處是，罕見的寫實一段處決奸細的場面，儘管大部分描寫都集中在詰問的過程，處決僅是點到為止：「吉妹亦出盡她做山工的氣力，緊緊握著刺刀，對準那無恥者的咽喉，各刺了一下，哎一聲，兩個奸細便們下去了……黃泥中透出了死者的哀吟，善良的女人們不忍再聽了，然而為了大眾的安全，為了仇恨兇暴的敵人，只得「『以眼還眼』」。[67]

　　惠斌平鋪直敘的文字並不血腥，然而相較於其他馬共書寫「無血的殺戮」，這段文字顯得「有血有肉」。或許此文完成於當時，一九四六到四七年，它回到書寫最初的本質，尚未到「自我評價」的時候，不似晚出的回憶錄等，具有對抗主流歷史，補充歷史等的明確目標，因此易流於模式化和概念先行。

　　傾向於微歷史的敘述這個特，亦出現在邱依虹的口述歷史。《生命如河流：新、馬、泰十六位女性的生命故事》固然不乏革命熱情和家國歷史等大敘述，然而她們更傾向於生活面的回憶，譬如開槍作戰，以及受傷的血淋淋故事。朱寧便是在一場駁火中失去一條手臂，邱依虹的口述歷史特別記下這戰爭實錄：

> 終於安全地回到營裡時，我斷了的臂膀仍然有一塊皮，連著身體。最後沒辦法，他們還是決定把那塊皮割掉。

---

[67]　《馬華散文讀本（卷三）》，頁 317。

> 可是，他們卻用了一柄不很鋒利的小刀，真是痛不欲
> 生！到那時候，其實我的斷臂已經腐爛得早已變黑了，
> 甚至還生蟲呢。[68]

受傷第三天後，朱寧由戰友揹回營裡，數次昏厥，動手術時在清醒的狀態抽出臂骨，她的質樸形容是「血直往外噴」。邱依虹的口述歷史往往不是記錄什麼地點發生什麼戰爭，以及戰力的部署，而是著重於這些真實動人的事跡，尤其對個人置身戰爭時的狀態和心理描述、戰爭實景和易為人忽略的小故事。

　　如果相對於官方歷史，馬共書寫是眾多的小歷史，則這些微歷史把小歷史縫補得更縝密，更完整。〈第五篇‧翠紅〉同樣插入了腿受傷的情節。翠紅是朱寧的女兒，母女兩人的兩代馬共故事，也是她們家族的兩代女性歷史。

　　女性的口述歷史書寫了女性自身才能夠述說的歷史。加入馬共的女性，有的是為了免於日軍和英軍的凌辱，或者則為了逃離婆家的欺侮，對婚姻的失望而從軍。成為馬共之後，她們以革命為優先，家庭生活往往無暇顧及。她們敘述了月經、避孕，以及坐月子等瑣細的微歷史。〈第十篇‧黃雪英〉在回憶二十個月在森林裡反圍剿之戰時，由於缺糧和缺乏日常生活物質，因此常喝雨水止餓，連續數日無法洗澡換洗衣服，遑論更換月經布片，最後只好墊塑膠布，以致於大腿內側感染而腐爛。黃雪英認為這些都不算無法承受的苦難，讓她受傷最深的，是

---

[68] 〈第四篇‧朱寧〉，《生命如河流》，頁 113。

前夫跟已婚同志的婚外情。她訴求離婚，單身至今，並且認為
自己一個人可以生活得很好。

　　從黃雪英的口述歷史可知，成為馬共和選擇獨立生活，都
是追尋自我的實踐。邱依虹指出，女性參與馬共，往往一開始
並不是受到它的意識型態感召，而是在參與活動的過程中，認
同一個強調公義、男女平等，沒有階級的社會[69]，因此微歷史
亦非女性歷史書寫的全貌，譬如趙雅銀認為加入革命，是為了
「我要我的生命有所不同，使它更有意義」[70]。有時她們在無
意間跟馬共內部的主流歷史形成對話，譬如蒙月英就認為，馬
共的肅反必須成為公開的歷史：「我認為我們應該要說出來，
因為它是真實的。既然領導已經公開承認『肅反』的確曾經發
生過，那我覺得你這本書就該把它寫出來。它已經不是什麼秘
密，而是歷史上寶貴的一頁，是事實。依我的看法，是真的歷
史，就該公諸於世，好讓我們年青的一代能讀到我們所經歷的
過去」[71]，可見女性的微歷史跟馬共的主流歷史並行不悖。比
較特殊的是，蒙月英是泰國華人，在馬共紅區勿洞上學，遂很
自然的加入馬共。邱依虹指出，她從泰籍女戰士身上看到一種
國家概念的無意義，國與國之間的邊界，是當權者所強加[72]。
邱依虹的女性觀點，敏銳的讀出女性跟男性馬共書寫的不同

---

[69] 《生命如河流》，頁 29-30。

[70] 〈第八篇・趙雅銀〉，《生命如河流》，頁 178。

[71] 〈第九篇・蒙月英〉，《生命如河流》，頁 204。

[72] 《生命如河流》，頁 39。

之處。

　　〈第十四篇‧許寧〉特別提到馬共必須不斷更換名字的用秘密。即使在同一地方，也不時要改名，「這樣就沒有人可以根尋我們的過去」[73]，許寧在部隊裡曾有過十幾個名字，這個解釋解開了歷史的謎底：為何馬共幾乎都用化名（？）第一任馬共總書記萊特又叫張紅、黃紹東；陳平原名王文華，陳平是用過最為人知的化名之一；賴來福又叫杜龍山；方壯璧在馬共裡的化名叫李兵、張佐原名張天帶等等。化名隱喻了馬共的歷史：那是地下的秘密組織，它因此必須隱藏在官方歷史之下，成為秘密，或者公開的秘密，到目前為止，他們仍在正史中缺席，成為馬來西亞官方歷史存而不論的一部分。

結　語

　　相對於官方歷史，馬共書寫提供了第二種視野，第二種歷史面向。順著多元歷史的思考，則馬共歷史之外，尚有另一種民間的聲音，來自那些曾經跟馬共經歷相同歷史時刻的新村居民，他們對馬共的記憶和印象。根據潘婉明在她的碩士論文《一個新村、一種華人——重建馬來（西）亞新村的集體記憶》的調查資料，霹靂州以北的丹那依淡（Tanah Hitam）新村的居民對馬共的評價是：「不管是自願的同情者，抑或被脅迫的冒險

---

[73]　〈第十四篇‧朱寧〉《生命如河流》，頁 275。

者，只要態度配合，馬共原則上都不會傷害他們。不過，馬共對公共設施和公務員就沒有客氣了」[74]。潘婉明採訪的村民表示，馬共會破壞巴士，攻擊公務員和警察局；陳平自己也承認，馬共惡意砍傷橡膠樹，放火燒樹膠廠，以及不止一次破壞軌道，讓火車出軌翻覆，都對馬共的形象有不良的影響[75]，然而，這些負面事實卻鮮少出現在馬共書寫裡。

因此，在建構第二種不同的歷史敘述時，同時也意味著潛藏第三種，乃至第四種不同的史筆。換而言之，歷史詮釋是不同意識型態或觀點的交鋒，即便是馬共歷史內部，也存在書寫的差異，顯示歷史書寫既內在於文本，又外在於文本，它跟詮釋的角度關係較近，離史實反而比較遠。

馬共書寫採用敘述和論述合一的寫作模式，顯示敘事的背後隱藏了一個最重要的辯解對象：被誤解的歷史。口述歷史、回憶錄、傳記等書寫形式本身就宣告了書寫者寄寓的目標：這些文類是真實，非虛構的，跟歷史同樣真實。由於受到官方／主流歷史的扭曲或空白處理，馬共書寫除了提供另一種視野，填補這些空白之外，應該具有書寫自身的獨特意義，而非箋注官方歷史。

順著這樣的思考，則女性馬共的微歷史亦突顯，並且彌補（男性）馬共歷史的不足。女性傾向於細節書寫的能力，使得

---

[74] 潘婉明《一個新村、一種華人：重建馬來（西）亞新村的集體記憶》（新加坡：新加坡文藝協會，1997），頁151。

[75] 《我方的歷史》，頁250-252。

女性的馬共書寫更具備故事性。如果馬共書寫相對於官方歷史是眾多的小歷史，則這些就是「微」歷史，把小歷史縫補得相對完整。女性的馬共書寫在比例上仍舊無法跟男性的馬共歷史數量相比，或許跟受教育的程度較低，無法寫作自身的故事有關；其次，她們通常不是重要的幹部，應敏欽、姍西亞、李明等出版回憶錄的女性，是少數依然健在的馬共領導，或馬共領導的妻子。

馬共歷史多半以華文、英文、馬來文這三語為書寫語種，至今仍未見以印度文，或以印度人身分書寫的馬共歷史浮出地表。馬共固然以華人和馬來人為主，仍有印度人和少數泰人。邱依虹的口述歷史包含泰國籍的女性，至於印度裔的馬共書寫仍然在歷史中缺席。如今大部分馬共散居泰南六個村落，其中兩個屬於馬列派[76]；此外，亦有為數不明的前馬共散居中國、香港等地。

馬共歷史一度隱藏在官方歷史之下，它曾經是不可談論的秘密，如今則成為公開的秘密，一如馬共的化名所隱喻的，他們在正史之外，是野史，納入正史似乎遙遙無期。雖然以紀實文類寫成的馬共歷史，本身預設／期待的讀者和史家的未來詮釋，這似乎也是馬共跟官方歷史相抗衡，以及自我定位的唯一方式。雖然這樣的書寫，終將不免帶著悲壯和悲觀的色彩。

---

[76] 這是邱依虹的說法《生命如河流》，頁 13。另外一說是馬列派在泰南共有五個新村，見〈友誼村共建新家〉，收入劉鑒銓編《青山不老：馬共的歷程》（吉隆坡：星洲日報，2004），頁 187。

按：本文原稿發表於二〇〇九年，當時陳平和 Abdullah CD 都健在。後來他們同在二〇一三年過世，本文僅修訂卒年，不改其他。

[2009]

定位與焦慮
——馬華／華馬文學的問題研究

序論：中國支流論的總結

　　馬華文學評論在一九九〇年代中期以後，由於馬華旅台學者陸續投入，開始展現空前熱絡與深入的論述工程，從文本詮釋、主體性、多元中心論，到國族意識的探討，都有令人振奮的研究成果。在這以前，馬華文學的詮釋權在「同文同種」的思考前提下，多半由學者陣容相對龐大的中國學界收編進「海外華文文學」學科／學門，在其強勢的論述視野下，成為中國文學的海外支流。所謂的「世界華文文學」的跨國界研究學科，乃是「大中國中心論」之下的產物。由於各地區華文文壇的評論力量相對弱勢，很長一段時間，大中國中心視野遂成為世界華文文學研究的主流論調。馬華文學論述發展至今

得以脫離支流論，旅台學者的論述厥功甚偉[1]。

　　馬華文學和極大部分的「海外」華文文學都得面對「中國文學支流論」和「（所在）國家文學的定位」兩大窘境。建立本身的文學主體性、擺脫中國支流的地位，並獲得馬來西亞國家文學系統的承認，似乎是馬華文學最迫切的問題。「中國文學支流論」近十年來情勢已有轉變[2]，最發人深省的思考首先來自林建國在〈為什麼馬華文學〉（1991），黃錦樹的《馬華文學與中國性》（1998）和張錦忠的《南洋論述——馬華文學與文化屬性》（2003）則是兩次大規模的論述成果。

　　張錦忠的馬華文學論述，主要建構在易文－左哈爾（Itamar Even-Zohar）的複系統理論（polysystem theory）。他的博士論文《文學影響與文學複系統之興起》（*Literary Interference and the Emergence of a Literary Polysystem*,1996），首次借用這個理論來檢視處於主流文化邊陲的（馬華）文學系統，及其崛起的歷史與社會脈絡。複系統同樣成為《南洋論述——馬華文學與文化屬性》的理論架構。這個理論最大的貢獻在於去霸權、去中心，同時也跳脫中心／邊緣窠臼思考的泥沼，把「支流」置換成獨立的「系統」，強調經過「在地化」的馬華

---

[1]　相關討論見陳大為〈中國學界的馬華文學論述（1987-2005）〉，《思考的圓周率：馬華文學的板塊與空間書寫》（吉隆坡：大將，2006），頁 27-55。

[2]　黃錦樹對中國學界的馬華論述仍然頗有微言，特別是「華人性」與「華人文化詩學」等名詞的使用，他質疑那背後的思考「是不是仍然假定有某種共通的本質？」，「在不同區域的華人文化生產背後仍然有一個民族可供想像？」，詳見〈國家、語言、民族、馬華——民族文學史及其相關問題〉《世界華文文學研究》第四輯（2007/12），頁 250-255。

文學書寫，早已呈現出迥異於中國文學的新貌，不再屬於中國文學的一部分，「它們做為異域新興華文文學的意義其實大於做為（處於邊陲或海外的）中國文學」[3]。按照複系統的思考，中國（文學）對馬華文學所產生的不是「影響」（influence），而是「干預」（interference）。馬華文學只是吸收／借貸作為溯始文學（source literature）的中國文學養分，轉化成異質性的在地（華文）文學。

《南洋論述——馬華文學與文化屬性》另一創見，在於進一步提出「新興華文文學」的「聯邦」概念。華文文學並非「海外」華文文學，馬華、新華、泰華、菲華或越華等在異域紮根，早已形成與中國文學貌不合神亦離的變種，用張錦忠的說法是，「新興華文文學的華文是『異言華文』（Chinese of difference）」[4]。「複系統」和「新興華文文學」有效地瓦解了「中國文學支流論」的主從／母子關係，既宣布各國華文文學的獨立（主體性），也重新定位「在地」之後的亞細安華文文學。「華馬文學」這個概念除了體現「異言華文」的「在地」特質，並且突顯使用不同語種的華人寫作狀況。

中國支流論屬於九〇年代的階段性議題，馬華（旅台）學者／作者基本上立場一致，團結攘外。這個議題是五、六〇年代馬華文藝獨特性的持續深化：提倡馬華意識，在創作上反映馬來西亞意識。馬華文學擺脫支流論之後，意味著主體性建立，馬華文學的定位和詮釋權回到自家人手裡，並努力把它安置到馬來西亞的文學系統，是以

---

[3] 張錦忠《南洋論述：馬華文學與文化屬性》（台北：麥田，2003），頁219。

[4] 張錦忠《南洋論述：馬華文學與文化屬性》，頁216。

乃有「在國家文學的定位」思考，以及「華馬文學」取代「馬華文學」的命名。不過，國家文學的議題牽涉到政治力的運作和民族情感，迄今仍無解決方案；從理論層面觀之，「華馬文學」似乎較能突顯馬華文學現狀，實際操作時，卻是問題重重。然而華馬文學如果可以落實，理論上，似乎有助於縮短跟國家文學的距離。

一、國家文學的迷思

　　討論「馬華文學如何成為國家文學」議題同時，張錦忠以人類學的思考，提出把沿用既久的「馬華文學」置換成「華馬文學」，嘗試一舉解決「中國文學支流論」，以及馬華文學「在國家文學的定位」，《南洋論述：馬華文學與文化屬性》（2003）是這個思考的重要成果；他跟黃錦樹、莊華興合編的《回到馬來亞──華馬小說七十年》，則是理念的落實。

　　長期以來，馬華文學論述（或許也是某些馬華作家）最大的焦慮：國家不承認我們。當前的馬來西亞國家文學，是採用官方語言馬來語作為國家文學憑證。用華文書寫，將永遠被排除在國家文學的殿堂外，「馬來文學已擁有國家文學法定定義與運作權力的地位。馬華作家身處這樣的政治脈絡，當如何書寫？為何書寫？用何種文字書寫？如何跨越民族與文化的疆界？」[5] 這個積極的提問背後，是長期以來華人社會無語問蒼天的辛酸：我愛國家，國家不愛我，怎麼辦？

---

[5] 張錦忠《南洋論述：馬華文學與文化屬性》，頁 73。

張錦忠解決這個問題的方式是：用馬來語創作。打破語言疆界，不
囿限於媒介語，「即使不用母語創作，也能寫出反映民族經驗的作
品」[6]。這是它與國家文學接軌的最好方式，備受馬來文學界肯定的
華裔林天英（Lim Swee Tin, 1952- ）即是最好的例子。順著這樣的思
路，張錦忠提出馬華文學應正名為「華馬文學」，也即是「華裔馬來
西亞文學」。換言之，他考慮的是「人種」的問題，而非「語種」。如
此，以英文、馬來文寫作的華人全都是建構華馬（馬華）文學的生力
軍，華馬文學也將呈現更豐富的風貌。

　　莊華興則提出「多語—國家文學」（multi-languages national
literature）的構想，以對抗現有的「單語—國家文學」（mono-lingual
national literature）或「單一民族—國家文學」（literature of single nation-
state）走向[7]。明眼人一看即知，「多語—國家文學」根本是夢想，一
九七一年的國家文化備忘錄寫下白紙黑字鐵律：**國家文學必須以馬
來文寫作**，是牢不可破的民族主義大牆。

　　重要的馬來學者伊斯邁・胡欣進一步闡釋，以華文、淡米爾文創
作的是族裔文學（sastera sukuan），原住民語文書寫的則是地域文學
（sastera daerah），惟有以馬來語創作的文學作品，才可稱為馬來西亞
的國家文學[8]。如此霸道而粗暴的定義，沒有任何學理依據，但憑政

---

[6]　張錦忠《南洋論述：馬華文學與文化屬性》，頁 91。

[7]　莊華興〈代自序：國家文學體制與馬華文學主體建構〉收入莊華興編譯《國
家文學：宰制與回應》（吉隆坡：大將，2006），頁 15。

[8]　莊華興〈國家與文學的糾葛──對「國家文學」論述的初步思考〉《伊的故事：
馬來新文學研究》（吉隆坡：有人，2005），頁 130。

治力在背後撐腰。他所謂「外來語文」有自己精深博大的文化與文學傳統，外來語文會妨礙馬來西亞自身的文化塑造云云，根本是瞎話，已有學者著文反駁[9]。

　　莊華興跟張錦忠一樣，認為馬華文學要成為國家文學的一部分，（唯一）解決之道是，以馬來文寫作。他更一步建議，最好宜**兼用**馬來語創作。這個提議表面上解決了馬華文學與國家文學的問題，實則問題重重。他的思考如下：

> 相對於國家主流文學，作為一支隱形的書寫族群，馬華文學首先應跨出本族圈子，去書寫廣大人民與廣褒的馬來西亞天地，用彼等的方式思考，以他們的感情創作；這非關寫實或什麼主義，它是馬華文學人民性的基本內涵，也是馬華文學對國家文學的想像。[10]

莊華興認為國家文學仍有更動的可能，更動的關鍵有二個必要條件：一是在語言上使用馬來文，二是在主題上書寫馬來西亞。這兩者均在國家文學的限制內求出路，強勢的一方不可能變動，作為弱的一方只好想辦法改變自己。

　　然而這改變卻只能是無條件，也無底線的放棄。

　　首先，他假設有一種先驗之物叫「超族群的馬來西亞精神與意

---

[9] 反駁文章和短論不少，最有力的見黃錦樹〈馬華文學與（國家）民族主義：論馬華文學的創傷現代性〉《中外文學》第 34 卷第 8 期（2006/01），頁 175-192。

[10] 莊華興〈敘述國家寓言：馬華文學與馬來文學的頡頏與定位〉，收入陳大為、鍾怡雯、胡金倫編《赤道回聲：馬華文學讀本 II》（台北：萬卷樓，2004），頁 85。

識」[11]，可供馬華作家去書寫，去實現。這種意識形態本是被建構之物，如今在莊的思考裡卻變成可企及的存在和終極目標。設定好方向和框架，供創作者前進，那是中共社會主義現實主義式的創作指導原則，被莊視為進入國家文學的路徑。一言以蔽之，馬華作家只要努力以馬來文寫作，以「以彼等的方式思考，以他們的感情創作」，就可獲得國家文學的認證，若加上「以彼等的信仰為信仰」，則國家文學的通行證手到擒來。這個論點有個理想典範，那就是以馬來文寫作的華人林天英。

　　林天英表示他的創作主題有三，即「有關生命（hidup）、生活（kehidupan）與人道（kemanusiaan）。這三者最終趨向道德，就是向善。……朝向人類澄明的生活而努力」[12]，其高大全的創作觀實在不足道哉，頌歌文學而已。莊華興說林天英為人圓通，總會在適當時機表明自己對「馬來語文的不渝之情」[13]，如此委曲求全，為的是入國家文學大門，其人格可見一斑。林天英一路走來小心謹慎，反觀另一位以馬來文創作的鍾寶福因脫離伊斯蘭教，詩集一直未出，可見華人用馬來文創作之餘，還得在精神上徹底皈依馬來文化，足見其背後的辛酸。

---

[11] 莊華興〈敘述國家寓言：馬華文學與馬來文學的頡頏與定位〉，收入《赤道回聲：馬華文學讀本 II》，頁 90。

[12] 莊華興〈訪林天英談寫作、生命、生活與人道〉《伊的故事：馬來新文學研究》，頁 98。

[13] 莊華興〈閣樓上的暗影：華裔馬來文學評述〉《伊的故事：馬來新文學研究》，頁 66。

　　進入一種語言，不是單純的操作或使用，而是進入該語言的文化和意識型態，極可能因此被同化，或者涵化。如果自幼接受馬來文教育，思考、生活方式幾乎等同馬來人，那麼用馬來文寫作的華人，則只剩下人類學意義。假設其創作被馬來文學界接受，並因此進入國家文學，還是證明了「單語—國家文學」的不可動搖。果真如此，用馬來文寫作的用意何在，馬華文學非得成為國家文學的意義（用意）又何在？

　　為了分享國家資源，獲得國家的承認，如此而已。為了證明馬華文學是馬來西亞文學的一部分，向主流靠攏，被收編，這代價未免太大。如果要這樣，華文獨中何不乾脆接受國家資源，改制為「國中」，接受政府支援，不必為籌措經費傷透腦筋。黃錦樹認為「以佔主導地位的民族的語言、文化為標準，強迫其他族裔向它認同，『國語』和官方語言便是個中最重要的設計之一，獨立前、獨立後華人在這方面的爭取（爭取華文被列為官方語文）幾乎敗北，爭取到的只是個私立的場域：華文小學、華人獨立中學、華文報紙的發行——這一切，都早於大馬民族國家的建立，因此爭取到的不過是承認它們存在既成事實而已。其後的生存、發展都備極艱辛」[14]。這番見解可謂沉重又無奈，華社爭取華文成為官方語文久矣，始終未獲首肯，難道最後的下策竟是用馬來文寫作，用雙語表達自己的困境，（才因此）顯示出對馬來西亞的忠誠？

---

[14]　黃錦樹〈國家、語言、民族、馬華——民族文學史及其相關問題〉《世界華文文學研究》第四輯（2007/12），頁 241。

　　此外，兼語寫作誠乃局外人之言，莊華興對華文寫作者的善意建言黃錦樹已有善意回應[15]。莊華興的論點充分顯示他的主流焦慮——長期以來，馬華文學始終徘徊在國家文學之外——只是，除了成為國家文學，難道馬華文學沒有別的出路？以馬來文寫作跟馬來文學接軌為的是走出封閉圈，那麼，以華文寫作跟世界華文文學接軌，何嘗不是走出封閉圈的方式？評論者只看到國家文學，忽略了華文文學這更大的舞台。再者，新華文學是國家文學，有豐厚的國家資源挹注，創作能量卻每下愈況，可見登入國家文學殿堂不見得好事一樁。絕處可以逢生，危機或是轉機，馬華文學的未來處境吉凶難卜，可以肯定的是，寫出質量兼具，充滿馬來西亞特色的作品才是上策，「創作焦慮」遠比「國家文學焦慮」來得重要。

二、華馬／馬華文學：並置的可能

　　如果擺脫了國家文學的迷思，那麼，華馬文學這個命名提出的意義何在？以馬來西亞的文學現況而言，「華人馬來西亞文學」（華馬）確實比「馬來西亞華文文學」（馬華）更能反映馬來西亞的多元書寫狀況。馬來西亞的華人從中國南來，落地生根之後，第二第三代以下同時能使用多種語言／語文，乃逐漸有華人馬來西亞華文文學、華人馬來西亞英文文學、華人馬來西亞馬來文文學的誕生[16]，就客觀

---

[15] 見黃錦樹〈國家、語言、民族、馬華——民族文學史及其相關問題〉。

[16] 目前未見有華人馬來西亞淡米爾文學的出現。

而論，華馬文學比馬華文學具時代意義。然而理論歸理論，落實到實際層面運作時，卻可見命名的侷限與繁瑣。這個概念落實在馬來西亞的文學版圖上時，以三大種族來推算，至少會出現十二種組合：

人種	書寫語種	類型名稱	全稱（命名架構）
馬來裔	馬來文	馬馬馬文學	馬來西亞馬來裔馬來文文學
	華文	馬馬華文學	馬來西亞馬來裔華文文學
	英文	馬馬英文學	馬來西亞馬來裔英文文學
	淡米爾文	馬馬淡文學	馬來西亞馬來裔淡米爾文文學
華裔	馬來文	馬華馬文學	馬來西亞華裔馬來文文學
	華文	馬華華文學	馬來西亞華裔華文文學
	英文	馬華英文學	馬來西亞華裔英文文學
	淡米爾文	馬華淡文學	馬來西亞華裔淡米爾文文學
印度裔	馬來文	馬印馬文學	馬來西亞印度裔馬來文文學
	華文	馬印華文學	馬來西亞印度裔華文文學
	英文	馬印英文學	馬來西亞印度裔英文文學
	淡米爾文	馬印淡文學	馬來西亞印度裔淡米爾文文學
其他族裔	以此類推	以此類推	馬來西亞的人口組成尚包括近三十種原住民，譬如伊班族就是砂拉越第一大種族，超過六十萬人。

上述圖表是結合人種跟語種作為命名條件之下，可能產生的稱謂問題。以「華馬文學」為例，它可能導致以下的混淆：

簡　稱	全稱（命名架構）
華馬文學	華裔　馬來西亞　文學
華馬文學	華裔　馬來文　　文學
馬華馬文學	馬來西亞　華裔　馬來文　文學

　　就《回到馬來亞——華馬小說七十年》而論，華馬英和華馬馬作品必須全譯成華文。既然華馬文學標榜語文的多元，經此一譯，豈非變成單一語種，等同「馬華文學」？或許翻譯顧及的是華文閱讀人口，同時增加銷路。這表示華馬文學的實際運作受限於市場機制，非常現實的問題：沒有市場，就沒有實踐的可能。其二，如果華馬文學的落實要透過翻譯，則其工程何其浩大。我們可有足夠的翻譯人才人勝任這大業？不是一本兩本，而是源源不絕的長此以往，甚至包括以後可能出現的華馬文學史。其三，需要翻譯，證明閱讀人口沒有具備多語能力。既然如此，華馬文學目前似乎只能在概念上成立，要落實，得努力培養讀者的三語，或四語能力。此外，是否有足夠的作品去對應華馬馬，華馬英文學的概念，亦得一併思考。華馬華作品的數量最龐大，不成問題。華馬英、華馬馬可列入的作家和作品有限，華馬淡則厥如，名實之間似乎有段差距。

　　當然，人類學的思考未嘗不是另類出路，我僅想提出泰華文學作為參考。在泰人和華人高度混血的泰國，連當地居民也無法辨別何者為華，何者為泰。當地華人通常可操泰語或只能操泰語，要從外貌分別泰人或是華人非常困難。泰華文壇如今最大的隱憂是寫作人口嚴重老化，「後」繼無人。「後」者，當然是指用華文書寫的新一代寫

作者。假設以「華馬文學」的「人種」思考「華泰」（華裔泰國人）文學，第一個面臨的問題便是華泰之辨——排除非華裔的華文寫作人口，這在泰國大概是不可能的任務。

在馬來西亞，「華馬文學」這一概念可能面臨的問題有二：首先，非華裔之華文書寫必須根據其人種置放到另一複系統。華馬文學的立意原是打開一扇門，容納更多異質性的聲音，但與此同時它也可能關閉另一扇門。其次，我們必須把網路文學納入考量。網路文學的其中一項重要特色是匿名書寫。徹底匿去種族與性別之後，世界各地難以計數的網路英文寫手，足以瓦解任何一套以人種為疆界的系統劃分。在越來越多「異族／友族」學童就讀華文學校的馬來西亞，我們能否精確地辨別網路中文寫手的華族身分？

再者，「華人馬來西亞文學」和「新興華文文學」是兩個矛盾的概念，前者以人種立論，後者則以語種為基礎，除非以「新興華人文學」取代之[17]。可是，「新興華文文學」原是從「新興英文文學」（new English literatures）獲得靈感，「新興英文文學」乃指英國「海外」以英文為媒介語所書寫的英文文學，既然如此，何不回到「馬來西亞『華文』文學」的範疇？從創作者的角度來看，為「華人馬來西亞文學」背書的最好例子林天英，他以馬來文創作並非選擇的結果，而是不得不然。林的父親從福建南來，母親是吉蘭丹泰裔，由於成長環境使然，林天英自小能使用流利的馬來語，馬來語等於是他的第一語言，偶爾才用泰語和福建話。除了名字顯示林是華人之外，其生活習

---

[17] 華文和華人在英文均為 Chinese。

慣、服飾早已徹底馬來化。由是觀之，林使用他最嫻熟的語言創作，一如華人創作者使用華文一般天經地義。

　　以寫作陣容而論，華馬文學無疑是更加浩大的。這浩大的聲勢如果作為一個團結的整體，應該可以取得更多資源，去改變或撼動國家文學的民族主義大牆，或可能因此離國家文學會更近一些。前提是這跨語的概念必須獲得華馬寫作者的認同，資源取得才不會成為空談。只是，華馬馬，華馬英和華馬華作家之間如何產生對話，恐怕會是一大問題。以《回到馬來亞──華馬小說七十年》為例，則至少必須有馬來文的譯本，才有交流的可能。這遠比要求或鼓勵華文作家兼語寫作來得實在而有效。

　　充滿可能的「華馬文學」是一個建構跟發展中的概念；落實時，卻是充滿閱讀與翻譯的障礙。「馬華文學」則襲用既久，兩者指涉範疇不同，各有優缺點。因此現階段應該並置，而非取代。可以確定的是，它們都具有非中國支流論，馬來西亞文學獨特性的意涵。

按：本文乃〈國家文學與華馬文學〉的增訂版。

[2009]

本卷作者簡介

　　鍾怡雯，一九六九年出生於馬來西亞金寶市，台灣師範大學文學博士，現任元智大學中語系教授兼主任。著有：散文集《河宴》、《垂釣睡眠》、《聽說》、《我和我豢養的宇宙》、《飄浮書房》、《野半島》、《陽光如此明媚》、《麻雀樹》；論文集《莫言小說：「歷史」的重構》、《亞洲華文散文的中國圖象》、《無盡的追尋：當代散文的詮釋與批評》、《靈魂的經緯度：馬華散文的雨林和心靈圖景》、《馬華文學史與浪漫傳統》、《內斂的抒情：華文文學論評》、《經典的誤讀與定位》、《雄辯風景：當代散文論 I》、《后土繪測：當代散文論 II》、《永夏之雨：馬華散文史研究》；翻譯《我相信我能飛》。主編：《赤道形聲》、《赤道回聲》、《天下散文選 1970-2010》、《天下小說選 1970-2010》、《馬華散文史讀本 1957-2007》、《馬華新詩史讀本 1957-2007》、《華文文學百年選 1918-2017》、《馬華文學批評大系 1989-2018》。